한국 여성작가의 기억과 초상 1

시대, 작가, 젠더

한국 여성작가의 기억과 초상

1

시대, 작가, 젠더

이화어문학회 편

태학사

일러두기

1. 이 책은 『이화어문논집』(2014~2018)에 연속 기획으로 실어온 여성문인특집 원고를 수정하여 엮었으며, 총 3권으로 기획된 시리즈 중 제1권이다.

2. 대중서를 지향하므로, 주석과 참고문헌을 최소화했으며, 본문에 인용한 작품의 경우 출처는 작품명만 밝히는 것으로 통일하였다.

3. 단편이나 시, 논문은 「　」로, 중·장편이나 단행본은 『　』로 표기하였다.

서 문

여성 작가라는 표현이 무색한 시대이다. 그럼에도 여성 작가라는 범주
는 여전히 유효하고 귀한 가치를 지닌다. 문학적 성취는 물론 작가에
대한 '기억과 초상'이 드러나지 않은 여성 작가들의 원광(原鑛)이 아직
남아있기 때문이다. 여성 작가의 조명 및 여성문학 연구의 지향점을 늘
환기하면서 이화어문학회 학술지는 여성 작가 특집을 연재해 왔다. 그리
고 이제 그 성과를 첫 책으로 펴낸다.

여성 작가는 오랜 동안 중심에서 동떨어진 변방의 무리였다. 남성의
그늘에서 우연히 자라난 예외적인 존재에 불과했던 이들의 존재와 문학
은 1980~1990년대 이후 비로소 조명받기 시작했다. 근대 담론을 극복하
려는 한 시도로서 여성에 대한 문제 제기가 이루어졌고 여성 작가에 대
한 비평적 담론이 시작되면서 성과들 또한 속속 축적되었다. 이 여성
작가들은 이제 시대와 작가와 젠더를 관통하는 새로운 중심을 구성하고
있다.

이 두툼한 한 권의 책, 『시대, 작가, 젠더』는 이 같은 기획과 전망에서
시작되었다. 이화어문논집에 연속 기획으로 실어온 여성 작가 특집의
글을 모아 매만진 옥고들이다. 제 이름으로 명명되지 못했던 시대의 여
성 작가에서부터 현역 시인과 소설가까지, 고전과 현대를 아우르는 스무
명의 작가에 대한 글을 실었다. 『시대, 작가, 젠더』라는 책 제목 아래

'여성 삶을 자각하다' '사랑을 발견하다' '시대를 나아가다' '예술을 노래하다' 총 4부로 구성했으며, 여성 작가의 삶과 문학을 다룬 품 넓은 글들이 주제를 넘나들고 있다. 깊고 넓은 내용은 그대로 살리되 이 책을 읽는 이들과 한 호흡으로 여성 작가의 삶과 문학에 다가가기 위해 논문의 틀을 허물고 각 필자들이 자신의 육성을 살려 글을 다시 다듬었다.

한국 여성 작가의 지도(地圖)를 완성하기 위해 총 3권의 책을 기획하였으며, 이 책은 첫 출발점이다. 이 기획이 지금까지 이루어진 여성문학사의 성취에 또 하나의 의미 있는 성과가 되길 기대한다. 그리고 흩어진 채 빛나던 여성 작가들을 또렷하게 이어서 그려 보려는 이 작업을 통해 우리가 함께 긋고 이은 별자리가 더 선명해지고 강해지길 바란다. 촘촘하고 튼실한 여성문학사의 지도를 만드는 작업을 활발하게 함께 지속해 갈 것을 더불어 약속한다.

2018년 9월
이화어문학회장 이은정

차 례

3부 시대를 나아가다

4부 예술을 노래하다

1부
여성
삶을
자각하다

豊壤趙氏 풍양 조씨

延安李氏 연안 이씨

李女順 이여순

宋德峰 송덕봉

金后蘭 김후란

풍양 조씨의 존재 증명, 『자기록』

풍양(豊壤) 조씨(趙氏)

김경미

1. '자기'에 대해 쓴 글―『자기록』

『자기록』은 18세기 후반 서울에 살았던 무반(武班) 집안의 딸인 풍양 조씨(趙氏, 1772~1815)가 21세가 되던 해 남편을 잃고 자신의 생애를 돌아보면서 쓴 한글 기록이다. 『자기록』은 자신의 어린 시절을 비롯해서 결혼 후 시집에서의 생활, 결혼한 지 6년 만에 남편이 죽기까지의 일을 세밀히 기록한 것으로, 병상일지라 해도 좋을 정도로 남편의 발병과 증세, 치료 과정을 자세하게 쓰고 있다. 뿐만 아니라 부모와 부부, 장인과 사위, 시집간 딸과 친정과의 관계 등 가족 관계를 자세히 기록하고 있어 18세기 당시 양반가의 생활상을 구체적으로 보여주기도 한다. 또한 『자기록』은 남편의 죽음을 앞두고 남편을 따라 죽으려고 결심했다가 마음을 돌이켜 살아남게 되는 과정에서의 갈등과 고민을 기록하고 있어 기존의 열녀전이 삭제하거나 소거한 여성의 목소리를 들려주는 한편, 남편의 죽음에 대한 슬픔을 절절하게 표현하고 있다.

근대 이전 여성 작가의 작품으로 한시, 시조, 가사, 편지, 일기 등이 남아 있지만 비교적 길이가 긴 산문은 찾아보기 힘들고, 소설들 가운데 여성 작가가 쓴 것으로 짐작되는 작품들이 있지만 아직 확실하게 작가가 드러난 것은 매우 드물다. 이런 상황에서 『자기록』의 존재는 의유당 김씨의 『의유당관북유람일기』나 혜경궁 홍씨(1735~1816)의 『한중록』과 견줄 만한 풍부한 내용과 유려한 문체를 보여주는 산문 작품이라는 점에서 문학사적으로 중요한 의미를 가진다. 뿐만 아니라 여성의 삶을 여성 스스로 기록한 자전적 기록이라는 면에서 여성사, 나아가 생활사의 한 측면에서도 중요한 의미를 가진다. 따라서 풍양 조씨 부인은 산문작가로 본격적으로 다루어질 필요가 있다.

특히 풍양 조씨의 『자기록』은 그 제목이 눈길을 끈다. 자기라는 말 때문이다. 국립중앙도서관에 소장된 자료의 제목은 『즈긔록』. 한자로는 '自己錄' 또는 '自記錄' 두 가지로 쓸 수 있다. '自己錄'으로 보면 자기에 대한 기록이라는 뜻이 되고, '自記錄'으로 보면 스스로 기록한다는 뜻이 된다. 약간의 차이가 있지만 둘 다 '스스로', '자신'이라는 뜻이 포함되어 있다. 그러다 더 근접하는 것을 찾자면, 자전적인 내용으로 이루어져 있는 점을 고려할 때 '自己錄'으로 보는 것이 더 적절해 보인다. '自己錄'은 요즘 식으로 풀자면 '나의 기록', '나에 대해 쓰다' 정도가 될 것이다. 이처럼 『자기록』은 여성 당사자 자신을 스스로 주인공으로 내세웠다는 점에서, 여성인 '자기'를 내세웠다는 점에서 여성 주체를 가시화하고 있다. 이 점은 또 다른 여성 기록인 '고행록', '한중록' 등이 고행(苦行)이나 한(恨)을 내세운 것과 달리 자기 자신 즉 개인을 드러낸다는 점에서 차이를 드러낸다.

이 글에서는 먼저 풍양 조씨 부인이 어떤 인물인지 가계를 통해 간단히 정리해 보고 『자기록』에 대해 간단히 소개하고자 한다.

2. 서울 양반가의 평범한 딸, 풍양 조씨 부인

풍양 조씨 부인의 존재는 최근에야 알려졌다. 박옥주가 족보를 통해 친정과 시집의 가계를 밝힌 이후 풍양 조씨 부인의 집안이나 풍양 조씨 집안과 관련된 여성들의 글쓰기에 대해 새로운 사실들이 조금씩 추가되고 있어 조선후기 여성 작가로서의 풍양 조씨의 면모가 드러나고 있다.

풍양 조씨는 조감(趙瑊, 1744~1804)과 하명상(河命祥)의 딸인 하씨 부인 사이에서 둘째딸로 태어났다. 풍양 조씨는 어린 시절을 비교적 유복하게 보냈지만 열한 살 되던 해 어머니 하씨가 죽었다. 조감의 둘째 부인으로 시집온 어머니 하씨는 딸 둘을 낳고 아들을 낳았으나 아들을 연이어 잃고 다시 아들을 낳기 위해 계속 출산을 시도하다가 일찍 죽은 것이다. 여기에 대해 풍양 조씨 부인은 매우 애통해하며 새로 장가를 든 아버지에 대해 서운함을 표하기도 한다. 어머니를 잃은 뒤 아버지와 할머니의 극진한 보살핌 속에서 성장한 풍양 조씨는 열다섯 살 되던 해 청풍 김씨 김기화(金基和, 1772~1791)에게 시집갔으나 시집간 지 6년 만에 남편이 죽어 청상이 되었다. 남편이 죽은 뒤 자신의 생애를 살펴보면서 쓴 글이 바로 『자기록』으로 원고지 500장 정도의 분량이다. 아직 풍양 조씨 부인이 쓴 다른 글은 발견되지 않았으며, 이후 생애도 자세하게 알려져 있지 않다. 『자기록』으로 미루어 보면 풍양 조씨 부인은 서울에서 자라 서울로 시집간 것으로 보이는데, 남편이 죽은 뒤에도 계속 서울에서 살았는지는 알 수 없다.

조씨의 친정은 조선 후기 명문가의 후예지만 할아버지인 조상수(趙尙綏, 1704~1763)가 조도보(趙道補)의 서자였던 까닭에 온전한 양반이라고 할 수는 없다. 조도보는 부인인 경주 김씨와의 사이에 상경, 상강, 상기, 윤천건에게 시집간 딸 등 3남 1녀를, 측실인 이씨와의 사이에 상수, 상계, 이영원에게 시집간 딸 등 2남 2녀를 두었다. 조도보의 큰아들인 조상경은 이조판서를 지냈고, 그 아들은 통신사로 일본에 가서 고구마를 들여온 것으로 유명한 조엄(趙曮)이다. 조엄은 대사헌, 이조판서 등을 역임했으며 그 부인은 혜경궁 홍씨(1735~1815)의 막내고모, 즉 홍봉한의 막내누이이다. 조상수는 조상경의 서제(庶弟)로 둘은 꽤 가깝게 지냈던 것으로 보인다.

풍양 조씨의 친정은 서계(庶系)이기는 하나 그의 할아버지 조상수, 아버지 조감으로 이어지는 동안 정치권력의 중심에 있던 조상경, 조엄으로 이어지는 적계(嫡系)와 긴밀한 관계를 맺고 있었다. 조감은 1775년 32살의 나이로 무과에 급제하여 현감을 지냈지만, 조상수나 통덕(通德)을 받은 조철은 과거를 통하지 않고 음직(蔭職)으로 현감을 지냈다. 풍양 조씨의 친정은 조상경, 조엄 등 풍양 조씨 가문의 세력권에 있었으며, 경제적으로도 사치하다는 말을 들을 정도로 부유했던 것으로 보인다. 풍양 조씨의 친정은 양자로 들인 조진숭이 일찍 죽어 대가 끊어지긴 했으나 계속 중앙 정치권력의 주변부에 있었던 것으로 보인다. 조엄의 손자인 조만영(趙萬永, 1776~1846), 조인영(趙寅永, 1782~1850)이 풍양 조씨 세도정치의 중심이었던 것에서 그것을 짐작할 수 있다.

조씨가 시집간 청풍 김씨 집안은 현종의 비인 명성왕후의 아버지 김우명(金佑明, 1619~1675)의 후손으로 시증조부가 무과에 급제하여 현감을 지냈으나 시아버지는 관직에 나가지 못했다. 김기화는 이 집안의 독자이자 종손으로 과거에 급제하여 가문을 유지하게 해 줄 것으로 기대되었으나 병으로 일찍 죽고 말았다. 김기화의 집은 시골에서 나오는 소출로 생계를 유지하고 있었던 것으로 보인다. 그러나 풍양 조씨 부인이 『자기록』에서 여러 차례 매우 검약하게 생활한다고 한 것을 보면 경제적으로 넉넉하지 못했던 것으로 보인다. 풍양 조씨 부인의 시집은 경제적으로는 풍양 조씨의 친정에 비해 열세지만, 서계가 아니라 김우명의 적계 후손이었기 때문에 신분 면에서는 우월했던 것으로 보인다. 그러나 김기화의 증조부, 김기화의 양자인 김최선(金最善, 1789~1851)이 무과에 급제한 것으로 미루어 무반 집안으로서의 공통점이 있었다.

풍양 조씨 부인의 가계를 살피다 보면 풍양 조씨 부인의 글쓰기의 연원, 나아가 여성의 글쓰기와 관련하여 주목을 끄는 부분이 있다. 그것은 바로 조엄의 부인이 혜경궁 홍씨의 막내고모라는 점이다. 조엄은 조철, 조감 형제와 가까운 관계를 유지했던 것으로 보이는데, 조엄이 통신사로 일본에 갈 때 조철을 자제군관으로 데리고 갔고, 『자기록』에도 조엄으로 보이는 종숙부 이야기가 나오기 때문이다. 따라서 조엄의 부인 홍씨 부인도 조철, 조감 집안과 관계가 멀지 않았을 것으로 보인다. 홍씨 부인은 『한중록』을 쓴 혜경궁 홍씨의 막내고모이다. 혜경궁 홍씨에게 언문을 가르친 사람은 혜경궁 홍씨의 숙모인 평산 신씨(홍인한의 부인)로 알려져 있는데, 평산 신씨는 『의유당관북유람일기』의 저자인 의령 남씨(1727~1823)의 시누이기도 하다. 풍양 조씨의 종숙모 홍씨 부인과 관련한 인물들이 조선시대의 대표적인 한글 작품을 남긴 여성 작가인 혜경궁 홍씨와 의령 남씨인 것이다. 이는 풍양 조씨 부인의 글쓰기가 이들과의 관련 속에서 나왔을 수도 있음을 짐작하게 하는 단서이다. 풍양 조씨 부인이 이들의 영향을 직접 받았는지는 알 수 없다. 그러나 집안 간의 교류를 통해 이들의 수준 높은 글쓰기 수준에 대해 들었을 가능성은 있다.

『자기록』은 의유당 김씨가 『의유당관북유람일기』를 쓴 것으로 추정되는 1769~1772년보다 약 20년 뒤에 씌어졌고, 혜경궁 홍씨(1735~1816)가 1795~1805년에 걸쳐 『한중록』을 기록한 시기와 비슷한 시기에 기록되었다는 점은 이 시기 여성 글쓰기가 여성 간의 영향 관계 속에서 이루어진 것이 아닌가를 짐작하게 한다. 『자기록』이 보여주는 짜임

새 있는 구성과 생생하고 절절한 표현 등은 풍양 조씨의 작가적 능력을 보여주며, 이러한 능력은 풍양 조씨 집안 여성의 어문생활과 일정한 관련이 있는 것으로 짐작된다. 또한 풍양 조씨의 글쓰기가 우연의 소산이 아니라 글을 써서 자신의 내면을 토로하고 자신의 삶을 돌아보면서 삶을 성찰하기 위한 것이었음을 짐작하게 한다.

3. 기록을 통해 획득한 삶의 이유, 『자기록』

『자기록』의 내용은 크게 서문, 자신의 생애를 서술한 본문, 발문, 남편이 죽은 뒤 친지들이 쓴 제문과 언니의 필사기, 이렇게 다섯 부분으로 구성되어 있다. 제문들은 남편의 외삼촌, 장인, 팔촌형, 육촌형, 육촌아우가 한문으로 쓴 것을 한글로 번역해서 실은 것으로 보인다. 그런데 각 부분은 한꺼번에 기록된 것이 아니고 시차를 두고 몇 번의 편집과정을 거쳐 한 책으로 만들어진 것으로 보인다. 풍양 조씨는 왜 자신의 생애에 대한 글을 쓰게 되었을까? 서문에서 풍양 조씨는 자신의 생애를 기록하게 된 이유와 자신이 쓰고자 하는 내용을 밝히고 있다.

조용히 물러나 있는 가운데 옛날 일을 추모하니 세세하게 눈앞에 벌어져 하늘 끝에 닿을 듯 가없는 설움이 새로워 나의 어릴 적에 있었던 행적만 대강 기록한다. 그때 내가 어렸을 뿐 아니라, 우리 어머니가 온갖 좋은 점을 갖추어, 막힘없는 식견과 활달하신 도량에 깊고 신중한 지혜로 모든 일을 시기에 맞게 하셔서 다른 사람의 생각을 넘어서는 것이 많았으니 어찌 다 형용하여 기록할 수 있겠는가. 겨우 만에 하나를 기록하고, 아버지의 남보다 인자하고 명철하신 두어 가지 일을 올린다. 그리고 다시 나의 궁한 팔자와 혼인으로 느낀 설움은 세월이 오래 지나면 능히 기억하지 못할 것이라 혼인하고서 남편이 병을 앓기 시작한 처음부터 끝까지, 그리고 일을 당하기까지의 대강을 기록한다. 내가 살아 있는 동안 두고 보면서 눈앞의 일같이 잊지 말고 또 뒷사람들에게 옛 일을 알게 하고자 잠깐 기록하나, 정신이 황량하고 마음이 어지러워 자세하지 못하다.　　　　　　　　　―『자기록―여자, 글로 말하다』

풍양 조씨는 자신이 겪은 일을 스스로 잊지 않도록, 뒷사람들에게 옛날 일을 알게 하기 위해서라고 자신의 저작 의도를 분명히 하고 있다. 그리고 이러한 저작의도에 따라 자신이 겪은 일을 인물 별로, 그리고 연대순으로 정교하게 배치해서 서술하고 있다.

본문에서는 아버지와 어머니, 언니의 혼인, 자신의 혼인, 시집 초창기의 생활, 남편의 발병과 투병, 죽음과 상을 치르는 과정을 연대기적으로 서술하고 있다. 아버지에 대한 내용에는 아버지의 지극한 효성과 뛰어난 인품, 어머니와의 관계 등이 서술되어 있고, 어머니에 대한 내용에는 어머니의 탁월한 인품과 잇따른 출산과 병, 죽음과 장례, 어머니가 돌아가신 뒤의 그리움 등이 기록되어 있다. 어머니에 관한 기록에서는 특히 첫아들이 을미년(1775)에 홍역으로 죽고, 정유년(1777)에 낳은 둘째 아들도 전염병으로 죽은 뒤 신축년(1781)에 다시 딸을 낳은 뒤에 쇠진해서 세상을 떠나게 되는 과정이 자세히 서술되어 있다.

언니의 혼인에 이어 풍양 조씨 부인의 혼인과 시집에서의 생활이 기록되어 있는데, 이 부분이 가장 많은 비중을 차지한다. 여기에는 시집 가문 소개, 평소 부부의 대화와 시집에서의 생활, 남편의 발병, 병의 진행, 치료 과정, 친정으로의 피접, 병세의 위독, 생혈을 내고자 하는 시도, 자결 결심, 죽음이 임박한 당시 남편의 모습, 자결을 말리는 친정식구들과 시집식구들, 장례, 남편이 죽은 뒤의 삶 등이 구체적으로 서술되어 있다. 특히 남편의 발병과 투병 부분은 병상일지처럼 날짜에 따라 병세의 진행과 치료를 자세하게 서술하고 있어, 당시 양반가의 의료인식이나 질병에 대한 대처 방식, 보양 음식, 민간요법, 음악치료 등 생활사와 관련한 다양한 자료를 제공해 준다.

마지막 부분은 남편이 죽은 뒤 친지들이 쓴 제문을 수록한 부분이다. 제문은 친정아버지를 비롯해서 김기화의 사촌 혹은 육촌 형제들이 고인을 애도하면서 쓴 것인데, 이후에 한글로 번역해서 실은 것으로 보인다. 누가 한글로 번역했는지는 알 수 없으나 풍양 조씨 부인이 했을 가능성도 배제할 수 없다. 마지막 글은 친정언니가 쓴 필사기이다.

이상에서 보듯 『자기록』은 친정아버지, 돌아가신 친정어머니의 생애와 인품, 언니, 결혼, 시집에서의 생활, 시어머니, 남편의 득병, 병의 진행, 치료와 간호, 남편의 죽음, 장례 등으로 이루어져 있다. 이 중 가장 많은 비중을 차지하는 것은 남편이 병들어 죽기까지의 과정이고, 그 다음은 친정어머니에 대한 것이다. 친정아버지와 언니에 대한 내용은 분량은 많지 않지만 기록 전반에 걸쳐 나타난다.

풍양 조씨 부인은 자신이 느낀 감정을 생생하게 묘사하고 자신이 보고 들은 일을 정확하게 기술하고 있다. 그러나 풍양 조씨 부인은 자신의 감정이나 경험한 사건을 단순히 나열하는 것이 아니라 병의 원인을 따지고, 치료 방식의 문제를 지적하고, 자신이 살아남는 이유를 제시하여 결국 앞으로 자신이 할 일이 무엇인가에 도달하는 구성을 취하고 있다. 이를 통해 풍양 조씨 부인은 어머니, 남편의 죽음에 대해 서술할 때도 왜 죽게 되었는지, 왜 병을 앓게 되었는지 하나하나 따지고 있는 것이다. 풍양 조씨 부인은 어머니가 죽게 된 것이 아들을 낳기 위해 무리하게 계속 출산을 한 때문이라 보고, 남편이 죽게 된 원인을 과거시험장의 추위, 밤늦게까지 공부하다 먹은 야식 때문인 것으로 본다. 풍양 조씨에 의하면 남편 김기화는 깊은 밤까지 공부하고 어머니 처소로 가서 국수를 먹곤 했는데, 어른들이 기다릴까봐 제대로 소화를 못 시키고 찬 방에서 자는 바람에 체해서 단명할 마디가 되었다는 것이다. 여기에 찬 것이 더 낫다고 여겨서 한겨울에도 차게 지낸 시집의 생활습관도 한 몫을 했다고 본다. 또 처가에서 지어준 약을 달가워하지 않은 시할아버지나 시아버지, 약을 제 때 쓰지 않은 시부모의 대처 방식에 대해서도 은근히 유감을 드러낸다.

  여기에 더하여 풍양 조씨 부인은 남편이 죽은 뒤 따라죽으려다가 주위의 만류로 살아남게 되는 과정을 기록해서 자신이 살아남은 이유를 제시한다. 남편이 위독해지자 조씨는 피를 마시게 해서라도 그 목숨을 늘리고자 한다. 그러나 당황해서 '손이 떨려' 찌르지 못한다. 또 죽을 결심을 언니에게 알리기까지 했으나 친정아버지가 설득하자 죽지 않기로 마음을 바꾼다. 혈서도 주위의 만류로 그만둔다. 심지어 남편이 죽던 당시 시어머니와 자신이 고단한 나머지 잠깐 잠이 들었던 것도 그대로 기록하고 있다. 남편이 죽은 뒤 친정아버지가 육즙을 먹게 하자 죽은 남편의 몸이 식기도 전에 육즙을 먹는 데 대해 일순 죄의식을 가지기도 하지만 결국은 그것을 마신다. 이미 양가의 부모를 위해 살기로 했으니 이런 작은 일로 고집하는 것도 그 뜻을 어기는 것이라고 생각했기 때문이다. 이렇게 홀로 살아남은 자신에 대해 조씨 부인은 '하늘을 거스르고 의리를 저버린' 것으로 평가한다. 이처럼 『자기록』에 기록된 풍양 조씨 부인의 모습은 조선 후기 남편을 잃은 양반 부인들이 했을 것으로 기대되는 행동들과는 전혀 다른 모습을 보여준다. 그러나 풍양 조씨 부인은 자신의 행동에 대해 어쩔 수 없었다든지, 설득 당했다고 하는 것이 아니라 자신도 수긍했으며, 또 그렇게 행동하게 된 이유를 정확하게 제시한다.

뿐만 아니라 남편도 없고 자식도 없는 자신의 처지에 대해서도 정확하게 인식하고 있다. 따라서 『자기록』은 부분부분 격한 감정을 표현하고 있어 감정적인 서술태도를 드러내면서도 동시에 객관적이고 사실적인 태도를 견지한다. 이 같은 이중적 서술 태도를 통해 풍양 조씨 부인은 남편을 따라죽지 않고 살아남은 이유를 적극적으로 해명할 수 있었던 것으로 보인다.

　『자기록』은 내면의 고백보다는 오히려 사실의 기록에 가까우며 아버지, 어머니, 남편 등을 중심으로 서술하고 있다. 이처럼 아버지 - 어머니 - 남편을 중심으로 구성된 것을 두고 『자기록』을 자전적 기록 또는 자기서사라 보기 어렵다는 문제가 제기되기도 했다. 서술의 중심이 서술자 자신의 삶이나 내면보다는 주변인물이나 주변인물과의 관계로 흩어져 있는 것처럼 보이기 때문이다. 물론 풍양 조씨 부인은 어머니와 남편을 기록의 중심에 놓고 있다. 그러나 현재 자신이 "천지간 궁한 팔자"에 놓이게 된 것은 바로 이들의 죽음이기 때문에 이들에 대해 이야기하는 것은 결국 자신에 대해 이야기하는 것이기도 하다. 이렇게 보면 『자기록』의 중심은 풍양 조씨 부인 자신이라고 할 수 있다. 풍양 조씨 부인이 『자기록』을 "나의 남은 해를 생각하니 푸른 머리와 붉은 얼굴이 시들 날이 멀어 남은 세월이 일천 터럭을 묶은 것 같으니 어찌 견디어 살리오. …… 내 이미 목숨을 훔친 뒤에는 …… 원컨대 길이 기대할 만하고 어질고 효성스러운 양자를 얻어 제사를 맡기고 박명한 여생을 의지하고자 하노라"(124면)로 끝맺고 있는 것도 자신의 관심이 현재 자신의 상황과 앞으로의 삶에 있음을 보여준다. 이처럼 자신의 삶을 직시하고 자신의 삶의 방향을 가늠하고 있다는 점에서 『자기록』은 박명한 여성의 신세한 탄을 넘어서 글쓰기의 힘을 보여준다. 어머니에 대한 기억을 정리하고, 남편이 병들어 앓다가 죽기까지의 과정, 따라죽으려다가 살기로 결심하게 된 과정, 상을 치르던 일을 하나하나 불러내고, 그것을 응시하고, 그것을 가감 없이 기록한 결과 자기가 남편을 따라죽지 않고 살아 있는 이유를 해명하고, 결국 자신의 삶을 긍정하는 데 도달하고 있기 때문이다.

조선시대에도 글을 읽고 쓸 줄 아는 여성이 적지 않았지만 부인의 글이 집 밖으로 알려지는 것을 꺼려했던 까닭에 여성이 쓴 글들은 대부분 그 이름이 밝혀지지 않고 있거나 아예 그 존재조차 드러나지 않았다. 이런 상황에서 풍양 조씨 부인은 조선 후기 여성 글쓰기의 높은 수준을 보여주는 『자기록』의 작가로 한국 고전 여성 작가의 한 사람으로 새롭게 등재될 만하다.

우뚝 선 어머니의 자긍심
연안(延安) 이씨(李氏)

김수경

1. 예나 지금이나 자식 잘 키운 어머니란

해마다 12~1월이 되면 대학입시 결과가 발표된다. 대학의 숫자가 늘어나고 학생 수는 점점 줄어든다지만 학생들과 학부모가 소망하는 유명 대학은 정해져 있기에 이즈음의 팽팽한 긴장은 연례행사처럼 찾아온다. 합격자가 발표되고 나면 각종 언론들은 약속이라도 한 듯 주목할 만한 합격자들을 소개하고 인터뷰한다. 수능만점자, 쌍둥이의 동시 합격, 최고령자 최연소자 합격과 더불어 언제나 빼놓지 않고 등장하는 예가 어려운 환경을 극복하고 최고의 대학에 합격한 학생이다. 어렸을 때 부모를 모두 잃고 할머니 손에서 자라면서 쓰레기를 주워 생계를 마련했다든지, 흔한 인터넷 과외 한 번 받을 여유가 없어 교과서를 통째로 외워버렸다든지, 도우미 생활을 하는 어머니 대신 집안 살림을 도맡아하면서도 전교1등을 놓치지 않았다든지 하는.

초등학교 들어가기 훨씬 전부터 한글은 물론 영어까지 배우며, 각 학년에 맞게 기획된 사교육을 빠짐없이 받아야만 친구들과의 경쟁에서 두각을 나타낼 수 있는 요즈음의 세태에서 이러한 예들은 여전히 감동을 줄 뿐 아니라 선망의 대상이 된다. 그런데 어려운 가정환경을 극복하고 학업에 탁월한 성과를 거두는 데 어머니의 역할이 결정적이었다면, 언론은 어김없이 그 어머니를 합격한 학생만큼이나 부각시킨다. '어려운 환경 속에서도 날마다 얻어온 영어테이프를 틀어줘서 아이의 귀가 틔었다'든가, '매일 집근처에 있는 도서관에 데려가 여러 분야의 책을 섭렵하게 했다'든가, 아예 '중학교 고등학교 과정을 직접 공부해서 직접 아이를 가르쳤다'는 사례조차 있다.

이런 사례들, 이런 사건들이 어제 오늘의 일이 아니라는 걸 모두가 알고 있다. 그러나 조선시대에도 어려운 가정형편을 딛고 아들을 훌륭하게 키워 과거에 급제하게 만들고 가문을 다시 일으켰을 뿐만 아니라, 임금도 기뻐하며 치사했다는 사례가 있다는 것을 아는 사람은 드물다. 그 특별한 예로 들고자 하는 것이 이 글에서 소개하고자 하는 연안 이씨 부인이다. 연안 이씨 부인은 「쌍벽가」와 「부여노정기」라는 규방가사 작품 두 편을 남겼을 뿐이지만 규방가사를 연구하는 데 있어 매우 중요한 인물 가운데 한 사람이다.

2. 규방가사의 전통과 작가로서의 연안 이씨 부인

규방가사의 두드러진 특성 가운데 하나는 창작과 전승과정의 특이성이다. 규방가사의 전통은 18~19세기 양반 계층 여성들의 문자생활이 지금의 일반적인 통념에 비해 훨씬 활발했음을 보여준다. 조선시대 반가의 여성들은, 남성에 비하면 물론 상당히 제한된 측면이 있지만, 문자생활이 가능했을 뿐만 아니라 그것을 즐기고 자부심을 느꼈던 계층이다. 그러나 반가의 여성들이라고 해서 문자생활이 균질하지는 않았을 것이

다. 친정 및 시가의 가풍, 교육의 정도, 개개인의 자질에 따라 그들의
문자생활은 큰 편차를 보였을 것이라 짐작된다. 규방가사가 특히 영남지
방을 중심으로 유행했던 점을 감안하면 지역적인 차이 또한 개인의 문자
생활을 결정짓는 데 중요한 요인으로 작용했을 것이다.

　이러한 측면에서 「쌍벽가」와 「부여노정기」라는 두 편의 작품을 남긴
연안 이씨의 존재는 작자와 창작 상황을 구체적으로 확인할 수 있다는
점에서 특이한 위치에 놓여있다고 볼 수 있다. 규방가사는 크게 1) 조선
중기 「규원가」, 「봉선화가」 2) 조선 후기 記名작가의 작품 3) 조선 후기
無名작가의 작품 등으로 구분해볼 수 있는데, 그간의 연구를 통해 주목
받았던 것은 주로 1)과 3)이었다. 이 가운데 흥미로운 것이 2)의 존재인
데 흔히 규방가사라고 하면 상층 사대부가 여성이 중심 작가층이었음에
도 불구하고 작가를 기명하지 않는 것이 일반적인 관행이었기 때문이다.
2)에 해당되는, 현재까지 발견된 18, 9세기 규방가사의 기명작가는 모두
11명이다. 안동 권씨의 「반조화전가」, 정부인 연안 이씨의 「부여노정기」,
「쌍벽가」, 전의 이씨의 「절명사」, 남원 윤씨의 「명도자탄사」, 순원왕후
김씨의 「김대비훈민가」, 「부녀훈민가」, 효현왕후 김씨의 「태평사」, 광
주 이씨의 「이부인기행가사」, 은진 송씨의 「금행일기」, 「휵양가」, 남양
홍씨의 「남양홍씨계녀가」, 윤희순의 의병가 7편 등이 그것인데, 규방가
사 연구의 선편을 잡았던 권영철이 수집한 두루마리본 가사가 6,000여
수나 된다고 할 때 2)의 기명작가가 11명에 지나지 않는다는 사실이 주
목을 끈다.

　연안 이씨는 예조판서를 지냈던 이지억(1699~1794)의 차녀로 태어나
서애 유성룡의 8세손인 유사춘(1741~1814)과 혼인하여 3남 1녀를 낳은
명문가의 여성이다. 「쌍벽가」와 「부여노정기」는 두 작품 모두 호조판
서까지 지낸 부인의 장남 유태좌를 두고 지은 것이다. 「쌍벽가」는 부인

이 58세 때인 정조 18년(1794) 아들 태좌와 조카 상조(1763~1838)가 나란히 과거에 급제하자, 정조가 서애 유성룡의 음덕이라고 기뻐하여 손수 제문을 짓고 승지를 안동에 보내어 제사를 모시게 한 것을 기념하여 지은 작품이다. 58세라는 적지 않은 나이에 아들과 조카가 동시에 과거에 급제하여 고향에 내려오고, 여기에 임금이 손수지은 제문까지 승지의 손에 들려오니 그 기쁨은 이루 다 말로 할 수 없었을 것이다. 「쌍벽가」가 이러한 상황을 나타낸 작품이라면, 「부여노정기」는 몇 해 뒤인 64세 때(순조 2년, 1802)에 큰 아들 태좌가 부여 현감에 제수되고, 다시 내직인 홍문과 수찬에 제수되자 그 기쁨을 아울러 지은 작품이다.

3. 판서의 딸에서 빈한한 시집의 며느리로, 갖은 고생 끝에 아들을 급제시킨 그녀의 삶

아들 유태좌의 문집 『학서선생문집』에 남아있는 행장, 가장, 묘비명 등을 살펴보면 연안 이씨에 관한 좀 더 상세한 정보들을 얻을 수 있다. 앞서 살펴본 바와 같이 부인은 1737년(영조 13년)에 나서 1815년(순조 15년)에 세상을 떠났으며, 부친은 예조판서를 지낸 이지억(1699~1770)이고, 모친은 정부인 남양 홍씨이다. 이지억은 모두 2남 3녀를 두었는데, 연안 이씨는 차녀이다. 아들인 보연과 응덕은 일찍 죽었고, 세 딸은 각각 파평 윤씨(윤항진), 청주 정씨(정장간), 풍산 유씨(유사춘)에게 출가하였다. 이 중에서 유사춘에게 출가한 딸이 바로 연안 이씨이다.

이씨는 서애 유성룡의 8세손인 남편 유사춘과 혼인하여 태좌(1763~1837), 석좌(1768~1803), 철조(1771~1842) 등의 세 아들과 진사 강철흠의 아내가 된 딸 하나를 두었다. 이 가운데 큰 아들 태좌는 자를 사현, 호를 학서라 하며, 외조부댁인 한양 나동에서 출생하였다. 앞서 밝힌 대로 32세 때인 정조 18년(1794) 정시문과에 병과로 급제하여, 가문에 영광을 돌렸음은 물론 어머니 연안 이씨로 하여금 이 작품을 쓸 수 있게 하는 계기를 마련하였다. 태좌는 이후 승정원 가주서가 되고, 사간원 정언, 부여현령, 홍문관부교리, 성균관 사성, 홍문관교리, 예조참의, 동부승지, 우승지, 호조참판 등을 역임하였다. 또 둘째 아들 석좌는 자를 사능, 호를 월담이라 하며, 28세 때인 정조 19년(1795) 생원이 되었으나 병약하여 36세 되던 해 요절하였다. 셋째 아들 철조는 자를 사중, 중길, 호를 소헌이라 하고 25세 때 중형과 함께 사마시에 합격하여 생원이 되고, 순조 4년(1804)에는 온릉 참봉에 제수된 뒤 고성군수를 지냈다.

『정조실록』에 따르면 정조는 연안 이씨의 아들 태좌가 과거에 급제하자 알현하는 그를 보고 다음과 같이 하교하였다고 한다.

> 유 문충공(유성룡)의 경륜과 사업은 부녀자와 어린이들도 아는 바이다. 요사이 성을 쌓는 데 대한 방략을 열람하기 위해 그의 유집을 책상에 두고서 그의 글을 자세히 읽는 가운데 그의 사람됨에 대해 더욱 알게 되었다. 이런 때에 이 집의 자손이 급제하였으니 마치 도와준 사람이 있는 듯하다 …(중략)… 영의정 문충공 유성룡의 집에 승지를 보내어 제사를 지내도록 하라
>
> ─『정조실록』

이와 같은 내용은 태좌의 문집인 『학서선생문집』에도 매우 자세하게 서술되어 있다.

> 갑인년에 당형인 풍안군 상조가 알성시에서 급제하고, 공 역시 정시 병과에 급제하니 상께서 들어오게 하여 고개를 들어보게 하고 '서애의

후손이 형제가 나란히 연벽(聯璧) 경사를 이루었구나' 하시고는 외조부
와 처가에 대해서도 자세히 물으시고 기뻐하시며 친히 문충공의 묘에
내리는 제문을 지어내리셨다.   −『학서선생문집』

그러나 이러한 경사가 있었던 것은 태좌가 32세, 연안 이씨가 58세였
던 때이니, 연안 이씨가 시집왔을 때부터 이런 경사가 있기까지 40여
년 간 부인의 고생은 이루 말할 수 없었다. 부인이 시집올 당시 친정은
매우 번족했었다고 한다. 고조부는 관찰사였던 이성휘, 증조부는 이조참
판을 지낸 이형삼, 조부는 정랑 이만성, 아버지는 예조판서를 지낸 이지
억인 데다가 당시 재상이었던 채제공(1720∼1799)과 부인은 육촌 간이고,
태좌의 급제를 축하하기 위해 안동에 내려온 좌부승지 이익운도 부인과
같은 연안 이씨이니 대단한 집안이었다고 할 수 있다. 그에 비하면 시댁
은 상대적으로 한미했다. 물론 유성룡의 직계라는 명예는 높았지만 관직
에 나가본 지 오래된 실정이다 보니 끼니를 이어가기조차 힘들었던 것
같다. 묘지명의 내용을 살펴보면 집이 너무 빈한해서 며칠에 한 번씩
겨우 밥을 먹을 수 있었으며 부인의 큰아들인 태좌가 본가가 아닌 외가
인 한양 나동에서 탄생하게 된 것도 집이 너무 가난했기 때문으로 보인
다. 부인의 친정아버지인 이지억이 딸을 보기 위해 안동의 집에 들렀을
때, 부인은 아들 태좌를 등에 업고 밭을 매고 있다가 호미를 든 손으로
아버지를 맞았다고 하니 그 궁핍했던 상황을 짐작할 만하다. 「쌍벽가」
에는 당시의 상황을 이렇게 묘사하고 있다.

    팔 분 쓰는 고은 손이 채봉채미 흐려니와
    늇십스괘 노외시며 방 한 간이 아롱곳가
              (중략)

괴왕을 샹쟝ᄒ니 형극노황 그지업다

삼슌구식은 너룰 이른 말숨이요

- 「쌍벽가」 부분

신분상으로는 지체 높은 양반이었지만 현실적인 삶은 서민보다 못한 처지에서 과도한 노동과 그로 인한 정신적 고통이 이루 말할 수 없을 정도였던 듯싶다. 연안 이씨의 고생스러운 삶은 자연스럽게 자식의 현달을 통한 가문회복에 기대를 갖게 하였을 것으로 짐작된다. 그러던 중 혼인한 지 40년 만에 아들과 조카가 한꺼번에 급제하고 임금인 정조가 친히 제문까지 지어내려 보냈으니, 이 사건은 연안 이씨 자신에게는 물론 풍산 유씨 가문 전체에 큰 경사였고 이를 칭송하고 남기려는 의도는 당연한 것이라고 할 수 있다.

「부여노정기」역시 아들이 부임한 부여에 따라 내려가서 부여 부근의 기행을 이야기하고 있는 듯하지만 사대부 기행가사에서 흔히 볼 수 있듯 경물을 통한 새로운 인식이라든가 산수미에 대한 완상의 태도는 별로 드러나 있지 않다. 그보다는 관직을 제수 받은 아들에 대한 기특한 마음과 죽은 며느리에 대한 애석한 마음을 나타낸 부분, "사십년 막힌 소회 이제야 틔이거다"에서 드러나는 기쁨 등 주로 아들에 대한 자부심이 오히려 강하게 나타난다.

셕감이 적을소야 츠마 엇지 잇칠손이

남인의 염을 빌고 북촌의 남글쥬니

심육년 동고지인 어드로 가돈말고

난즈옥질은 안중의 삼삼ᄒ고

이셩화기는 일각인들 잇칠손가

유작유소유귀거라 옛글의도 잇거니와

당당훈 동상방의 너를 엇지 못 안치며

이됴혼 이세계 너롤 엇디 못뵈노니

오미에 미친 한이 속광젼 풀일손야   ―「부여노정기」 부분

 연안 이씨 일행이 부여에 도착한 뒤 죽은 며느리에 대한 그리움을 토
로한 부분이다. 여기에는 배경이 되는 뒷이야기가 있는데,「부여노정기」
의 작자인 연안 이씨가 아들의 부임지까지 내행하게 된 까닭은 무엇보다
도 아들 태좌가 부인을 잃고 아직 재취하지 않은 독신인 상태였기 때문
이다. 위에 인용된 부분을 보면 아들의 경사를 보면서 당연히 이 자리에
있어야 할 며느리에 대한 애틋한 심정이 절실하게 나타나 있는데 한편으
로는 아들의 심정을 대신하여 토로하고 있는 듯도 하다. 또한 "며느리가
남린과 북촌에서 나무를 줍고 소금을 빌리는 고생을 16년 동안 나와 같
이하였다"는 것을 보면 며느리를 그리워하는 가운데 한편으로 자신의
개인적인 소회를 표출하고 있다는 것도 알 수 있다.

오날날 이희보눈 긔 더욱 망외로다

슈왈 소읍이나 내게눈 고향이라

착할샤 우리 쥬스 일마다 거록하다

남의 이른 일도 오히려 긔특거든

이 집아히 이 스업 이 영양은

니 아니 갸록혼가 이 갸록혼가   ―「부여노정기」 부분

 위의 인용은 작자 연안 이씨가 아들이 부여태수에 임명되자 그에 대한
기쁨과 자부심을 나타내고 있는 부분으로, "착하다 우리 주사 일마다

거룩하다"'"이 아니 갸륵한가?" 하여 아들에 대한 기특한 마음을 직접적으로 보여주고 있다. 두 종형제의 급제를 기뻐하며 지었다는 「쌍벽가」에는 오히려 자신의 기쁨이 직접적으로 드러나 있지 않은 반면 「부여노정기」에는 아들에 대한 기특한 마음이 상대적으로 적극적으로 나타나 있어 흥미롭다. 결국 연안 이씨의 두 작품의 핵심은 '아들을 잘 둔 어머니로서의 감격' 또는 '아들에 대한 뿌듯함'에 있다고 할 수 있다.

아들 태좌의 문집 속에 남겨진 연안 이씨의 행장을 보면, 부인은 매우 영특한 데다가 효성 역시 지극하였다고 한다. 시부모님을 극진히 모셔서 시아버지인 풍창군이 "옷은 몸에 맞춘 듯하고 맛은 입에 맞춘 듯하니 진정 효부로다. 우리 집안이 며느리로 인해 창성할 것이다"라고 매양 칭찬할 정도였다. 스스로는 늘 검소하면서도 아들이 녹봉으로 받아온 것을 따로 모아두었다가 친척 가운데 어려운 사람을 돕곤 했다는 기록도 남아있다. 또한 어렸을 때부터 총명하여 경전의 자구를 듣기만 해도 문득 깨달음이 있었으며 태좌를 낳은 뒤로는 집안일을 하는 중간 중간에 틈이 날 때마다 아이를 안고 경전이나 시구를 외워 아이에게 가르쳤다고 한다. 효성이나 여공에 대한 칭송은 반가 여성들의 묘지명이나 행장에서 흔히 등장하는 상투적인 수사라고 생각될 수 있다. 그러나 연안 이씨가 정식으로 배우지 않았음에도 불구하고 학문적 식견이 있었으며 그것을 자식에게 가르쳤다는 기록은 아들이 과거에 급제하고 결과적으로 집안을 일으킨 이후의 결과와 무관하지 않다고 본다.

4. 작품에서 읽히는 성취와 한풀이

기존의 연구에서 「쌍벽가」를 송축가류로 구분하고 있는 만큼, 이 작품에서는 자식을 잘 둔 어머니의 뿌듯한 마음을 읽어낼 수 있다. 기행가 류로 분류되는 「부여노정기」역시 부여를 여행한 기록보다는 자식을 잘 둔 어머니가 가질 수 있는 기쁨이 도드라져 보인다.

이로써 보건대 작자인 연안 이씨 부인의 마음속에 자리 잡고 있는 것은 기쁨 외에도 가문이 회생하게 된 자부심이 더 크게 자리 잡고 있다고 볼 수 있다. 고생 끝에 마침내 아들과 조카가 같은 해에 급제하고 임금이 기뻐하면서 친히 제문을 내리고 승지까지 내려 보냈을 때 부인의 마음속에서 일렁였던 것은 기쁨보다는 성취감, 주관적인 기특함보다는 가문에 대한 자긍심 같은 것이 아니었을까. 「쌍벽가」는 표면적으로는 기쁨을 나타내고 있으나 내면적으로는 가문에 대한 긍지, 그리고 그런 긍지를 맛보기 위해서는 자식을 잘 키워야 한다는 교훈적인 메시지를 담고 있다고 본다. 「쌍벽가」의 작품 안에는 독자를 향하여 '충효당 아희들아 띄에 삭여 잇지 마라'라고 말하고 있으며, '이도곤 나은 스업 우주도곤 또 잇는가'라고 하여 아들을 잘 교육시켜 가문을 빛나게 하는 일이 부녀자로서 가장 큰 과업임을 구체적으로 말하고 있다.

다른 한편으로 이 작품을 처음 학계에 알린 권영철의 말에서도 작품의 전승과정을 엿볼 수 있다. 권영철은 제시된 자료가 원본이 아니라 모두 여섯 종의 이본을 교합하여 복원한 것이며, 자료 발굴 당시 모든 필사자가 작가가 연안 이씨임을 증언하고 있으며 이본이 허다했다고 기록하고 있다. 필자가 「쌍벽가」연구를 위해 안동에서 자료조사를 했을 때도 이 작품은 너무 유명해서 안동에서는 한 집 건너 한 편씩 소장하고 있을 정도라는 말을 듣기도 했다. 결국 작품의 내용만큼이나 작자인 연안 이씨에 대한 완고한 전승의 뜻을 읽어낼 수 있었다. 결국 「쌍벽가」는 창작의도 자체가 쌍벽이라고 일컬어지는 두 사람 태좌와 상조에 대한 축하와 기쁨 외에 스스로에 대한 자긍심이 강하게 드러나며,

전승 과정에 있어서도 번족한 친정에 비해 상대적으로 한미한 집에 시집와서 아들들을 훌륭하게 키워낸 연안 이씨에 대한 칭송의 뜻, 그리고 그런 부인을 모범으로 삼으려는 넓은 의미의 교훈적인 뜻이 더욱 확대되어 간 것으로 생각된다.

「쌍벽가」와 「부여노정기」에도 다른 규방가사에서 흔히 찾아볼 수 있는 탄식이 나타나기는 한다. 그러나 '시집와서의 고생'이라는 당대 여성의 공통적인 탄식은 신세한탄과 여자로 태어난 운명에 대한 설움에 그치지 않는다. 가난으로 인한 고된 하루, 가족과의 이별, 어느덧 찾아온 늙음에 대한 한탄이 나타나기는 하지만 그것들을 이겨낸 의연함이 더욱 두드러진다. 더구나 "칠신위아" "예양지우" 같은 구절은 모두 원수를 갚기 위해 모든 고난을 무릅쓰던 예양 같은 사람의 고사를 말하고 있어서 오늘과 같은 영광 뒤에는 절치부심했던 과거가 있었고 그런 과거가 있었기에 오늘 같은 영광이 가능했다는 점이 더욱 부각된다. 따라서 탄식이 탄식으로 그치는 것이 아니라 오늘날의 영광을 가능하게 했던 밑거름으로서의 역할을 하고 있으며 아들에 대한 뿌듯함과 가문의 영예를 나타내려하는 작품 전체의 지향과도 일치한다고 할 수 있다.

일반적으로 규방가사에서 탄식이 담당하고 있는 기능은, 현실에서 해소되기 어려운 상황과 그것이 주는 고통에 대한 심정의 토로 내지 한풀이의 역할이다. 특히 화전가류에서는 표면적으로는 즐겁고 유쾌한 흥취를 추구하지만 이를 통해 고통을 잊어버리고 현실에 적응하려는 풀이의 기능을 엿볼 수 있다. 이에 비해 연안 이씨의 작품들은 매우 드물게, 한풀이의 결과가 현실에서 나타났고 그 결과를 기뻐하며 적극적으로 알리려는 목적이 드러난다.

5. 어머니의 욕망과 자부심,
   자식 성공에 대한 선망이 남긴 의미

연안 이씨의 작품들은 작가가 알려진 규방가사 작품들 가운데서도 비교적 이른 시기에 창작되었다. 그러나 작가가 밝혀져 있거나 남아있다고 해도 모두 작가라는 이름을 붙일 수 있을 만큼의 개별성과 개성을 뚜렷하게 보여주고 있지는 않으며 작자의 창작 상황을 재구하는 것이 모두 가능한 것도 아니다. 그런 의미에서 단순히 작자가 밝혀져 있다는 소극적 의미에서 벗어나 작가의 구체적이고 개별적인 상황을 작품 내에서 분명하게 확인할 수 있다는 점에서 연안 이씨 작품들의 의미는 크다고 할 수 있다.

사실상 일반적인 규방가사에서 자식의 교육이나 과거 급제에 대한 내용을 찾아보기는 쉽지 않다. 연안 이씨의 작품이 특이하게 느껴지는 점도 바로 여기에 있다. 자식의 교육에 대한 내용이 규방가사는 물론 계녀서(규훈서)에 본격적으로 등장하는 것은 국가 차원에서 새로운 교육령이 내려지고 여성의 역할 가운데 자녀교육이 필수적이라는 의식이 싹트게 되는 근대 이후이다. 연안 이씨 부인의 존재와 그녀가 지은 작품의 의미는, 그녀의 의식이 시대적 흐름에 상당히 앞서 있다는 데 기인한다. 그러나 작품 또는 작자 의식을 읽어낼 수 있는 근거를 찾을 수 없다 뿐이지, 자녀의 뒷바라지를 해서 자녀가 훌륭한 성취를 이루기 바라는 마음은 교육과 그 결과가 출세의 바탕이 되기 시작한 때부터 누구나에게 새겨져 있었을 것이다. 연안 이씨 부인의 존재는, 우리가 기억할 수 없고 기대조차 않았던 먼 과거에도 이러한 어머니의 욕망과 그 결과에 대한 자부심, 그런 어머니의 성취에 대한 선망이 존재했다는 점에서 놀라움과 함께 씁쓸함을 느끼게 한다.

함께 읽고 토론하고 설법하다
이여순(李女順)

홍나래

1. 그녀를 호명하기

「자탄」이라는 시를 남긴 이여순(1587~1657 추정)을 한국 고전 여성 작가로 쉽게 소개하기 힘든 데에는 몇 가지 이유가 있다. 우선 그녀를 칭하는 이름이 여럿이어서 어떤 이름으로 불러야 할지 고민해야 한다. 그녀는 인조반정공신인 연평부원군 이귀(李貴, 1577~1633)의 딸인 만큼 화족 영애로 본명이 세간에 알려질 신분이 아니었지만, 20대 후반의 나이에 살아있는 부처로 소문난 데다 간통 혐의로 의금부에서 심문을 받게 되면서 『광해군일기』에 죄인으로 그 이름인 이여순이 기재되었다. 하지만 당대 이 사건의 면면과 그녀의 시를 전한 유몽인의 『어우야담』에서 그녀를 이예순(李禮順)이라 기록하면서 이후 다수의 문헌이 이를 따라 예순으로 썼다. 더욱이 그녀가 집을 떠났을 때 이름을 고쳐 '영일'이라고도 했기에 문헌에는 이 또한 제각각 써서 英一·英日·迎日과 같은 이름까지 더하게 되었다. 사대부 여성의 이름을 외부에 알리지 않았던 시절이었고 그럼에도 불구하고 독특한 행보가 세인들의 기억에 남은 탓에 그녀의 이름과 소문은 시간이 흐를수록 풍성해지게 되었다. 그러다보니 문헌마다 그녀의 가계와 정보가 혼재되어 있고, 『청룡사지』(1972)조차 당사(當寺)의 주지였던 그녀에 대해 잘못 기재한 것이 많다. 이 글에서는 공적인 기록에서처럼 그녀를 이여순이라 불러본다.

두 번째로 이여순의 삶이 온갖 소문에 둘러싸여 모호한 데다가 그녀에 대한 평가 역시 당대뿐만 아니라 그녀의 사후나 현재까지도 상반되기 때문이다. 17세기 초 그녀를 바라보던 시각은 극단적으로 엇갈려서, 이여순은 풍속을 문란하게 한 간통녀로 지탄받거나 사람의 마음을 꿰뚫어보는 신비한 수도자로 존경받았다. 인조반정 이후부터 개화기 때까지 간행된 문집들에서는 종교인 이여순보다 광해군의 궁궐 내부에서 궁인들을 조정하여 반정을 도운 숨은 공신으로 그녀를 부각시켰다. 최근 다양한 문헌 자료들을 섭렵하여 그녀의 독특한 삶과 다면적인 인물상에 관심을 둔 신익철의 연구를 시작으로, 시대 이념을 거부하며 자신의 길을 살아간 비구니로서 그녀의 삶과 시(詩)를 살핀 이향순의 연구도 있다. 불교계에서는 일반적으로 『법보신문』(2013)의 '유교 강요하는 사회 속에서 목숨을 바쳐 불법을 구하다'나 『청룡사지』의 '제6중창주 예순비구니'라는 언급처럼 시대를 뛰어넘어 불법을 수호한 인물로 존경하지만, 다른 한편에서는 왕실 여성들과 결탁하여 불교를 기복신앙화한 부정적인 인물로 평가하기도 한다.

이여순에 대해 그녀의 이름만큼이나 사람들의 평가도 다양해질 수밖에 없는 이유는 그녀의 삶에 깊숙이 연관된 가족들과 그녀를 열렬히 지

● 딱지본 『박씨전』에서는 박씨 부인의 남편으로 이여순의 오라비인 이시백이 등장한다. 홍순필, 『박씨전』, 서울: 조선도서, 1923.

지했던 여인들의 정치적 위상이 특이했기 때문이다. 이여순의 아버지 이귀와 시동생 김자점(金自點, 1588~1651)은 광해군 시절 정치적으로 탄압받던 서인(西人)이었다. 그런데 이여순이 스캔들을 일으켰을 당시, 그녀를 강력하게 지지해 준 이들은 광해군 주변의 여인들이었다. 김개시로 알려진 광해군대 최고 실세 김상궁은 여순과 모녀관계를 맺었고, 광해군의 후궁들은 그녀를 비호해 주었다. 그러다보니 세상의 즐거움을 멀리한 채 불법을 구했다는 여순의 말과 어울리지 않게 그녀는 어느새 적대적인 두 정파의 비선 고리가 되었고 훗날 간신의 대명사로 악명을 떨친 시동생 김자점에게 후궁과의 유착관계를 맺게 빌미를 제공하였다. 그러므로 부모와 자식을 버리고 수행의 길을 선택한 용기, 죽음을 두려워하지 않았던 앎과 실천에 대한 신념, 여러 여인들을 신앙적으로 불러 모았던 지도력은 폭풍처럼 휘몰아친 정치권력의 변동과 그로 인한 주변 인물들의 변화로 인해 해석이 복잡해질 수밖에 없었다.

이여순이 남긴 시는 1편으로 「자탄」이라는 제목은 훗날 붙여진 것이다. 칠언절구 형식의 이 시는 그녀가 1614년 간통혐의로 의금부 감옥에 갇혀 있을 때, 남동생에게 준 것으로 알려져 있다. 이여순의 글은 이것뿐이지만 심문을 받으며 진술한 말과 여타의 기록들을 통해 학문과 삶에 대한 그녀의 생각을 알 수 있고, 수행하는 그녀를 둘러싼 주위 사람들의 움직임과 시선도 따라가 볼 수 있다. 이여순에 대해서는 『광해군일기』·『응천일록』·『어우야담』·『혼정편록』·『속잡록』 등 동시대 인물들이 기록한 문집에서 확인할 수 있고 『공사견문록』·『연려실기술』·『진휘속고』와 같은 후대 기록에서도 찾을 수 있다. 그녀에 대한 이야기는 소문과 구비로 기억되다가 남겨진 것들도 많다. 그러므로 이여순을 고전 여성 작가로 소개하는 것은 그녀를 둘러싼 서로 다른 소문들을 따라가면서 상상을 더해보는 일이 된다.

2. 지기들의 짧았던 행복 : 이여순, 김자겸, 오언관

이여순은 이귀의 딸 중에서 장녀이다. 이귀와 그 아내 인동 장씨 사이에는 3남 4녀가 있는데, 이여순의 위로 오빠인 이시백(李時白, 1581~1660)과 이시담(李時聃, 1584~1665)이 있고, 아래로는 세 여동생과 남동생 이시방(李時昉, 1594~1660)이 있다. 이귀는 이이, 성혼, 윤우신으로부터 수학하였고 1582년 생원에 합격한 후 임진왜란 때에는 전공을 세워 장성현감, 군기시판관, 김제군수를 역임하였고, 1603년 47세의 늦은 나이에 문과에 합격했다.

이여순은 6, 7세에 문자를 조금 알았다는데, 이때부터 이미 세상의 즐거움에 마음이 없었다고 한다. '여자의 몸으로 태어나 유학을 배우고자 해도 끝내 임금을 바르게 하고 백성에게 혜택을 베푸는 지극한 이치를 이룰 수 없을 것'이라거나 '부부생활이나 아이 낳는 일은 염두에 두지 않았다'는 고백처럼 학문적으로 자아를 완성해도 사회에 크게 쓰일 수도 없는 여성의 처지를 절감한 데다가 평범한 여성적 삶에도 관심이 없었으니 그러할 만도 하였다.

이여순은 15세 때 김탁(金琢)의 장남 김자겸(金自兼, ?~1608)과 혼인을 하였다. 이여순은 남편과의 사이에서 아들 하나(김일화, 金鎰禾)를 두었지만, 그녀에게 혼인 생활은 여느 일반 가정과 달랐다. 자겸은 혼인 전부터 불법을 믿고 참선하는 것을 즐겼는데, 이러한 관심은 불경 공부를 깊게 한 오언관(吳彦寬, ?~1614)과 교류하면서 더욱 깊어졌다. 그는 아내가 불교에 관심을 보이자 아예 여순을 아내의 도리로 대하지 않고 도를 닦는 벗으로 삼았다. 이어 김자겸은 아내도 자신의 친구 오언관과 함께 어울리며 불도를 논하도록 이끌었다. 셋은 음식을 함께 먹고 때때로 밤이 늦도록 시간가는 줄 모르고 도를 이야기하다 잠들기도 했다. 자겸은 '나는 그대와 같은 아내가 있고 오언관과 같은 벗이 있으니 일생이 행복하다'고 말했지만, 안타깝게도 이들의 평화로운 관계는 오래가지 못했다.

1607년 겨울 김자겸은 병이 들었는데, 동생인 김자점의 간호에도 점점 위독해져 갔다. 1608년 8월, 자겸은 오언관에게 자기가 죽더라도 평소와 같이 여순을 찾아 불도를 논하라고 부탁하고는 다음의 게(偈)를 짓고 운명하였다.

<blockquote>

올 때 얽매인 바 없었거니,　　　　　　來時無所着

떠나감에 맑은 가을 달과 같다　　　　去若淸秋月

오는 것 또한 실제 오는 것 아니었으니,　來亦非實來

가는 것 또한 실제 가는 것 아니리,　　去亦非實去

진상은 본성을 크게 즐겁게 하나니　　眞常大樂性

오직 이것을 이치로 삼을지라.　　　　惟此以爲理

</blockquote>

－『어우야담』[1]

김자겸은 오언관에게 '내 아내가 나보다 나으니 내가 있는 것과 다름이 없다'거나 '모쪼록 불도를 위해 지금처럼 서로를 방문하라'고 말한 만큼 부부, 도우(道友)로서 여순을 인정하고 그녀의 정진을 바랐다.

오언관은 친구의 유언대로 이여순을 자주 만나러 와서 불가의 여러 책들을 소개하며 학문을 강론하였다. 끊임없이 배우고 정진하던 여순은 불도를 닦은 지 8, 9년이 되자 홀연 터득한 바가 있었다. 이때부터 이여순을 둘러싼 갖가지 소문이 나돌기 시작한다. 그 하나는 그녀가 사람의 마음을 꿰뚫어 볼 뿐만 아니라, 몸에서 기이한 향내가 나고 영묘한 광채가 방에 가득하다는 것이었다. 그녀를 만난 사람들은 여순을 살아있는 부처(生佛)라고 추앙했고, 그녀를 보지 못한 이들은 정성을 다해 여순을 만나고자 했다. 나정언의 첩으로 일찍 과부가 된 정이도 그중 하나였다. 정이는 여순을 본 후 3년간 그녀를 쫓아다녔고, 한결같은 믿음을 지니며 생불로서의 여순의 존재를 뒷날 국청에서 증언하게 된다.

유교적 도덕왕국을 표방한 조선사회에서 사대부집안 여성에게 생불이라는 소문도 달갑지 않았는데, 더욱 곤혹스러운 것은 오언관과의 스캔들이었다. 남편이 있을 때에야 친구를 방문한다는 명분이 있었지만, 남편 사후에 허물없이 드나들며 과부를 만날 뿐 아니라 오언관의 신분이 고(古) 찬성 오겸(吳謙)의 얼자(孽子)였기 때문에 세간의 시선은 더욱 냉랭했다. 조선 중기 이후 사대부 여성의 간통은 사형으로 처벌받는 중죄였고, 무엇보다 여성의 음행은 집안 남성들의 출세에 치명적 흠이 되었다. 이귀는 1609년 봄, 아프다던 딸의 집에 갔더니 오언관이 와서 여순을 간호하며 의원과 약을 주선하고 있자 이를 꾸짖기도 했다. 이귀는 딸과 10년간 멀리 떨어져 지냈고 출가외인이라 서로의 생활을 잘 모른다고 했지만, 당시 그는 광해군의 등극(1608)과 함께 정권을 잡게 된 대북파에게 견제를 받던 처지였기에 딸의 유별난 소문에 더욱 주의를 기울이고 있었다.

  "제가 생각하건대, 옛날 석가는 왕의 태자로서 나라를 버리고 성을 뛰쳐나가 설산에서 고행한 지 10년 만에 세간에 주재하는 부처가 되었습니다. 지난 겁에 여자의 몸이었던 문수는 제 몸을 돌아보지 않고 도에 참여해 마침내 정각을 이루었으며, 원왕부인은 왕후로서 구법하기 위해 먼 길에 떠났으나 스스로 도달할 수 없게 되자 심지어는 스스로 사서 고행을 했는데, 그녀는 곧 관음의 전신이었습니다. 이밖에도 역대로 고행했던 자들은 이루 다 헤아릴 수 없이 많은데, 당나라 때에 이르러서는 불법이 크게 일어나지 않았지만 문벌가의 부녀자들이 비구니가 되어 출가해 어떻게 죽었는지 알 수 없는 자들 또한 많았습니다. 고금이 비록 다르지만 뜻이야 어찌 다를 수 있겠습니까?" —『어우야담』

하지만 여순은 여전히 자신이나 집안의 소문, 시모 봉양이나 자녀 양육에 크게 관심이 없었고 출가하여 수도에 더욱 전념할 기회를 갖고 싶었다. 그녀는 1614년 4월 오언관이 고요하고 산수 좋은 곳에 가서 살겠다고 하자, 부모와 시어머니, 아들에게 말없이 편지를 남긴 후 정이와 노비 몇 사람만 데리고 훌쩍 따라나선다. 뒤늦게 딸이 사라진 사실을 안 이귀는 사람을 시켜 행방을 수소문해 보았지만 찾을 수가 없었는데, 이들이 경상남도 산중에 들어가 이름과 신분까지 바꿔버렸기 때문이었다. 여순 일행은 안음현 덕유산 산중에 자리를 잡고 거주하면서 언관은 이름을 황(晃)으로, 여순은 오언관의 죽은 아내 이름을 따 영일이라고 했다. 읍내 사람들은 수행하는 남녀보살에게 음식을 보시하기도 하고, 여순과 언관이 제때 밥을 먹지 않아도 전혀 주리거나 피로해 보이지 않고 어두운 곳에 거처해도 온몸에서 향기와 광채를 내뿜는다며 공경했다.
그런데 바로 전 해인 1613년 명문가 7인의 서얼들이 신분을 한탄하며 강변칠우(江邊七友)라 이름 짓고 도적질을 한 사건에 대북파는 역모를 씌워 영창대군파까지 소탕하였다. 이때 7인 중 박치의란 자가 도망치자 조정에서는 각 지방관들에게 의심스러운 인물들을 체포하도록 했다. 안음현 관리가 외지에서 온 이들을 수상하게 여겨 심문했더니, 영일과 언관은 사대부 부녀가 외간 남자를 따라 나섰다고 하면 크게 문제될 것을 염려하여 부부라고 거짓말하였다. 그러나 부부라는 이들의 말이 어긋나고 의심스러웠던 관리는 조정에 사정을 보고하였고, 조정에서는 즉시 의금부 사람들을 보내 이들을 압송했다. 이때가 되어서야 딸이 잡힌 것을 안 이귀는 이들이 부부를 사칭한 것에 격분했다. 이귀는 딸이 불교에

빠졌을 뿐 결코 간통하지는 않았다고 주장했지만, 자신에 대한 정치적 공세가 심각해지고 딸 역시 처벌을 피하기 어렵게 되자, 여순에게 자결하라고 말한 후 왕에게도 먼저 나서서 벌을 청했다.

3. 국문(鞠問) 그리고 오언관의 죽음

이귀는 유생이었던 시절부터 스승 이이와 성혼을 옹호하기 위해 두려움 없이 장문의 상소문을 올린 것으로 유명했다. 선조가 '이귀의 말은 곧 만세의 공론이다'고 했지만, 홍문관이나 승정원에서도 '이귀가 매양 말로 쟁변한다'고 꺼릴 정도였다. 임란 후 이귀는 정인홍이 의병을 사병화하고 향촌에서 막강한 권력을 휘두른다고 비판하면서 대북파를 공격했으므로, 대북파에서도 이귀의 장기는 상소하는 것이고 그의 말은 욕설뿐이라거나 거짓을 얼마든지 꾸며댄다며 적대하였다. 1614년 대북파는 영창대군을 죽이면서 서인세력을 완전히 제거하고 정권을 오롯이 차지하려고 했으므로, 이여순 스캔들은 이귀를 숙청하는 데에 더할 나위 없는 호재였다. 조정에서는 이여순을 형법에 따라 처형하고 딸을 관리하지 못한 이귀는 관직을 삭탈한 후 도성 밖으로 쫓아내라며 아우성이었다.

1614년 8월 19일 광해군은 서청에 나아가 이여순과 오언관, 정이를 직접 국문한다. 그들은 간통한 것이 아니라 불법을 수행하기 위해 출가한 것이라 말했고 여순은 자신이 유불도(儒佛道) 삼교에서 불교를 선택한 이유 및 출가를 꿈꾸게 된 사연을 유려하게 진술했지만, 보수적인 남녀 규범과 유가의 통치이념을 수호하는 왕과 신료들에게 받아들여지지 않았다. 왕은 '이귀의 딸이 정절을 잃었다'고 인정하면서 여순을 감옥에 가두었고, 오언관은 형문을 받게 한 후 죽여 버렸다. 딸의 행실에 책임을 물어 이귀는 관직을 삭탈당했다. 조정에서는 '사족의 부녀로 음욕을 자행하는 자는 그 처벌이 교수형에 처한다'며 여순의 사형을 강력하게 주장했다. 여순의 시는 그 당시 감옥으로 자신을 찾아 온 동생 이시방에게 전한 것이다.

이제 가사 옷 황진으로 더럽히니　　　　　　祗今衣上汚黃塵
어찌하여 청산은 사람을 허락지 않는가?　　何事靑山不許人
감옥은 다만 사대(신체)를 가둘 수 있을 뿐,　圜宇只能囚四大
금오(의금부)는 나의 원유를 금하기 어렵도다　禁吾難禁遠遊神
　　　　　　　　　　　　　　　　　　　　－「자탄」

여순은 일찍이 오대산에 비구니가 많다는 이야기를 듣고 출가하고자 했으나 뜻을 이루지 못했다가 오언관이 덕유산으로 떠난다는 소식을 듣고 구법을 위해 출가하던 옛 선인들처럼 훌쩍 떠나 도를 구하고 싶었다. 구법 수행은 그녀가 한결같이 바랐고, 수도자 여순을 알고 사랑한 이들은 그 꿈을 지지했다. 하지만 세상의 법은 그녀의 행동을 용납하지 않았다. 의금부에 잡혀와 국문을 받게 되었고, 사세는 오언관에게 더욱 불리해졌다. '이 몸의 사대(四大)는 마치 꿈과 환상이 덧없이 이루어졌다가 허물어지는 것과 다름없으므로 애석하게 여기지 않는다'던 오언관은 9월 14일 죽었다. 이여순이나 오언관이 생사나 남녀 간의 욕망을 버렸다지만, 이 말이 속세의 폭력이나 생로병사의 고통을 수동적으로 받아들이겠다는 뜻은 아니었다. 그들은 병이 들면 서로 보살펴 주었고 함께 공부하며 논하는 즐거움과 수행의 충만감을 나누었다. 또한 덕유산에서 붙들렸을 때 거짓 이름을 대고 부부행세를 하면서까지 국가의 단속을 피하고

벌을 모면하려 했다. 그러므로 오언관이 형문(刑問)을 당하고 죽게 된 것은 여순에게도 무엇보다 고통스러웠을 것이다.

그녀는 시에서 옷을 누런 먼지로 더럽힌 채 청산이 사람을 허락하지 않는다고 탄식하며 구도자인 자신들을 모욕하고 죽이려는 세상에 대하여 비통한 심정을 숨기지 않는다. 하지만 '생사의 이치는 밤이 지나면 아침이 오는 것과 다를 바 없습니다. 하물며 죄를 범하지 않고 죽게 되었으니, 죽는 것이 오히려 사는 것입니다. 이에 여한이 없습니다.'라고 여순이 진술한 것처럼, 세상의 권위와 힘에 눌리지 않고 자신이 선택한 길을 두려움 없이 가려는 의지 또한 강하게 표명한다. 이러한 마음의 자세처럼 여순은 대소신료들이 사형을 주장해도, 아버지가 어쩔 수 없이 자결하라고 권해도 결코 흔들리지 않았다.

4. 궁인들에 둘러싸인 비구니로서의 삶

아버지마저 지켜주지 못하고 포기했던 여순은 왕의 앞에서 한차례 국문을 받은 이후 흐지부지 사면되어 왕실 비구니원(比丘尼院)인 자수궁에 귀속된다. 죽음을 기다리던 여순이 살게 된 것은 왕의 초법적인 권력행사가 있었기 때문이었다. '이때를 당하여 삼강(三綱)이 끊어졌다. 그러고도 나라가 되겠는가'라는 사초(史草)의 분노처럼 이여순의 사면에 사간들은 사직을 청했고 조정 신료들은 펄펄 뛰었다. 광해군이 자신의 정치적 기반인 대북파나 대다수 사대부들의 강력한 반발을 외면하면서까지 서인 집안의 딸 여순을 사면하기란 왕으로서도 상당히 부담스러운 일이었다.

왕이 이처럼 정치적 불이익을 감수하면서도 여순을 살린 데에는 그를 둘러싼 여인들의 여론과 소망이 있었기 때문이다. 궁궐에는 보이지 않게 존재하면서 왕에게 은근하고 친밀하게 다가가는 인물들이 있었으니 그들이 바로 왕후비빈을 비롯한 수백의 궁녀, 여인들이다. 여순은 당시 많은 여인들이 한번쯤 만나보고 싶어 한 신비한 소문 속의 주인공이었다. 불법을 수행하고자 귀한 신분을 과감하게 버리고 떠났던 수도자, 의금부에 잡혀와 왕의 국문을 받으면서도 당당한 여인에게서 그녀들은 어떠한 희망을 보았을까.

임진왜란(1592)이 발발하자 임금은 의주로까지 피난을 갔지만, 남은 백성들은 왜적을 맞아 온몸으로 항거하거나 부역을 하면서까지 살아남아야 했다. 사람들은 전쟁의 경험과 스스로 목숨을 끊은 열녀 이야기를 통해 기득권층의 무능을 고발하고 하위계층이나 여성들의 의지와 항거가 강렬했다는 경험을 공유하게 되었다. 그러다보니 당시 하위계층과 여인들을 중심으로 자신들의 존재감을 드러내며 세계를 인식할 수 있도록 기존의 관념을 새롭게 해석하고 일깨워줄 누군가가 절실히 요청되었다.

이러한 때에 이여순의 소문은 지배층의 경직된 도덕성이나 여성관, 세속적인 욕망을 비웃듯이 자유롭게 유영하며 수행하는 여성보살의 이미지와 초월적인 메시지로 가득 차 있었다. 사대부 남성들에게 이여순은 서얼인 남편 친구와 간통하고 가출하여 산과 계곡에서 놀아난 과부였지만, 여성들에게 이여순은 부처나 원왕부인처럼 귀한 신분을 벗어던진 수도자이자 세속적인 남녀의 내외관념조차 과감하게 뛰어넘으며 원하는 바를 추구한 문화영웅이었다. 곧 여순에 대한 소문은 당대 여성들이 바라던 대상에 대한 자기 암시적 목소리로 그녀의 독특한 삶과 매력에 힘입어 확산되었고, 소문에 공감한 이들은 잠재적으로 연대하여 집권층의 사법적 판단에 대항하는 힘을 형성하게 되었다.

그런데 이여순이 자수궁으로 들어와 본격적인 비구니로서 생활한 내용은 인조반정(1623) 이후 기록되었다. 인조반정으로 여순의 친정과 시댁 식구들이 집권하게 되었으므로, 여순에 대한 이후 기록들은 서인들의 입장에서 불미스럽게 퍼졌던 스캔들의 주인공을 재평가하여 도덕성 논란을 종식시키려는 목적이 있었다. 그러므로 여러 문헌에서 자수궁의 이여순은 대북파로부터 아버지와 시동생을 적극적으로 보호하며 치밀하게 반정을 도운 인물로 그려진다. 과연 궁에 들어오자마자 탈속적이던 여순의 성격이 변한 것일까? 서인 집권층이 보수적인 가부장제를 강화하기 위해 여성들의 일탈적 욕망을 지우려 한 의도를 감지했다면, 자수궁의 비구니가 된 여순을 이전 삶이자 문학과 연결하여 조금 다르게 살펴보자.

자수궁에 들어간 여순은 비구니로서 불도를 닦는 일에 매진하였다. 그녀는 오랜 기간 공부하고 수행한 힘으로 유려하게 불교의 교의를 설법하면서 단숨에 궁인들의 마음을 사로잡았다. 이여순의 말과 종교적 카리스마는 권력의 소용돌이 속에 휩쓸리던 궁중 여인들의 마음을 신앙의 메시지로 위로했고, 궁녀들은 이러한 매력적인 신앙의 구심점을 맞아 불공을 드리거나 여타 종교행사를 준비하기 위해 상호 돈을 융통하면서 자금을 모으기도 했다. 계와 같은 궁녀들의 경제활동은 때로 규모가 커지기도 했는데, 이때 폐모론에 반대한 이후 정계에서 입지가 좁아진 시동생 김자점이 여순의 소개로 궁인들에게 자금을 변통해 주며 친하게 교류하게 되었다.

불안한 정세 속에서 신앙의 의지처가 되어주고 공동체에 활기를 불어넣어주는 여순에 대하여 궁인들이 품은 애정과 신뢰는 가족애나 신앙으로까지 발전하였다. 광해군의 총애를 받던 김상궁은 여순을 양딸로 삼았고 후궁 소용 임씨는 여순의 일이라면 제 일처럼 나섰다. 중전 유씨도 그녀를 보살로 대했다고 한다. 이여순의 말과 행동, 친인척과의 관계는 이 여인들을 통해 왕에게도 영향을 미친다. 이귀와 김자점이 수차례 역모 혐의로 고발되어도 무사히 지날 수 있었던 것은 김상궁이나 소용 임씨가 여순을 위해 적극적으로 왕 앞에서 이를 무마시켰기 때문이었다. 가족을 돌보지 않고 집을 떠났던 여순이 아버지와 시동생의 안위를 염려한 것은 그들이 고변으로 위급해지자 조건 없이 행한 배려일 수도 있고, 자신의 출가 사건으로 오언관이 죽고 여러 가족들이 고통 받은 경험을 돌아본 것일 수도 있다.

인조반정(1623) 당일 불공을 드리고 있던 김상궁은 성 밖에서 참수되었다. 소용 임씨는 이귀와 김자점을 두둔해 준 일로 죽임은 면했지만, 후궁 윤씨나 정씨는 살해되거나 자살하는 등 반정의 피바람을 여인들도 피해갈 수 없었다. 그러나 여순의 아버지 이귀와 형제들인 이시백, 이시방, 시동생 김자점은 줄줄이 반정공신에 오르며 집안이 크게 번성하게 된다. 이여순은 청룡사의 주지가 되어 복귀한 인목대비의 명에 따라 영창대군의 천도법회를 열었고, 이곳에서 1657년 71세의 나이로 입적했다고 한다.

5. 이여순에게 문학이란

이여순의 작품은 시 1편만 전해지지만, 한문과 국문으로 가족들에게 편지를 썼다는 기록이 있고 전승에 따라 이귀의 연군 가사(歌辭)를 김상궁에게 보여주었다는 설도 있다. 또한 『박씨전』에서 남편으로 등장하는 이시백이 여순의 오라비이니 그녀에 대한 소문이 훗날 소설에 영감을 주었을 수도 있다. 그러나 이러한 것보다 그녀의 삶 속에서 실천한 문학이란 불경을 읽고서 토론하고 추종자들에게 알기 쉽고 깊이 있게 설법하는 일이었으며, 이는 여순이 평생을 걸쳐 추구한 바였다.

이향순은 『비구니와 한국문학』을 통해 「자탄」에서 드러나는 '세속사로 인한 갈등은 승려시에서 자주 다루어지는 주제'이지만, 이와 같은 '문학작품을 분석하는 데에는 텍스트 외적 요소에 대한 비판적 상상력이 더욱 중요한 역할을 한다'고 지적하였다. 「자탄」이란 시가 일견 평범한 승려의 시 같아도 작가의 삶을 투영해 볼 때 그 의미의 깊이와 감동을 더할 수 있다는 안내이기도 하다.

이러한 시각은 이여순의 문학 활동을 평가하는 데에도 마찬가지여야 한다. 그녀를 둘러싼 시대와 사람들을 함께 생각하지 않을 수 없다. 이여순은 사대부가의 안온한 삶을 거부하며 자신이 선택한 길을 살아간 여성으로 의의가 있다. 그런데 그녀가 읽고 생각하고 표현한 말들에 사람들은 매혹되었지만, 많은 이들이 그녀를 기복적으로 따르며 대안적 윤리를 발전시키지 못한 채 권력의 암투에서 자유롭지 못했다. 신앙의 구심점으로서 그녀는 책임이 없을까? 결국 반정으로 서인이 등극하자 기득권에 대항적이었던 여순의 소문과 활동은 가부장 가족 질서 아래 철저히 재배치되면서, 여성의 문학과 실천에 대한 아쉬움과 질문을 남기게 되었다.

삼종의 의리는 중하고 일신은 가볍다네!
송덕봉(宋德峰)

이연순

1. 16세기 여성의 시, 20세기 초까지 회자되다

송덕봉(1521~1578)은 본관이 홍주(洪州)이며 자(字)가 성중(成中)이고, 고향은 담양(潭陽)이다. 아버지는 송준(宋駿, 1477~1549)이고, 외할아버지가 이인형(李仁亨, 1436~?)이며, 남편은 미암(眉巖) 유희춘(柳希春, 1513~1577)이다. 덕봉은 문학을 잘 하여 문집이 생전에 편찬되었다고 하나 남아있지 않고, 현재 유희춘의 『미암일기초(眉巖日記草)』와 『미암집(眉巖集)』에 그 일부가 실려 전할 뿐이다.

덕봉의 작품들은 「착석문서(斲石文序)」와 「착석문(斲石文)」만이 산문(散文)이고, 나머지는 오언(五言) 또는 칠언(七言)의 절구 시이다. 주로 남편 미암과 주고받은 차운시(次韻詩)가 많고, 「취중음(醉中吟)」과 같이 덕봉 홀로 회포를 푼 시도 있다. 덕봉의 시 제목에 등장하는 인물들을 보면 남편 미암 외에도 시누이 오자(吳姊), 아들 경렴(景濂)과 사위 윤광룡(尹光龍) 등 가족과 친척들이 대부분이고, 시가 쓰인 상황은 단오, 중양절, 제야 등으로 가족들이 모여 즐거움을 나누는 때임을 알려준다.

이 가운데 후대에까지 전해진 덕봉의 시로는 단연 「마천령상음(磨天

嶺上吟)」이 꼽힌다.

가고 가서 마침내 마천령에 이르니,	行行遂至摩天嶺,
동해는 끝이 없이 거울 면처럼 평평하구나.	東海無涯鏡面平.
만 리를 부인이 무슨 일로 이르렀을꼬?	萬里婦人何事到,
삼종의 의리는 중하고 일신은 가볍기 때문이라네.	三從義重一身經.

—『미암일기초』 제11책

위 시는 미암이 을사사화로 유배 간 사이, 덕봉이 홀로 시모상을 치르

● 유희춘의 『미암일기』 및 미암집 목판
유희춘, 『미암일기』, 조선시대(1567~1577년), 문화재청(개인 소장).

고 함경도 종성에 있던 남편을 찾아가던 도중 마천령에 올라 지은 것이다. 덕봉의 시어머니는 최씨로, 최씨의 아버지는 최부(崔溥, 1454~1504)이다. 덕봉은 시 앞부분에서 매우 멀고 험한 마천령까지 와서 바라본 풍경을 감각적으로 묘사하고 있는데, 그처럼 험난한 여정을 견딜 수 있었던 이유가 마지막 구에 나온다. 부인으로서 아무리 힘든 일이라도 해내야 했던 것은, 삼종의 의리는 중하고 일신은 가볍기 때문이라는 것이다. 이 구절은 덕봉이 살았던 16세기 중반 당시 여성의 삶과 의식을 잘 반영해 주기에 후대에까지 회자되었으리라 생각된다.

곧 이 시는 바로 다음 세대에 해당하는 김시양(金時讓, 1581~1643)의 「부계기문(涪溪記聞)」을 비롯해 이후 홍중인(洪重寅, 1677~1752)의 「동국시화휘성(東國詩話彙成)」, 임렴(任廉, 1779~1848)의 「섬천만필(蟾泉漫筆)」, 조긍섭(曺兢燮, 1873~1933)의 『암서집(巖棲集)』「잡지(雜識)」 등에도 실렸다. 이 외에도 편자 미상의 「동국시화(東國詩話)」, 「시화초성(詩話抄成)」, 「동시총화(東詩叢話)」 등에 실려 전한다. 특히 김시양은 위의 인용에 이어서 덕봉이 문장에 능했던 것과, 만 리 길을 걸어 종성까지 미암을 찾아온 일을 말하고, 마천령을 지날 때 지은 위 시에 대해 성정의 바름〔성정지정(性情之正)〕을 얻었다고 평하였다.

또한 19세기 말에 편찬된 김상집(金商楫, ?~?)의 『본조여사(本朝女士)』(고려대학교 소장본)를 보면, '현처(賢妻)'라는 항목에 주로 사화(士禍)를 겪은 남성 사대부의 부인들이 평소 베푼 덕행들을 소개해 놓았는데, 송덕봉도 그중 하나로 다루어져 있다. 그 속에 송덕봉의 위 시를 인용한 대목도 보인다. 이로써 송덕봉의 시가 19세기 말에서 20세기 초까지도 인구에 회자되었음을 알 수 있다.

2. 삼종의 의리는 중하고 일신은 가볍다네!

그렇다면 다시 위 시의 마지막 구절에 대해 생각해보자. 덕봉이 말한 일신의 가벼움이란, 정말 자신의 일신을 가볍게 여겼기에 한 말일까. 이와 관련해 덕봉이 남긴 글 가운데 또 경중(輕重)을 논하는 대목이 있어 거기에서 뜻을 찾아보고자 한다. 덕봉은 미암이 을사사화로 유배 갔다가 선조(宣祖) 즉위와 함께 해배되어 한양에서 홀로 벼슬살이할 때 부인을 그리워하는 마음을 토로하며 시를 지어 보내자 장문의 답신을 보내는데, 그 안에 덕봉이 이때 일을 떠올려 비로소 자신의 목소리를 내는 대목에서 그 실상을 짐작해볼 수 있기 때문이다.

(전략) 저는 예전에 자당(慈堂)께서 돌아가셨을 때 사방에 돌아봐줄 사람이 아무도 없는데 그대는 만 리 밖에 계셔서, 하늘에 울부짖으며 애통해할 뿐이었습니다. 지성껏 예법에 따라 장례를 치르고 남에게 부끄럽지 않게 하였더니, 곁에 있던 누군가는 이렇게도 말했습니다. 묘를 쓰고 제사를 드리는 것이 비록 친자식이라도 이보다 더 잘할 수는 없을 거라고요. 삼년상을 마치고 또 만 리 길에 올라 험한 곳을 찾아갔으니 누가 그것을 알지 못하겠습니까. 제가 그대에게 이렇듯 지극 정성으로 한 일을 두고 잊기 어려운 일이라 이르는 것입니다. 공께서 몇 달을 홀로 주무신 공과 제가 했던 몇 가지 일을 서로 견주어보면, 어느 것이 가볍고 어느 것이 무겁겠습니까. (후략)

(前略) 荊妻昔於慈堂之喪, 四無顧念之人, 君在萬里, 號天慟悼而已. 至誠禮葬, 無愧於人. 傍人或云, 成墳祭禮, 雖親子無以過. 三年喪畢, 又登萬里之路, 間關涉險, 孰不知之. 吾向君如是至誠之事, 此之謂難忘之事也. 公爲數月獨宿之功, 如我數事相肩, 則孰經孰重. (後略)

ㅡ 『미암일기초(眉巖日記草)』 제4책 / 『미암집(眉巖集)』 권7

위는 미암이 해배 후 조정에서 벼슬하느라 한양에 홀로 머물면서 3~4개월 동안 독숙(獨宿)을 하고서 자랑스럽게 편지를 보내자 덕봉이 장문(長文)으로 답장한 편지글의 일부이다. 그런데 위 편지에서 생략된 앞부분을 보면 덕봉이 그러한 일로 편지를 보낸 미암에게 먼저 질책하는 내용이 나온다. 곧 곁에는 지기(知己)가 있고 아래로는 권속(眷屬)과 노복(奴僕)들이 있어 무수한 사람들(十目)이 지켜보는바, 공론(公論)이 자연히 퍼질 것인데 억지로 힘써 편지까지 보냄은 불필요한 일이라는 것이다. 그러면서 이로써 보건대 아마도 겉으로 인의를 베푸는 폐단과 남이 알아주기를 서두르는 병폐가 있는 듯하다며 미암의 인간됨까지 평하는 말을 덧붙였다.

이러한 평 안에는 덕봉 자신은 그렇지 않았다는 점을 은근히 내비치고 있다고 보인다. 이는 위에 인용한 부분에 이어져 구체적으로 나온다. 곧 남편이 벼슬살이하느라 가족들과 떨어져 홀로 지내면서 서너 달 독숙한 공과, 덕봉 자신이 남편도 없을 때 홀로 시어머니의 삼년상을 치르고 만 리 길을 걸어 남편을 찾아간 일을 견주며, 어느 것이 더 무거운 일이냐고 반문하는 데서, 후자가 훨씬 무거운 일임을 강조하는 것이다. 이것이 덕봉이 미암의 폐단이자 병폐라고 지적한 점, 곧 겉으로만 인의를 베풀고 남이 알아주기를 서두르지 않는 자세이며, 자신이 실제 그러한 자세를 갖춘 근거가 된다는 뜻을 내비친 것이다. 이러한 데서 덕봉이 앞의 시에서 말한 일신의 가벼움이란, 삼종의 의리를 지키는 일의 중함을 강조하느라 그에 비해 나온 단순한 겸사(謙辭)라는 것을 알 수 있다. 그것이 오히려 미암이 그랬듯이 겉으로 베푼 인의로 성급히 남이 알아주기를 바라는 것을 경계하는 뜻까지 담고 있다고 보인다.

훗날 덕봉의 남편 미암은 부인이 유배지에 있는 자신을 찾아오느라 찬바람을 많이 쐬어 병에 걸렸다고 안타까워하며, 해배된 후 부인의 병에 관심을 갖고 치료하는 데 도모해 마침내 덕봉의 오랜 병이 낫게 되자 기뻐한 일도 일기에 기록해놓았다. 이러한 데서 덕봉의 심정이 직접적으로 나타나진 않지만, 덕봉 또한 몸으로 인한 병은 언젠간 치료해 나을 수 있지만, 예(禮)를 다하여 신의(信義)를 지키지 않으면 사람과의 관계가 회복되기 힘들다는 것을 알고, 일의 경중을 헤아려 제 때에 맞게 치러내는 것의 중요함을 강조하려 했음을 읽어낼 수 있다.

이처럼 덕봉이 부부 사이에서 의리를 중시한 것은 다른 사람들의 관계에서 신의를 중시하는 자세로도 나타났다. 미암이 해배 후 덕봉에게 예전 친구가 뜻을 얻은 뒤에는 신의가 없어지는 것을 보고 탄식하자, 덕봉이 "차라리 남이 나를 저버릴지언정 내가 남을 저버리지는 말 것이니, 우리들은 이와 같이 해서는 안 됩니다.〔녕인부아, 무아부인, 아배부당여시(寧人負我, 無我負人, 我輩不當如是).〕"(『미암일기초』 제3책/『미암집』 권7, 1569. 8. 12.)라고 뜻을 같이 하며 미암을 격려하였다는 일화에서도 평상시 덕봉이 사람 사이의 신의를 중시한 사실을 알 수 있다.

3. 남편과 편지로 시문을 주고받다

위 편지가 나온 배경을 좀 더 자세히 들면 다음과 같다. 덕봉의 남편 미암은 해배되어 1567년 10월부터 죽기 전까지 조정에서 벼슬살이를 했는데, 1569년 9월 말 당시 일 년 전부터 한양에서 지내던 덕봉과 미암이 고향으로 함께 내려가 6개월간 같이 보내고 다시 미암만 한양으로 올라와 벼슬살이를 하던 때 편지를 보냈다. 1년 6개월여를 덕봉과 한양서, 또 고향 해남과 담양 등지에서 함께 지내다, 떨어져 지낸 지 3~4개월이 되어 홀로 지낸 외로움과 덕봉에 대한 그리움으로 미암이 덕봉에게 편지를 보냈고, 이에 덕봉이 답신한 것이다. 그리고 이 편지에 대해 미암은 매우 잘 썼다고 기록하였다.

위의 편지 후에 주고받은 편지에서도 덕봉과 미암의 부부 사이의 진솔한 모습을 볼 수 있다. 미암은 부인에게 정욕을 억제하여 기를 보호하라는 면려를 받고 그러겠다고 하였고, 다음 날 실제 "밤에 여색을 멀리하였다."라는 내용을 실어놓았다. 또 덕봉도 편지에 홀로 지내는 어려움을 한탄하자 미암이 꾸짖고 풀어주었다는 대목이 있는데, 이러한 데서 부부 사이에 신뢰를 가지고 감정을 나누었음을 볼 수 있다.

실제로 덕봉이 미암과 부부로 한 집에서 가족들과 다 같이 보낸 시간은 그리 길지 않다. 결혼하고 십 년도 안 되어 을사사화가 일어나 남편 미암이 유배로 19년을 종성에서 보냈고, 미암이 해배되어서는 벼슬살이로 10년을 혼자 한양에서 지내면서, 줄곧 떨어져 있었기 때문이다. 덕봉은 미암이 해배된 뒤로도, 미암이 홀로 지내던 한양으로 행차하여 1년, 그 후 남편 미암이 고향에 조상의 묘를 돌보러 내려가 있던 6개월, 그리고 미암이 1571년 2월에 전라도 관찰사가 되어 고향에 머물던 8개월 외에는 남편과 오랜 시간을 거의 떨어져 지냈다. 그래서 덕봉은 미암과 시서(詩書)를 주고받으며 일상의 성과와 감정을 나누었다. 덕봉은 미암과 떨어져 주로 고향에서 혼자 가족을 꾸리며 일상의 여러 가지 일을 하느라 수고로울 텐데도 그것들을 때에 맞게 완수하며 가족 관계를 잘 꾸려나갔던 것으로 보인다.

한 예로, 해배 후 미암은 담양에 집짓기를 추진하는데, 본인은 한양에 올라와 관직을 수행하는 동안 덕봉이 그 일을 거의 도맡아 하게 되었다. 그러는 사이에도 철마다 덕봉이 옷을 보내오자 그 수고로움에 고마움을 표하는 글을 남겼고, 집이 완공되자 공을 많이 세운 덕봉의 행적을 칭송하는 시를 지은 데서 그러한 사실을 확인할 수 있다. 덕봉이 먼저 미암에게 오래도록 기다린 끝에 새 집을 짓게 된 데서 오는 즐거움과 한가로움을 표출하는 시(「영동당증미암(詠東堂贈眉巖) ─ 중동념이일견주동당(仲冬念二日堅柱東堂)」(『미암집』 권2))를 지어 보냈고, 그 후 새 집이 완성되자 시누이에게 단오날 새 집에서 자손이 번창할 것을 기대하며 시(「단오여오자회신사(端午與吳姊會新舍)」(『미암집』 권2))를 지어 마음을 나눴다. 덕봉은 제사 때에는 제물을 풍성하게 준비하는 데 힘썼고, 손자 광선(光先)의 혼사 예물도 빠짐없이 챙겼다.

또한 덕봉은 미암의 학문에 대해서도 함께하였다. 미암이 『유합(類合)』을 번역할 때도 덕봉에게 자문을 받아 고쳤고, 후에 『신증유합(新增類合)』을 편찬할 때도 덕봉의 조언을 많이 수용하였다. 이는 손주들의 교육을 담당하였던 덕봉이 손자 광연에게 『신증유합』을 직접 읽혀보고는 책이 너무 어렵다는 반응을 보고 미암에게 전한 것이 반영된 것이었다. 여기서 덕봉이 손자 교육에 지극히 관심을 갖고 직접 지도하며 열의를 보였고, 미암은 그들을 가르칠 교육서를 직접 저술하여 실제 교육에 활용하였던 실상을 볼 수 있다. 또 미암이 『상서(尙書)』를 교정하다가 엿기름이라 풀이되는 '얼(糱)'이라는 단어가 나와 주자의 주를 보고 그것이 술을 빚는 데 누룩과 함께 들어가는 재료라는 점을 알게 되나 정확히는 잘 몰라 홍문관에서 찾아보아도 답을 얻지 못하자 덕봉에게 물어본 적이 있었다. 그때 덕봉은 "얼은 대소맥(大小麥)을 물에 담가 짚단으로 싸서 더운 곳에 두면 자연히 발아하는데, 이것을 취하여 햇빛에 말리거나 불에 말려 빻아서 가루를 만들어 술에 넣으면 달게 되니, 누룩 가루와 약간 섞으면 좋습니다."라고 답해 주었다. 이러한 데서 덕봉이 실제로 술을 빚어본 경험과 그 주재료에 대한 정확한 이해를 바탕으로 남편 미암의 의문도 풀어 줄 수 있었음을 알 수 있다.

이와 관련해 덕봉이 미암과 주고받은 시가 있다. 덕봉이 미암에게 먼저 1575년인 을해년 그믐날 지어 보낸 시 「을해제야(乙亥除夜)」에 미암이 차운(次韻)하여 「차성중제야운(次成仲除夜韻)」(『미암집』 권2)이라 제한 시에서, 학문이 활수처럼 열려오는 감격을 덕봉에게 드러냈다. 이처럼 미암이 덕봉의 시를 차운하여 자신의 학문이 활수처럼 열린 정황을 표출한 데에서, 미암의 가장 큰 관심사인 학문에 대해서 덕봉과 기쁨을 나눴음을 알 수 있다.

한편 시를 짓는 데는 덕봉이 미암에게 그 작법을 일러줄 정도로 미암보다 한 수 위였던 것으로 보인다. 미암은 스스로 시 짓는 성품이 없어, 마침내 시 배우는 일을 단념하였다고 고백하기도 하였다. 그러다 미암이 죽기 한 해 전인 1576년 11월 11일에 조상의 가르침을 서술하여 시를 지었는데, 그때 덕봉이 "시 짓는 법도는 문장을 짓는 것같이 직설(直說)을 해서는 안 됩니다. 다만 산에 오르고 바다를 건너는 것으로 시작하여 끝에 가서는 벼슬을 이야기해야 합니다."라고 일러주자 미암이 놀라 그 말을 따라 시를 지었다는 일화가 전한다.

4. 고향 담양에서 종성과 한양, 해남 등지를 오가다

앞에서도 언급했듯이 덕봉은 시모상을 치르고 유배 가 있던 남편 미암을 만나러 종성까지 찾아갔고, 미암이 1567년 해배되어 혼자 한양에서 벼슬살이하던 1568년 9월에는 미암의 거처를 찾아가 1년간을 함께 보냈다. 이후에 미암이 1571년에 전라도관찰사가 되어 자신의 고향인 해남에 머물면서, 담양에서 지내던 덕봉에게 내려오도록 청하여 덕봉이 간 적도 있었다. 이러한 일들이 『미암일기초』에 고스란히 기록되어, 당시 16세기를 살았던 덕봉이 남편 미암의 거처인 한양으로, 또 해남으로 오고간 여정과 담양에서 가족들을 건사하며 지낸 일상의 의례들을 소상히 살펴볼 수 있다.

이 중 먼저 덕봉이 1568년 9월부터 이듬해 8월까지 한양에 머물던 1년간, 미암이 덕봉에 대해 보고들은 일화를 기록해놓은 부분을 자세히 보겠다. 덕봉이 고향인 담양에서부터 딸과 같이 한양 행차를 하는 과정에서 있었던 일화이다. 담양을 출발할 때 딸이 약해서 말을 탈 수 없자 사람들이 딸에게도 가마를 탈 것을 권했지만 덕봉은 가옹(家翁)의 명이 없었다는 이유로 사양하였다. 전주에 가서는 전주부윤 노진(盧禛)이 가마 하나를 내주며 딸도 타게 하였는데도 덕봉은 가옹의 뜻이 아니라 생각한다며 또 힘써 사양하였다. 덕봉이 딸에게 어머니로서, 집안 어른인 남편의 명과 뜻에 따라, 또 그를 헤아려 다소 엄격하게 적용한 사례를 보여준다.

다음 덕봉이 한양에 도착해 미암과 함께 지내던 중 1569년 6월 23일에 덕봉이 혀에 종기가 나서 의녀(醫女)를 불렀는데, 혀의 종기로 온몸에 열이 번지자 한밤중에 딸이 응담을 드려 덕봉이 먹고 열이 가라앉은 일이 있었다. 딸은 덕봉을 위해 무녀(巫女)를 부르려 했으나, 덕봉은 목에 난 병이 분명한데 어찌 무당의 제사와 관계하려냐며 결단코 청할 수 없다고 불허하였다. 이러한 데서 합리를 추구하는 덕봉의 모습을 발견할 수 있다.

한편 같은 해 8월 16일에는 그날 임금이 태묘(太廟)에서 제사하러 거가 거동한 일이 있었는데 덕봉이 그 광경을 보려고 삼경(三更)부터 종묘(宗廟) 입구에 자리를 잡아 천안(天顏)을 우러러 뵙고 거가를 호위하는 의용(儀容)의 성대함을 보며 평생에 특별한 구경이 이에 미칠 수 없을 것이라고 감동을 표하기도 하였다. 덕봉은 정미년, 곧 1547년 7월 주상께서 집에 오신 꿈을 꾼 적이 있었는데 이때에 맞았다고 떠올렸다. 여기서는 임금을 가까이서 뵐 수 있는 기회를 얻어 그 거동을 한 번이라도 직접 보고 싶었던 덕봉의 열망을 읽어낼 수 있다.

5. 상곡부인에 비견되는 덕녀, 송덕봉

덕봉은 남편 미암이 유배지에서 낳아 온 네 명의 서녀(庶女)들에게도 마음을 써주어, 미암이 해배 후 그들을 돌보러 다닐 때에도 곁에서 성의껏 도와주었다. 이러한 덕봉에 대해 미암은 덕봉을 '상곡부인(上谷夫人)'에 견주어 말한 바 있다. 상곡부인은 송나라 때 유학자인 정자(程子)의 어머니로, 미암이 유배지에서 찬술(撰述)한 『속몽구분주(續蒙求分註)』에도 나온다. 곧 권3의 「태임교태상곡양남(太任教胎上谷養男, 태임은 태교를 잘하였고, 상곡은 아들을 잘 길렀네.)」라는 제목으로 실려 있다. 자식을 잘 기른 어머니의 대표적인 여성 인물로 정자의 어머니인 후 부인(侯 夫人)을 상곡 부인이라 칭하고 다루었는데, 덕봉을 그러한 훌륭한 어머니에 견주어 높인 것이다.

이와 관련해 덕봉이 아들을 어떻게 키우고 바라보았는지에 대해서도 볼 수 있다. 앞에서 든 덕봉의 시 중 중양절을 지내러 가족이 모두 모인 잔치에서 지은 시(「중양일족회(重陽日族會)」)에서, 아들이 말직이나마 백의로 온 것보다는 낫다며, 은근히 아들을 자랑스러워하는 마음을 표현한 것이다. 아들 경렴(景濂)은 미암이 종성에 유배 갔을 때 하서(河西) 김인후(金麟厚, 1510~1560)가 사위로 맞아 그 셋째 딸과 혼인한 적이 있다. 이로써 하서는 미암에 대한 우정을 보였다. 그러나 미암은 아들이 매우 어리석다고 판단하여 벼슬에 나아가지 못할 것을 알고 있었다. 그래서 그를 위해 음사(蔭仕)의 취재(取才)가 되게 할까 생각을 하거나 참봉(叅奉)

에 의망할 것을 박순(朴淳, 1523~1589)에게 의논하기도 하였다. 미암과 가까이 교유한 민기문(閔起文, 1511~1574)은 경렴의 취직을 걱정해 사산 감역(四山監役)을 도모해보자 하였으나 미암은 감히 바랄 수 없는 일이라 여겼다. 미암은 아들의 미욱함 때문에 앞으로 출세하지 못할 것을 걱정 하였지만, 아무리 자기 자식을 위한다 해도 권력을 써가면서까지 무리한 정도를 바라지는 않았다.

그렇다고 미암이 아들에게 실망하기만 한 것은 아니다. 경렴이 벼슬 후 보낸 편지에서 그를 이해하는 모습을 볼 수 있다. 경렴은 미암에게 자신의 일을 상의하거나 미암이 시킨 일에 대해 경과를 보고하는 편지를 곧잘 보냈는데, 특히 영릉(英陵) 참봉이 된 후 미암에게 보낸 편지에서 "사장(辭狀)을 내고 해남에 내려가 자손이나 가르치며 어둡고 졸렬함을 지키고 한가하게 보내는 게 낫다고 생각한다."라고 하자, 미암은 "자식 이 자신을 안다"라고 평하였다. 미암은 아들의 미욱함 때문에 취직 걱정 을 하던 솔직한 마음을 표출하였다면, 그에 비해 덕봉은 아들에 대해 전적으로 지지를 보내며, 아들이 작은 벼슬이나마 가지게 된 것에 감사 하는 마음을 표한 차이가 있다.

마지막으로 앞에서 든 덕봉의 시에 대해서는 또 덕봉의 대표적인 편지 글로 꼽히는 「착석문(斲石文)」과 함께 최근에 '여성의 몸'과 관련해 더 깊이 있게 다루어지기도 하였기에 소개한다. 「착석문」은 덕봉이 미암이 해배되자 친정아버지 묘석을 세우는 데 미암에게 경제적 지원을 요청한 장문의 편지이다. 연구에 따르면, 유가에서 궁극적인 지향점인 '성인되 기'는 대학의 수신제가치국평천하를 통해 몸 세계의 은유 과정이 사적 영역에서 공적 영역으로 확장되는 면모를 보여주는데, 이러한 유교 사회 에서 여성 자아는 온전한 몸 되기, 성인되기에서 배제된다고 지적한다. 곧 유교사회에서 여성들은 자신에게 부과된 규범을 잘 수행할 것을 권유

받지만 그렇게 이룬 몸은 유교 사회가 지향하는 온전한 몸으로서 성인이 아니라 보조적인 몸으로서 덕녀(德女)에 그친다는 것이다. 그러나 덕봉의 「착석문」과 같은 편지글에서는 며느리로서 시부모 봉양에 대해 의미를 부여하면서 자신의 입지를 강화하여, 여성의 경험이 단지 제한된 규방 역할이 아닌 공적 담론의 차원으로 확장될 가능성을 발견케 하기도 한다고 하였다.

이는 지금까지 덕봉의 남편 미암이 남긴 기록을 통해 살펴보았듯이, 덕봉이 남편, 딸, 아들, 손주 등 가족 관계 속에서 자아를 드러내는 모습으로 확인해볼 수 있고, 이것이 비록 당시 사대부 남성이었던 남편의 시선과 16세기라는 시대적 한계에 갇혀 덕봉이 단지 덕녀로 평가받는 데 그쳤다고 해서 그 의의를 결코 소홀히 여길 수 없는 이유가 된다.

고독과 성찰의 시 쓰기
김후란

1. 시의 밀도와 시 쓰기의 방향

60여 년간 한 길로 시를 쓴 시인이 있다. 1960년 『현대문학』에 신석
초 시인의 추천으로 등단한 김후란 시인이 바로 그 주인공이다. 1934년
서울에서 태어난 김후란 시인은 2014년 출간된 『비밀의 숲』을 포함하여
총 12권의 시집을 출간하였으며 2015년 오세영과 맹문재가 푸른사상에
서 엮어낸 시 전집을 보유하고 있다.

시인 김후란에 대한 평가는 크게 두 갈래로 나뉜다. 가족과 생명에
대한 애정과 헌신, 끊임없이 나를 누구인가를 묻는 존재론적 탐색 등이
그것이다. 앞의 경우 홍용희와 구명숙의 논의가 대표적인데 시인의 개인
사적 이력, 곧 교사와 기자 생활을 거치면서 구축한 흔들림 없는 품성이
배어나는 시세계를 조명하고 있다. 종교적인 열정이 드러나는 부분을
주목한 연구도 이 분류에 해당할 수 있다. 그의 시가 반성과 묵상, 그리
고 기도와 염원 등에 주목하고 있기에 그러하다. 후자의 경우 시인의
시 속에서 자주 드러나는 '바람' 이미지에 주목한 김현자의 글이 본격적
이다. 이곳에서 저곳으로 이동하면서 자유롭게 비상하려는 열망을 시인

은 제기한다. 연구자들에게는 기쁘게도 2015년 출간된 시 전집에서 그의 시를 전반적으로 다루고 있으며, 이를 통해 앞으로의 연구성과를 기대할 수 있을 것이다.

아쉽게도 창작 연수와 작품집을 고려했을 때 그의 시에 관한 연구는 본격적으로 진행되지 않았다. 아마도 '그대'와 '나' 사이의 사랑, 꽃나무 별 등의 익숙한 이미지의 활용에 독자들이 몰입하지 못하거나, '실존'이나 '존재' 등 철학적인 단어가 날것 그대로 시에 노출되는 것을 부담스러워하는 것을 원인으로 생각할 수 있겠다.

> 향기로운 눈빛
> 사라지는 것을 위하여
> 어딘가로 한가닥 연기가 되어
> 사라지는 것을 위하여
> 온 세상이 기울어도
> 올곧게 떠올라
> 매운 향 공양으로 그리움을 태우고
> 자유로움으로 해체되는
> 언어의 별을 띄우며
> 홀로 묵상하며
>
> — 「향을 피우다」 전문

깊은 저녁 혼자 앉아 답답한 마음을 풀어보려 가만히 앉아 본 적이 있을 것이다. 그래서 독자는 촛불을 켜고 홀로 앉은 시인의 마음에 공감하게 된다. 단단한 초는 심지를 타고 오르는 불꽃에 녹아 천천히 흔적도 없이 날아간다. 날아가는 연기는 초와 심지와 불이 엉켜 생겨나는 것들로 어디론가 사라져 버린다. 눈앞에 보이던 초가 사라질 때, 염원하는 것들이 나의 오욕칠정에서 벗어나 공기 중에 흩어질 때 답답한 마음이 풀리고, 염원하는 바 역시 저 먼 곳 어딘가로 가 닿으리라 생각한다.

이 시는 그런 마음을 담아 어딘가로 '가는' 향의 연기와, 그 향 앞에서 '자유로움으로 해체'되는 '언어의 별'을 묵상하는 '나'를 같은 궤로 놓는다. 시적 자아는 자리에 앉고 연기는 하늘로 올라간다. 그리고 초가 '해체'되는 것은 부서지는 것도 망가지는 것도 아니다. 오히려 저 멀리, 마음껏 날아가는 몸 바꾸기와 맞물린다. 따라서 시인은 '해체'라는 시어와 '자유로움'을 공유한다. '묵상'을 통해서 자아가 자유로워진 것이다. 주목할 것은 시어가 '묵상한다'가 아니라 '묵상하며'라고 된 부분이다. 마무리된 것이 아니라 진행 중인 행동인 것이다. 따라서 그의 시에서 '묵상'이라는 시어는 시 전체를 붙드는 핵심적인 요소라 할 수 있다.

물론 잠언적인 이 시가 갖는 한계 역시 두드러진다. '사라지는 것을 위하여'라는 시어의 반복, '올곧게 떠올라', '해체', '언어의 별' 등의 고답적인 시어가 시적 긴장을 깨뜨리기 때문이다. 실제 김후란의 작품에서 지속적으로 드러나는 이러한 긴장감의 상실을 어떻게 받아들여야 할 것인가. '여성적 어조' 내지는 '존재론적 탐구' 등으로만 분석하거나, 다른 여성시의 계보 중 한 가지로 읽는 것은 기존 논의의 반복이 될 뿐이다.

따라서 생각해야 할 부분은 그의 성찰적 시쓰기가 지향하는 부분이 무엇인가이다. 특히 에세이와의 연관성에서 그가 무엇을 지향하는가를 찾아야 하는데, 상당수의 에세이집을 출간한 그의 글에서 철학적인 단어는 인간관계, 고독, 성장 등을 언급하는 '성찰'로 전환되어 나타나기 때문이다. 그런 의미에서 김후란의 성찰, 내면, 고독 등은 에세이와 시 사이를 연결하는 동력이며, 김후란에게 시쓰기는 철학적인 성찰을 따라가는 장르 사이의 글쓰기라 할 수 있겠다. 따라서 이 글은 여성 시인으로서 김후란이 왜 종교적이고 성찰적인, 그리고 에세이에 가까운 시어를 나열하고 있는지를 탐색하는 데 목적이 있다.

2. 성찰하는 '나', 고독을 낭만화하다

감정이나 생각을 전달할 때 직접적으로 노출하는 이들이 있지만, 깊은 고민 끝에 조심스럽게 자기 마음이나 감정을 전달하는 이들도 있다. 스스로의 마음을 선명하게 들여다보고 싶어서이기도 하고, 섣불리 던지는 말이나 행동이 누군가에게 상처가 될 수 있어 그것을 두려워하기 때문일 것이다. 그래서 무엇인가를 빠르게 결정하고 답을 내려야 한다는 강박적인 현대사회의 템포는 오랜 생각 끝에 말을 던지는 이들뿐 아니라 가쁘게 살아가는(vita activa) 사람들에게조차도 부담으로 다가오곤 한다.

그래서 최근 사회학자들과 철학자들은 그래서 혼자 가만히 자신의 시간을 보낼 필요가 있음을, 깊은 고독을 경험함으로써 얻는 평화를 생각해 보아야 함을 주장하곤 한다. 성찰, 숙고하는 삶(vita contemplativa)이 그것이다. 사색하고 휴식하며 인간은, '더 많이', '더 빨리'를 외치는 현대사회의 감각에서 잠시 몸을 피해 필요 이상으로 나를 괴롭게 하던 나 자신의 욕구와 사회적으로 주입된 욕구를 내려놓을 수 있다.

그리고 김후란의 시에는 고요한 시간을 맞이하는, 성찰하는 자아의 모습이 등장하곤 한다. 시적 자아는 아무도 없는 곳으로 간다. 누군가와 함께 있다 보면 그에게 투영된 자기 자신을 보아야 하기 때문이다. 그래서 김후란 시의 시적 자아는 홀로 자신을 들여다본다. 그리고 깊은 고독 안에서 자신의 가장 진실한 모습을 '절대자'로 상정되는 누군가에게 오롯이 전달한다. 이때 절대자는 시적 자아가 누구와도 나누려 하지 않는 비밀을 나눌 수 있는 존재로 등장한다. 그렇기에 시적 자아는 절대자를 가장 소중하게 생각하며, 그에게 건네는 감정은 직설적이거나 혼란스러운 것이 아니라 여과되고 정제된 것에 가까우며, 절대자에게 건네는 감정 역시 어느 정도 정리된 감정, 깊은 기도에 가깝다.

그 어디에도 끝날 수 없는
긴긴 밤이었습니다

그 무엇으로도 메울 수 없는
크낙한 공간이었습니다

이제 이렇게 서러울 수 있는
내 가난한 영혼은

마지막 구원의 영상 앞에
두 손 모아 엎디었는데

창 밖의 숱한 낙엽의 울음소리는
또 어인 일이오니까

이 한밤 이리도 몸부림치는
머리 갈기갈기 산발한 갈대

뒷산 두견이도 목이 쉬었고
메아리도 어이 돌아오지 않는데

모든 것이 오늘로 끝나고 또 오늘로 시작됨을
진정 믿어서 옳으리이까

꼬박 드새운 참회의 밤은
흰하게 열려오는 아침과 더불어

영원으로 통하는 문을 이루고

그 문을 향하여 머리 곱게 빗은 나
맨발로 몇백 년이고 걸어가오리다.　　　　　　　　　－「문」전문

시적 자아는 어두운 밤, 끝나지 않을 것 같은 밤 앞에 마주한다. 이 시공간에서 자아가 경험하는 것은 '무(無)', 곧 '아무 것도 없음'에 대한 자각이다. 모든 개인에게 결여된 무엇으로 명명될 수 있는 이 공허함을 일컬어 시적 자아는 '그 무엇으로도 메울 수 없는 크낙한 공간'으로 명명한다. 결핍은 자아를 필연적으로 성찰로 이끈다.

결핍의 원인은 무엇인지, 어떻게 메울 수 있는지는 알 수 없다. 그것을 아는 것이 역설적으로 위험하다는 것을, 라캉을 비롯한 정신분석학자들은 일찍이 언급한 바 있다. 그럼에도 무엇인가 결핍되었음을 자각한 자아는 그 주변을 탐색하며 우울증적 경험을 하게 된다. 시에서도 마찬가지이다. 시적 자아는 결핍의 언저리를 탐색하며 서러움을 느끼는데, 그 서러움을 대신 토해내는 것들은 '숱한 낙엽의 울음소리', '머리 갈기갈기 산발한 갈대', '목이 쉰 두견이', '돌아오지 않는 메아리' 등이다.

주목할 것은 시적 자아가 직접적으로 자신의 서러움, 결핍을 자각한 자의 슬픔을 언급하는 것이 아니라는 점이다. 오히려 그는 '마지막 구원

의 영상' 앞에 '두 손 모아 엎디'는 모습을 보인다. 엎드린다는 것은 자신의 손과 발, 곧 몸의 움직임으로 할 수 있는 것이 없음을 인정하는 행동이다. 그리고 그 순간 시적 자아는 자신이 하지 못하는 이야기를 대신 전하는 낙엽과 갈대와 두견이의 소리를 듣는다. 바스라지고, 몸부림치고, 목이 쉬게 울며 돌아오지 못한 곳으로 흘러간 낙엽과 갈대와 두견이와 메아리의 소리는 자신의 몸을 움직이지 않고 멈추어야만 들을 수 있다.

자신뿐 아니라 모든 생명체의 고통 어린 슬픔을 마주하는 작업은 성찰을 통해서만 가능하다. 시적 자아가 깨달은 것은 이 고통이 곧 끝나리라는 낙관적인 전망이 아니다. 오히려 그는 이 하루가 끝없이 돌아온다는 것을 인식하고 있다('모든 것이 오늘로 끝나고 또 오늘로 시작됨을'). 결핍이 채워지지 않는 것이 삶이라는 것을, 그리고 수많은 이들의 고통을 함께 듣고 '참회'하는 것이 이 비극을 대하는 태도임을 인식한('맨발로 몇백 년이고 걸어가오리다') 시적 자아의 태도에 주목할 필요가 있다. 희망을 손쉽게 노래하지 않고, 삶에 언제든 드리울 수 있는 비극을 받아들일 뿐 아니라, 고통을 경험하는 소외된 것들의 소리를 끝없이 듣기 때문이다. 시적 자아가 '꼬박 드새운 참회의 밤'을 통과하면서 얻은 성찰은 바로 '영원으로 통하는 문'은 아직 오지 않고, 앞으로도 오랫동안 걸어야 하는 진행형의 구원임을 인식하는 데 있다.

이제 개인의 성찰과 고독에서 얻어지는 깨달음을 예감하는 자아의 태도에 주목해야 한다. 자아는 두 손 모으고 엎드리지만 비통해하거나 절망하지 않는다. 오히려 그는 의연하게 타인의 눈물과 슬픔을 발견하고, 몇백 년은 걸릴 길을 걸어가겠다고 결심한다. 고독과 성찰을 기꺼이 받아들이는 태도는 다른 면에서는 고독을 기대하고 기다리는, 고독과 성찰을 낭만화하는 태도로도 이어진다 하겠다. 아래의 에세이 서문에서도 그러한 태도를 살펴볼 수 있다.

그는 한마디로 절대고독 속에 갇혀 아프게 살다 갔지만 빛나는 시심을 폭포처럼 쏟아내고 간 특이한 시인이었다. 평생 독신으로 살았던 꽃그늘 속의 고독한 그림자였다. 그러나 그가 남긴 시는 지금 읽어도 가슴에 부딪쳐 오는 빛나는 작품들이다. 인간으로서의 그의 삶은 고통이 수반되었겠지만 시인으로서의 삶은 결코 헛되지 않았다. 그에게 시를 쓰는 일은 인생을 의미 있게 하는 유일한 돌파구였으며, 문학이 주는 치유의 힘으로 해서 고난의 시간을 감연히 견딜 수 있었을 것이다.

— 김후란, 「절대 고독 속에 빛나는 시심」, 권두 에세이

이 글은 영국 시인 에밀리 디킨슨의 삶을 다룬 김후란의 에세이 일부이다. 에밀리 디킨슨의 시적 성취를 조명하는 과정에서 흥미로운 것은, 그가 '절대고독'을 시인의 삶과 연결하여 낭만적으로 인식했다는 데 있다. 찰스 목사를 향한 애정으로 평생을 홀로 지내고, 목사가 사망하자 남은 세월을 타인과 교류하지 않은 채 고독하게 시를 쓰고 살아간 에밀리 디킨슨의 삶을 기록한 그의 어조에서는 비감이나 연민이 느껴지지 않는다. 오히려 그는 '꽃그늘 속의 고독한 그림자', '시인으로서의 삶은 결코 헛되지 않'았음, '고난의 시간을 견'딤 등으로 에밀리 디킨슨의 고독한 삶을 낭만화한다. 이것은 김후란이 시인으로서 기대한 고독과 슬픔, 그리고 적막을 구현한 실제 시인에게 보내는 찬탄이라 할 수 있다.

3. 삶을 긍정하기, 행복을 찾기

그렇다면 김후란의 시에서 낭만화된 성찰, 고독은 과연 어떤 의미가

있을 것인가. 고독을 긍정화하는 그의 태도는 현실을 외면하는 것인가. 특히 앞선 장에서 인용한 시의 '머리 곱게 빗은 나', '걸어가오리다' 등의 시어는 고통 앞에서도 정갈함을 유지하는 자아의 긍정성과 결연함을 엿보게 하지만, 한편으로는 고통을 손쉽게 낭만화하는 것은 아닌가 고민하게 한다.

따라서 김후란 시의 자아가 일상사의 슬픔을 그려 내는 방식을 살펴보고자 한다. 위에서 언급했듯 시적 자아는 일상사의 슬픔을 처연하거나 적나라하게 그려내지 않는다. 오히려 그가 집중하는 것은 일상에서 만나는 사소한 기쁨과 보람이며, 그것들을 긍정적으로 그려냄으로써 행복에 집중하고 있다. 아래의 인용시는 일상사의 부정성을 통과하며 얻는 기쁨의 소중함을 이야기한다는 점에서, 기쁨과 보람, 그리고 그것들을 찾아가는 자아의 모습을 조명하고 있다.

> 하루해가 저무는 시간
> 고요함의 진정성에 기대어
> 오늘의 닻을 내려놓는다
> 땀에 젖은 옷을 벗을 때
> 밤하늘의 별들이 내 곁으로 다가와
> 벗이 되고 가족이 된다
> 우연이라기엔 너무 절실한 인연
> 마음 놓고 속내를 나눌 사람
> 그 소박한 손을 끌어안는다
> 별들의 속삭임이 나를 사로잡을 때
> 어둠을 이겨낸 세상은 다시 열려
> 나는 외롭지 않다

언젠가는 만날 날이 있을 것으로 믿었던

그대들 모두 은하로 모여들어

이 밤은 우리 따뜻한 가족이다
　　　　　　　　　　　　－「따뜻한 가족」 전문

　인용시는 해가 저무는 시간 홀로 남은 자아의 정서에 주목한다. '오늘
의 닻'이란 시어에서 드러나듯, 바다를 건너는 배처럼 자아의 삶도 닻을
내릴 곳이 없으면 쉴 수 없는 피로한 삶임을 알 수 있다. 고요함에 '기대
고', 닻을 '내려놓'고, 땀에 젖은 옷을 '벗'어던지며 시적 자아는 자신을
감싸고 있던 외적인 질서와 강박 등과 잠시 헤어진다. 그때 그에게 다가
오는 것은 '밤하늘의 별'들이다. 내려놓고 벗어던진 하강의 상상력이 역
설적으로 하늘의 별들을 다가오게 끌어당긴 것이다. 이러한 상상력의
중심에는 '고요함의 진정성'과 '절실한', '끌어안'는다는 시적 자아의 욕
구가 놓여 있다.

　일상사에서 자신의 가장 내밀한 비밀을 가감 없이 나눌 수 있는 인연
이란 얼마나 소중한 것일까. 그 소중함을 시적 자아는 '별들의 속삭임'
같은 희귀한 것으로 그려낸다. '소박한 손'으로 그려지지만 결코 쉽게
만날 수 없는 소중한 인연들을 희구하는 시적 자아의 열망은 역설적으로
희귀한 것들을 '소박'한 것으로 설명하는 데 이른다. 그리고 그 간절함
으로 시적 자아는 '어둠을 이겨내'는 힘을 얻는다. 소박한 손과 낮은 속
삭임이 별들을 둘러싼 어둠을 이겨내게 한다는 자아의 상상력은 단순
한 긍정으로 보기에는 한계가 있다. 오히려 희구하는 자아의 간절함이
행복을 끌어안는 것으로 이어지는 데 주목할 필요가 있다. '언젠가는 만
날 날이 있을 것으로 믿'었던 이들을 만나는 힘은 바로 행복에 대한 강력
한 갈망과 애정, 바람이다. 그리고 이것은 그만큼 '소박한 손'들을 만나
기 쉽지 않으며 삶은 외롭고 고통스럽다는 것을 말한다. 그렇기에 시적

자아가 말하는 '따뜻한 가족'은 '은하'로 모여들어야만, 만날 날 또한 희박한, 별이 되어야만 가능한 간절함이라 할 수 있다. 고독하고 고통스러운 삶을 견디게 하는 간절한 희망이 행복에 대한 기대와 기쁨을 내면화하는 원동력이 되는 것이다.

> 유연한 몸짓 하나로
> 억겁을 사는 강물은
> 한 방울 한 방울이 해체되고
> 다시 결속하여
> 깊은 아름다움으로 뒤척인다
> 별들을 품은 만삭의 어머니이다
>
> 시간은 강이다
> 때로는 몸부림치며 달려간다
> 누구도 앞질러 뛰어갈 수 없는
> 강물로 그려지는
> 실체이다
>
> 뒤를 돌아볼 수 없는 강물이기에
> 돌아본들 손잡을 수 없는 날들이기에
> 우리의 삶은 꿈이런가
> 나는 매일 밤 별을 보면서
> 내 어머니처럼 손을 뻗어 별을 따다가
> 시간을 업고 달려가는 강물에
> 몸을 던진다   -「별을 따는 밤에」전문

위의 인용시도 앞선 인용시와 마찬가지로 별들과 강(은하)과 마주침과 붙잡을 수 없는 것들을 붙잡으려는 시적 자아의 열망을 보여준다. 이 시에서 가슴 깊이 들어오는 구절은 '시간을 업고 달려가는 강물'이다. 흘러가는 강물은 늘 같지 않고, 시간은 붙잡을 수 없는 것임을 모든 인간은 알고 있다. 일찍감치 아우구스티누스가 흘러가는 강물을 보며 영원을 고민한 것처럼, 시적 자아는 '뒤를 돌아볼 수 없'고 '돌아본들 손잡을 수 없는 날'들을 자각한다.

시의 상상력은 여기에서 변주된다. 1연에서 이미 강물에 대한 사유가 드러나고 있는데, '별들을 품은 만삭의 어머니'라는 구절 때문이다. 강물=어머니라는 비유는 신선하지 않다. 그럼에도 이 익숙한 비유가 쉽게 이끌어내는 것은 흘러가는 강물의 반짝이는 잔물결과 어두운 밤 불빛을 반사하는 잔상일 것이다. 시적 자아의 상상력은 그 잔상들이 시간이 흐르면 어딘가로 흘러가 강물 깊이 '꿈'처럼 쌓일 것이고 잔상은 '별'처럼 반짝이는 순간이 있었을 것이라는 데 이르게 된다. 따라서 별을 품는 만삭의 강을 상상하는 것, 매일 밤 별을 보는 것은 '손을 뻗어 별을 따'는 행동과 동궤를 이룬다. 흘러가는 강물이 업은 꿈결 같은 삶의 잔상을 상상하는 것이다. 따라서 이 시에서 깊게 읽어야 할 것은 '손을 뻗어 별을 따'는 행위이다. 흘러가는 삶의 편린을 기억하는 것, 뒤돌아본들 붙잡을 수 없고 뒤돌아보기도 어려운 삶의 순간순간을 손을 뻗어 구해내고 의미화하는 것, 그것은 문학, 그리고 시가 하는 일이기도 하다. 불가능한 일들을 강력하게 꿈꾸고 희구하는 것. 그것이 김후란 시의 고독과 성찰이 빚어내는 글쓰기일 것이다.

4. 에세이와 시 사이

김후란의 시를 읽을 때 연구자로서 드는 난점은 바로 시 정면에 바로 드러나는 긍정성과 낭만성이다. 이것이 종종 시적인 의미 전환이나 통찰력을 흐트러뜨린다는 아쉬움이 남기 때문이기도 하다. 또한 그것이 시인의 사적인 이력, 곧 기자생활과 어우러진 엘리트적 시선과 연결될지 모른다는 의문도 시의 의미부여에 고민을 남긴다. 더 나아가 그의 시가 에세이와 친연성이 높은 것 또한 그의 시를 본격적으로 다루기 어렵게 한다.

그러나 이 모든 문제 지점에서 다시 그의 시를 읽어볼 필요가 있다. 에세이와 시 사이의 공간에서 그의 시는 삶을 긍정하고 타자를 발견하는 성찰에 이르며, 고독과 성찰을 통해 활동 중심으로 이루어진 우리 삶(vita activa)을 재점검할 단상을 마련한다. 그의 시가 제공하는 고독과 성찰은, 철학적 사유가 기존의 이성 / 비이성, 남성 / 여성 중 전자를 중심으로 이루어진다는 이분법적 관념을 넘어선다. 특히 시간을 붙들고 자신을 생각하는 사유의 힘, 삶의 기쁨을 적극적으로 끌어안는 노력은 여성 시인의 남긴 또 다른 초상으로서 우리에게 깊은 울림을 준다.

19세기 기녀의 자기표현과 자의식
군산월(君山月)

유정선

1. 기녀, 이별을 말하다

「군산월애원가」는 19세기 함경도 명천의 기녀 군산월이 지은 가사로서, 사대부 김진형과의 사랑과 이별을 노래하고 있다. 작가 군산월은 19세기 사대부 문인 김진형의 유배가사 「북천가」에 등장하는 기녀로 더 유명하다.[2] 동일한 경험을 소재로 하여 두 사람이 각기 자신의 경험을 노래한 작품들이 함께 존재하는 것이다.

작품 「군산월애원가」는 작자가 누구인지에 대해서 논란이 있다. 이러한 논란이 일게 된 것은 함경도 기녀의 작품이 영남지방에서 발견된 작품 유통의 과정에 대한 의문,[3] 1인칭 시점과 3인칭 시점의 잦은 교체로 인한 시점의 혼란, 작품 속 언술과 역사적 사실의 불일치 등에서 연유한다. 먼저 작품의 원작자를 군산월로 보는 견해로서, 시점의 혼란을 고전문학 일반의 관습화된 현상으로 본다.[4] 반면 군산월을 중심으로 사연이 진행되긴 하지만 김학사의 이별사건을 일종의 극화 방식으로 제 삼자가 재구성한 가사로 보는 견해이다. 시점의 혼란이나 작품 속 내용이 역사적 사실과 일치하지 않는다고 보기 때문이다.[5]

　하지만 작자가 군산월인지, 제 3자인지의 문제는 작품 해석에 있어 그렇게 중요한 문제가 아닐 수 있다. 작자를 비정하는 문제는 작품 유통 경로를 비롯한 관련 정보가 명확히 밝혀지지 않은 현재의 시점에서 유보적일 수밖에 없다. 따라서 이 시점에서는 작품이 누구의 입장에서 쓰였는지가 작품 독해의 핵심적인 부분이 될 수 있다. 특히 동일한 사건을 소재로 한 다른 작가의 작품이 존재하고 있는 상황이므로, 사건을 바라보는 시선의 주체가 누구인지의 문제가 중요할 것이다. 이러한 시선의 차이가 작품의 창작 혹은 향유를 추동하는 주요 동인이 되었을 것으로 보이기 때문이다.

　그러므로 중요한 것은 이 작품이 군산월의 시선에서 구성된 작품이라는 점일 것이다.[6] 설령 제3자가 지었다고 하더라도 군산월이라는 기녀의 자기표현 방식을 취하여 궁극적으로 말하고자 한 것이 무엇인지 생각해

● 작자미상, 〈기녀와 선비〉, 19세기 초, 19.5×33.0cm, 개인 소장.

봐야 할 것이다.

작품의 제작 시기 또한 논란이 되고 있지만 김진형이 해배되고 이별한 직후인 1853년 12월경 이후에서 크게 멀지 않은 어느 시점으로 보는 것이 타당할 듯하다.[7] 이별 이후의 내용인 결구가 전승과정에서 추가된 것으로 보이며,[8] 이 부분이 과거완료형으로 쓰였지만 미래의 의지적인 진술을 과거완료형으로 표현한 것으로 추정되기 때문이다.[9]

「군산월애원가」의 연구는 크게 두 가지 방향에서 이루어졌다. 첫째 기녀의 자기서사라는 점에서 자기표현의 하나로서 자신의 삶을 어떻게 재현하고 있는지, 그때 문학적 전략은 어떻게 구사되고 있는가이다.[10]

둘째 19세기 기녀의 여성현실이라는 측면에서 작품의 의미를 분석한 것이며, 이러한 시각의 연장선상에서 김진형의 「북천가」와 대비하는 연구가 이루어졌다. 먼저 이정진은 「군산월애원가」의 서지적 소개와 함께, 작품의 주조는 '이별의 비인간성에 대한 항거'로서 '이별에 대한 감상적인 애상이 아니라 이별에 수반되는 비윤리적인 행위에 대한 비판'이라고 보았다.[11] 고순희는, 원망의 대상이 양반 남성의 횡포가 아니라 신분상승 욕구가 좌절된 현실이며, 정절을 통해 세속적 욕망을 추구하는 기녀의 모습이 19세기 여성 현실을 반영한다고 보았다.[12] 다음으로 사대부 남성작 「북천가」와 대비하는 연구에서는 「군산월애원가」가 상대적으로 기녀 군산월의 입장과 내면을 보여준다고 하였다.[13]

이러한 선행 연구에서 논란이 되고 있는 것은 「군산월애원가」에 반영된 유교이념, 특히 정절의식을 어떻게 바라보아야 할 것인가의 문제이다. 이것은 작품 속에 투영된 현실을 향한 원망, 또는 항거의 의미를 어떻게 볼 것인지와 연동되어 있다. 이에 대해 군산월이 지니고 있었던 원망의 대상이 양반남성의 횡포에 있는 것이 아니라 자신의 신분상승욕구가 좌절된 현실이며, 신분적 갈등보다는 세속적 욕망에 충실해 있다는 견해,[14] 정절을 자발적으로 실천함으로써 생존전략을 꾀하고 있지만 타자적이고 의존적이라는 견해[15] 등이 제시되었다.

여기서는 이러한 논란에 대한 탐색을 목표로, 군산월이 김진형과의 사랑과 이별을 자신의 시각에서 바라보고 그것을 표현한다는 것은 어떤 의미를 지니고 있는지 생각해보기로 한다. 그리고 그 속에서 말하고자 했던 것은 무엇인지 따라가 보기로 한다.

2. 자기서사 속 이별의 서사

「군산월애원가」는 사대부 남성과의 사랑과 이별이라는 애정사를 다루고 있다. 사대부 남성과의 애정사가 작품 창작 동기로서 중심 내용을 이룬다는 점에서 보면, 대남성적 문맥에서 지어졌다고 하겠다. 이렇게 '대남성적 감성'을 지닌다는 점은, 주로 사대부 남성들을 상대하는 기녀의 직무 수행의 특성상 어느 정도 자연스러운 일이다. 대부분의 기녀시조가 이러한 대남성적 감성을 지닌다는 점[16]과 동일선상에 있는 것이다.

그러면서도 이 작품은 주테마인 애정을 읊은 애정가라는 시각에서 보다 기녀의 자기서사라는 점에 주목할 필요가 있다. 당대 사회의 주변부 인물인 기녀가 자신의 입장에서 사대부 남성과의 애정사를 다루면서, 자신의 삶을 전체적인 시각에서 성찰하는 성격을 갖고 있기 때문이다. 사대부 남성과 달리 기녀 군산월에게 김진형과의 사랑은 에피소드적 성격을 띠는 것이 아니라 자아정체성에 대해 근원적 물음을 갖게 하는 일대 사건이다. 그렇기 때문에 일회적 이별을 다루면서도 자신의 삶이 송두리째 딸려 나온다. 따라서 기녀 군산월의 자기표현이자 자기성찰이라는 특성을 지닌다는 점을 고려할 때 기녀의 자기서사라는 시각에서 살펴

볼 필요가 있다.

물론 이 작품의 중심에는 자신을 돌아보게 만든 '이별'이 자리한다. 김진형과의 이별은 작품의 화두로 등장하며, 서두에서 이별의 사건을 밝힌 후에 만남과 이별의 과정을 회고한다. 이별을 구심점으로 하여 이별한 현재의 심경을 피력한 후, 이별이 있기 전까지의 시간인 평소의 처신과 만남, 이별의 과정, 이별 후의 경과를 회고한 후 작품을 끝맺고 있다. 따라서 이 작품은, 군산월이 이별을 겪고 난 후 이 이별이 어디에서 연유한 것이며, 그것을 어떻게 받아들여야 할 것인지를 모색하는 구성을 취한다.

선행연구에서 정리한 내용을 토대로 작품의 전체적 구성을 정리하면, '이별한 현재의 심경 – 만남 이전의 품행 – 김진형과의 만남 – 이별의 과정 – 귀환'으로 요약할 수 있다.

(1) '서사 – 이별한 현재의 심경'(1구~16구): 이별한 현재의 심경, 이별이 가지고 있는 서러움과 처량함의 속성 환기.

(2) '만남 이전의 품행'(17구~35구): 평소 절행이 높아 본관의 수청을 거부, 조신하게 심규에서 지내옴.

(3) '김진형과의 만남'(36구~51구): 칠보산에서의 첫 만남과 언약을 통해 예의로써 김진형을 모셔 왔음.

(4) '김진형의 해배와 동행의 결정'(52구~119구): 김진형의 해배, 부모 형제와의 이별 후 김진형과 동행하기로 함.

(5) '남행의 노정'(120구~138구): 남쪽으로 향하는 고단한 여정.

(6) '이별의 통보와 항변'(139구~251구): 김진형의 이별 통보, 이에 대한 군산월의 대응.

(7) '이별의 장면'(252구~275구): 이별의 수락과 이별하는 모습.

(8) '귀환의 노정'(276구~319구): 막막한 심경과 앞으로의 삶에 대한 걱정.

(9) '결사'(320구~323구): 정절을 지킬 것을 다짐.

서두에서 '어와 기박(奇薄)할사 창녀신명(娼女身命) 기박(奇薄)할사 고이하다 양반행실 이다지도 무정하오'라 하여 '고이한 양반행실'에 대한 문제를 제기한 후, 평소의 처신과 만남, 이별까지의 과정을 읊는다.

전체 내용을 보면 김진형과 나눈 사랑의 즐거움보다는 이별장면과 슬픔이 중심이다.[17] 이별을 중심에 두고 나머지 상황들이 전제이자 계기, 이유, 결과 등의 의미를 지니고 배치되어 있다. 군산월의 평소 처신은 자신이 버려져야 했던 이별의 부당함을 보여주는가 하면, 부모와의 이별은 사랑의 성취를 위해서 하는 수 없이 감당해야 했던 몫으로, 사랑이 성취되어야 하는 당위성을 수식한다. 부모 형제와의 이별 장면도 대화체로 확장 재현됨으로써 자신의 동행 결심도 많은 것을 감수하고 희생함으로써 이루어진 결단임을 말하고 있다. 군산월의 입장에서는 그만한 보상이 주어진다고 생각했기 때문에 결행한 것이라 할 수 있다.

> 부모동싱 손을 줍고 은근이 위로하되
> 이와의 김학스을 군즈로 셤겨시니
> 김학스 회비(解配)흐여 향슨(鄉山)의 도라가니
> 불싱이부(不更二夫) 이 늬 졀기 나도 이져 가나이다
> 아모리 긔싱이느 힝실이야 다를 손가
> 여즈유힝(女子有行) 원부모(遠父母)라 츌가외인(出嫁外人) 싱각말고
> 만셰 만셰(萬歲 萬歲) 안보(安保)하여 무양흐기 지니시면
> 타향의 몸을 떠셔 쳘이말이(千里萬里) 멀고 머나 다시와셔 보오리다

부모의 하는 말이 온야 온야 그리ᄒ라 온야 온야 즐거가

네 셩품 니 알ᄯ시 못가라 ᄒ깃나야

아모리 ᄌ식인들 ᄉ군졔법(事君諸法) 싱각하고

불원쳘이(不遠千里) 갈나하니 니 엇지 말일손야

－「군산월애원가」 부분(이하 같은 글)

군산월이 김진형의 동행 제안에 기쁘면서도 부모형제와 이별할 생각에 '일희일비(一喜一悲)'하였다고 표현했지만, 위에서 보면 부모와의 이별에 따른 슬픔보다는 희망찬 미래에 대한 설렘이 압도하고 있음을 알 수 있다. 가야만 하는 명분과 논리가 드러나 있고 슬픔의 정감은 가려져 있다. 아마도 자신의 신분적 상승은 궁극적으로 가족들에게 현실적으로 도움이 될 수 있다고 보았기 때문일 것이다.

이 중 가장 확장되어 있는 부분은 (6), (7), (8) 부분이다. 이는 이별의 상황과 다시 명천으로 돌아오는 길에서의 심경 부분이다. 이 부분을 요약하면, '자신의 이별이 어떠한 방식으로 이루어졌는지'이다. 즉 한 남성과의 이별을 다루면서 그 이별의 전제라 할 수 있는 시간들, 곧 사랑을 나누며 함께 했던 시간들에 대한 설명의 비중은 크지 않다. 대신 김진형의 해배(解配)가 결정되고 김진형과 동행하여 가던 도중에 이별하게 된 상황, 그리고 이별을 통고받고 집으로 돌아오는 여정의 언술이 확장된다. 이는 이별의 방식과 그것이 가져온 결과를 보여주는 것에 집중했음을 보여준다.

이런 점은 자신의 지난 사랑에 대한 그리움이나 사랑의 상실에 따른 안타까움 등 '사랑'에 방점이 있는 것이 아니라 이별의 방식이나 그 결과 등 '이별'에 강조점이 있다는 것을 드러낸다. 이러한 작품 구성은, 이 작품이 자신의 삶 속에서 가장 중요했던 사건 중 하나인 김진형과의 이별을

정리해보고, 자신의 입장을 해명 또는 성찰하고자 했음을 알려준다.

3. 욕망의 주체와 사랑의 의미

경험적 서사의 선택적 배치와 자탄의 정조 약화

작품 「군산월애원가」에서는 경험적 서사의 선택적 배치와 함께 3인칭 화법이 나타나고 있다. 우선 자신의 삶을 다룬 경험적 서사의 선택적 배치[18]를 통하여 '만남과 사랑의 축약 - 이별의 과정 확장'이라는 구도를 보여준다. 이별 이후 김진형과의 사랑을 복기하면서 만남을 비롯한 사랑의 과정은 축약하여 노래하며, 첫 만남시의 정감적 재현이나 상대에 대한 미적인 형용 등을 배제하고 있다. 그 결과 상대와의 지난 사랑을 기억하면서 정서적 파동을 그려내기보다는 이별의 상황에 대해 해명하고자 하는 성격을 띠고 있다.

특히 이러한 사랑에 대한 기억은 짧막한 형태로나마 그 자체로 모습을 드러내기보다는 이별의 부당성을 설파하기 위한 문맥 안에서 호출된다.

> 츈풍 숨월 화류시와 츄월 츈풍 조혼 띠와
> 온갖 비회(悲懷) 요란한디
> 심스(心事)가 수란(愁亂)ᄒ고 향스(鄕思)가 간절ᄒ나
> 주야로 너을 다려 긱회(客懷)을 위로ᄒ여

김진형에게 군산월이 어떤 존재였는지는 김진형의 발성을 통해서 나타나는데, 이별을 앞두고 그간 군산월의 노고가 컸음을 이야기한다.

또한 주목할 점은 이별의 상황에서 자기서사의 일반적인 화법인 1인

칭 화법과 다른 시점이 나타난다는 점이다. 대화체 및 3인칭 화법 등을 통해서 이별의 장면을 구체적으로 재현하고 있다. 자기서사가 일반적으로 1인칭 화자를 통해서 자신의 삶을 독백하는 방식을 취한다고 한다면, 이 작품 역시 전체적으로는 1인칭 화자가 지배한다.

그런데 결정적인 대목이라 할 수 있는 부분인 이별의 장면에서 3인칭 화법을 취하고 있다. 이러한 3인칭 화자의 언술은 작품 속에서 종종 자탄의 정조를 대치한다. 이러한 문학적 전략의 채택은 자신이 겪은 이별에 대해 정감적으로 접근하기보다는 이별 상황에 대해 논리적으로 해명하고자 하는 태도를 반영한다.

즉 이별의 상황에서는 3인칭 화자의 대화체를 통해서 묘사한다. '거동보소', '하는 말이' 등 판소리의 장면화 수법에서 쓰이는 전언의 방식과 같은 간접화어법을 통해서 당시 상황을 보여준다.

〈a〉
나으리 거동보소 변식(變色)ᄒ고 하ᄂ마리
가련하고 어엿ᄲᆞ다 너을 처음 만닐 젹의
연약(言約)이 금셕(金石)갓고 인졍이 틱순(泰山)갓히
츈풍(春風) 습월(三月) 화류시(花柳時)와 류월(六月) 츈풍(春風)죠한 찌와
온갖 비회(悲懷) 요란한디
심ᄉ가 수란(愁亂)ᄒ고 향ᄉᆞ(鄕思)가 간졀ᄒᄂ
쥬야(晝夜)로 너을 다려 긱회(客懷)을 위로ᄒ여
향슈(鄕愁) 손쳔(山川) 갓치 가셔 슬ᄒ(膝下)의 두ᄌ더니
지금 와 싱각하니 난쳐ᄒ고 어려와라
닉 본디 줄못하여 너을 이졔 쏘겨시ᄂ
섭섭히 아지 말고 조히 조히 줄가거라

〈b〉

군순월이 감쪽 놀너 눈물 짓고 ㅎ난 마리

이긔 참아 원말이오 바릴 심ㅅ 게시거든

칠보순 거힝(擧行) 세에 아족 멀이 하지

무단이 언약(言約) 밋고 몃 번을 몸을 굽히든 졍이 틱순(泰山) 갓히

허다 스람 다 바리고 험코 험한 먼먼 기러 뫼시고오 왓더니

그다지도 무졍ㅎ오 그다지도 야속ㅎ오

순순수수(山山水水) 멀고 먼민 도라가라 분부ㅎ니

이군불ㅅ(二君 不事) 츙신졀긔(忠臣節槪) 나으리 ㅎ실 비요

이부불경(二夫不更) 구든 졀긔 손여(少女)의 즉분(職分)이라

초슈오순(楚水吳山) 험한 기러 이별ㅎ고 도라가면

젹젹한 빈 방안의 독슈공방(獨守空房) 어이하며

십구셰 이니 광음 속졀없시 되어고나

연연한 이 니 몸을 몃 졀이 훌쳐다가

스고무친(四顧無親) 타도타향(他道他鄕) 귀로망망(歸路茫茫) 이닌 힝지

이다지도 바리시오

〈a〉는 김진형의 진술이며, 〈b〉는 이에 대한 군산월의 대응이다. 각각
의 화자가 '김학사', '군산월'로 표현되고 있다. 이는 어떤 사건에 대한
객관적인 모습을 반영하고자 하는 시적 화자의 의지를 드러내는 부분[19]
이다. 이별하고자 하는 그의 입장은 '나에게 너는 객지에서 위안을 주는
소중한 존재'였으나 집으로 데려가기는 어렵다는 것이다. 동반하기 어
려운 이유는 "지금 와 싱각하니 난쳐ㅎ고 어려와라"의 구절로만 표명하
고 있어 김진형의 입장은 모호하게 처리된다. 또한 김진형이 스스로 "니
본디 줄못하여 너을 이졔 쏘겨시ᄂ"라 하여 자신에게 귀책사유가 있음

을 밝히고 있다,

군산월은 그의 이별 통보에 대해 '허다 사람을 다 버리고 먼먼 길에 모시고 왔더니' '연연한 이내 몸을 사고무친 타도타향의 몇 천리에 버려다 두고 귀로조차 망망한데 이렇게 버리시오'라 하며 항변한다.

이러한 상황 재현은 이별의 통보가 얼마나 급작스럽고 비인간적이었는지를 보여준다. 그에 대한 군산월의 감정적 반응은 '어이없음'으로서, 갑작스러운 이별에서 명분이나 계기를 찾아볼 수 없었음을 보여준다. 어떤 개연성이나 계기가 없이 하루아침에 상대의 '변심'을 통하여 이루어졌으며, 더욱이 그 원인이 자신에게 있는 것이 아님을 드러내준다.

이와 같이 3인칭 화법은 대외적으로 객관화하여 보여줌으로써 이별의 상황에 대하여 감정적으로 접근하기보다는 심리적 거리를 두고 바라보게 한다.[20] 이는 서로 간에 오고간 대화를 재현함으로써 선후관계를 따져 잘잘못을 가리는 식이다. 그 결과 자기옹호, 나아가 적극적인 항변의 의미를 수행하고 있다.

이어진 대화에서 다시 김진형은 '내 마음 이렇거든 연연한 너의 심회 오죽하며 오죽할까' 하며 위로하며 언젠가 다시 찾을 것을 말한다. 군산월은 '가련하오 이내 신세'라 하여 의탁할 곳 없는 신세를 한탄하면서 그러한 약속이 부질없는 것임을 말한다.

그리고 군산월은 이별의 순간까지 절제된 모습을 유지하였다는 것을 보여준다.

> 군순월이 거동보소 츄파를 넛짓 드러
> 학스(學士) 풍치(風采) 다시 보고 우시며 허락ㅎᄂ
> 그 우슘이 진정(眞情)인가 어이없는 우슘되고
> 눈물이 소소나고 우름 화히 우슘이라

위는 이별하는 장면이다. "우시며 허락ᄒᄂ 그 우슴이 진정인가 어이 없ᄂ 우슴되고"라는 모습에서 감정을 절제하려고 최대한 노력하는 모습이 표현된다. 여기에는 상대에 대한 원망이나 미움보다는 내적으로 슬픔을 억제하려는 자기절제의 모습이 나타난다.

이렇게 이별을 수락하고 웃으며 떠나온 것은 상대에 대한 배려이자 약한 모습을 보이고 싶지 않은 자존심의 발로이기도 하다. 하지만 동시에 상하 관계의 사회적 구조 속에서 어쩔 수 없이 슬픔을 삭여야 하는 억압적 상황임을 충분히 드러내 보여주고 있다. 이런 시각에서 볼 때 현실에서의 좌절은 그 자신의 노력이나 결격과 상관없이, 또 뚜렷한 명분이나 정당성 없이 이루어졌음이 드러난다. 결과적으로 구체적으로 이별의 상황을 재현함으로써 그 부당성에 대해 항변하고 적극적으로 자신을 옹호하고 있다.

이와 같이 이별의 장면에서 3인칭 화자를 채택함으로써 자탄의 정조가 약화된 가운데, 작품 속에서 가장 정감적인 부분은 이별 후의 상황이다. 현실에 대한 막막함과 미래에 대한 불안함, 느닷없이 버려진 데에 대한 자괴감 등 군산월의 산란하는 감정들이 비로소 자탄의 어조를 통해서 터져 나온다.

그런데 이러한 자탄적 정조가 지배하는 부분에서도 상대에 대한 감정이 중심에 놓이지 않는다. 이별 직후, 상대에 대한 그리움보다는 현실적인 어려움에 대한 걱정이 앞서 있다.

> 두 거른의 보고 거름마다 도라보니
> 손쳔(山川)도 낫치 업고 일월(日月)이 무광(無光)한 듯
> 아츰의 떠난 기리 일낙셔순(日落西山) 다리 뜨니
> 하로 온 길 싱각하니 몇이ᄂ 되엿든고

수고무친(四顧無親) 쥬막방(酒幕房)의 무정한 발근 달은
화중충 놉하난디 난간의 비겨 전후ᄉ(前後事)을 싱각ᄒ니
어이 업고 긔가 막혀 슉믹(菽麥)이 방불하다

사고무친(四顧無親)의 주막방에서 상대에 대한 원망이나 그리움보다는 난처한 현실에 어이없고 기가 막혀 넋을 잃고 있는 모습이다.

이어 시름과 눈물로 밤을 새우고 홀로 떠나는 길, 눈은 분분하고 낙엽은 쌓여 있는데 산도 설고 물도 설어 어디로 향할지 아득한 상황이다.

시렴으로 눈물노 밤 싀우고
단독고신(單獨孤身) 닉 한몸이 어디로 가준말고
빅셜은 분부하고 낙엽은 만ᄉ(滿山)한디
남북이 분간 업고 ᄉ도 셜고 물도 션디
지향(指向)이 아득하여 오든길 싱각ᄒ니 벼면이 지나왓다
이를 줄 아라스면 익히ᄂ 보올거슬
이 지경이 뜻밧기라 흠양의 도라간들
부모동싱(父母同生) 어이 보며 원근친척(遠近親戚) 어이 볼고

'부모동생 어이 보며 원근친척 어이 볼고'라 하여 무엇보다도 버림받음으로 인해 훼손된 자아를 드러낸다. 당장 돌아갈 길조차 막막한 절망감과 앞으로 닥칠 걱정이 절실하게 형상화되고 있다. 당당히 떠나올 때와는 너무나 달라진 현재, 심각하게 훼손된 자신과 마주한다.

상대를 향한 감정의 표출보다는 자신이 얼마나 고통 받고 있고 힘든지 그 절망과 자괴감의 착잡한 감정들을 표현하고 있다. 이별의 결과로서 극대화된 이러한 자탄적 형상은 미미하고 자학적으로나마 일종의 공격

성을 갖는다.[21] 거기에는 하루아침에 길가는 도중에 버림받았다는 것이 버림받은 이에게 얼마나 폭력적일 수 있는지를 말하는 비판적 의식이 깔려 있다.

이러한 특징들은 19세기의 또 다른 기녀 명선이 쓴「소수록」과 대조점을 보여준다.「소수록」의 경우, 1인칭 화자의 독백체로 이어지면서 대남성적 감성의 비중이 크다. 상대 남성과 잠시 이별했을 때에는 송강의「사미인곡」을 연상시키는 구성을 통해 사시(四時)의 질서에 맞추어 그리움을 토로하고 있는가 하면, 월령체의 구성방식에 따라 변함없는 절개를 강조하고 있다.[22] 상사(想思), 또는 그리움의 서정을 토로할 때 쓰였던 전통적인 양식을 채택하여, 상대를 향한 끝없는 그리움과 기다림, 변함없는 애정과 정절의식을 표출한다. 임의 외모에 대한 상찬 또한 빠지지 않는다.

반면「군산월애원가」에서 이별의 상황에 나타나는 자탄의 정조는, 떠나간 님을 애타게 그리는 그리움이나 그리움 중에서도 가장 수동적 사랑의 감성양식이라 할 기다림을 노래하는 기다림의 정서[23]와는 다르다. 이러한 점들은, 군산월에게 중요했던 것이 사랑의 상실감보다 이별의 방식을 비롯하여 이별 자체의 부당성에 대해 말하는 것이었음을 보여준다. 그리하여 현실적 욕망의 주체로서 이별을 당한 자신을 옹호하고자 했다는 점이다.

이념의 배치와 현실적 욕망

작품 속에서 상대 남성과의 이별이 부정되어야 하는 준거는 신의이다. 자신과 김진형과의 관계를 담보하는 것은 언약, 즉 신의의 윤리이다. 언약은 군산월이 만남과 이별을 읊으면서 서로의 관계가 기초해 있는 근간이자, 그 관계가 유지되어야 하는 정당성으로 내세우고 있는 윤리이다.

물론 이러한 언약에는 두 사람 사이의 '정(情)'이 복합되어 있지만 이러한 '정'은 부수적 성격을 띤다.

'언약'은 군산월과 김진형 모두가 자신들의 관계성을 규정하면서 언급하는 단어로서, 작품 속에서 반복적으로 거론되는 용어이다. '언약'은 두 사람이 첫 만남 이후 연분을 맺게 된 근거이자 김진형이 군산월을 데리고 가야하는 이유가 된다. 또한 군산월의 입장에서 자신이 부모를 떠나서 김진형을 따라 나서야 하는 근거이자 버림받지 말아야 할 이유이기도 하다.

> "칠보손 첫 안면의 연약이 금석갓다"

> "군슨월을 여기 두고 고향의 도라간들 오미불망 어이할고 언약이 이셔스니 다리고 가오리라"

> "너을 쳐음 만닐 적의 연약이 금석갓고 인정이 틱슨갓히"

> "무단이 언약 밋고 몃 번을 몸을 굽히든 정이 틱슨갓히"

남녀 사이의 사랑, 특히 기녀와 사대부의 사랑은 가변적이고 일시적인 것이 일반적이다. 부임지나 유배지에서 일시적인 인연을 맺는 것은 사대부와 기녀 사이의 흔한 관계 형태이다. 따라서 자신들의 관계를, 언약을 한 사이로 규정하는 것은 사적인 사랑의 성격을 띤 관계가 아니라 상대적으로 일종의 규범성을 띤 관계임을 지시한다.

따라서 군산월은 자신이 사대부 여성의 규범을 갖추었음을 강조하며, 둘의 사이를 제도권 내의 공적 성격으로 공식화하고자 한다. 이에는 제도권 내로 편입하여 일정한 지위를 점하고 싶은 현실적 욕망이 자리한다.

이에 따라 '일부종사(一夫從事)', '절행(節行)', '정절(貞節)' 등의 이념적 명분과 '군자로 섬겼음'을 말한다. 비록 신분은 기녀이지만 사대부인 그와 함께 할 이유는 사랑보다는 부덕과 성품을 갖추었다는 점에 있다. 평소의 규범적인 행실을 강조하고, 부모와의 이별을 감내해야만 했던 이유도 모두 여기에 있다.

> "니 본더 긔싱이느 힝실이야 긔싱일가 / 십구세 이니광음 일부종신(一夫從身) 흐즈셔라 / 절힝(節行)이 놉하기로 본관수청 아니하고 심규의 몸을 쳐희"

> "칠보산 거힝하고 본집의 도라와셔 / 나으리 미시기을 예의로 뫼셔보시 / 눅예(六禮)은 업슬망졍 스군체법(事君諸法) 다를손가"

> "이군불사(二君不事) 츙신절기 나으리 흐실 비요 / 이부불경(二夫不更) 구든 절기 손여(少女)의 즉분(職分)이라"

> "철이타향 가즈하니 부모동싱 그리워라 / 아니가즈 싱각하니 이왕의 김학스의 천첩(賤妾)이 되어시니 / 아무리 천첩(賤妾)인들 스종제법(事從諸法) 모을손가"

> "이왕의 김학스을 군즈(君子)로 셤겨시니 / 김학스 히뵈(解配)흐여 향순의 도라가니 / 불싱이부(不更二夫) 이니 절기(節介) 나도 이져 가나이다 / 아모리 긔싱이느 힝실이야 다를손가"

그런데 정절은 미래의 자화상에 다시 등장한다. 결구에서 자신의 일생을 절행의 서사로 마무리하고 있다. '근근이 돌아가서 절행을 지키고서 일부 종신 하여서라'라 하여 정절을 다짐하고 있다. 이미 신분상승의 기회는 좌절된 상황으로 상대와의 사랑의 교감도 끊겨버린 것으로 보이는데도 불구하고 여전히 정절을 천명하고 있다.

그렇지만 이때의 일부종신하겠다는 언술은 선언적 의미를 띨 뿐 실질적 의미는 강하지 않은 것으로 보인다. 즉 정절의 다짐이 실질적인 의미를 지니기보다는 심리적인 자기방어에 가깝다.[24] 왜냐하면 군산월에게 '절행'은 신의에 기반하는 것으로 상호소통적 관계 속에서 일정한 보상이 주어질 때 그 의미를 지닐 수 있기 때문이다. 본문에서 남원의 춘향이나 옥단춘을 거론하면서 모두 어사와의 상봉이라는 보상을 받는 점을 언급하고 있다. 정절은 신분상승의 전제 조건으로서, 보상이 주어졌을 때 의미가 있다.[25] 그러므로 "ᄇ릴 심사 계셨으면 아족 멀이 할 것이지"라 하여 일시적인 관계는 의미가 없음을 강조한다. 사랑 그 자체로서 의미를 지니는 것이 아니기 때문에 그 결과가 나타나지 않는 경우 그 과정들은 무의미해지는 것이다. 따라서 언약이 무너졌을 때 느끼는 것은 사랑의 상실감보다는 현실에서의 패배감과 좌절감이다. 부모 동생을 어떻게 볼 것이며 원근 친척을 어떻게 볼 것인가와 같은 당장 직면한 현실적인 고통과 어려움을 토로한다.

이는, 군산월에게 사랑은 그 자체로 의의를 갖기보다는 자신의 현실적 욕망을 성취할 수 있을 때 의미 있음을 지시하고 있다.

4. 19세기 기녀의 자기표현과 자의식

「군산월애원가」는, 문학 속에서 타자적 존재였던 기녀가 자신의 이야기를 들려주고 있다는 점에서 의의가 있다. 이 작품은 19세기 중엽 이후 기녀의 자기서사가 증가하기 시작한 흐름26을 이어, 현실적 삶을 살아가는 주체로서의 자기를 표현하고 있다. 군산월 자신이 경험한 이별에 대해 진술하면서, 자신을 적극적으로 옹호하고 '고이한 양반의 행실'에 대해 비판함으로써 훼손된 자아를 회복하고자 했다는 점에서 주목된다.

18~19세기 사대부 남성가사의 애정가사에서 기녀는 타자화 되고 있으며, 기녀 자신의 목소리는 지워져 있다. 사대부 입장에서 기녀와의 사랑은 에피소드이자 영웅담에 해당한다. 사대부의 영웅담 속에서 기녀는 자신의 상대가 될 만한 가치가 있는 여성이라는 점을 보여주기 위해서 기녀의 내적, 외적 가치에 대한 표현에 주력한다.27 이렇게 사대부 남성 가사들에서 기녀는 타자로 머물러 있어 사회적 존재로서의 기녀의 목소리를 삭제하고 기녀의 세속적 욕망을 소거한다.28

이 점에서 군산월과의 사랑과 이별을 다룬 김진형의 가사 「북천가」도 예외는 아니다. 「북천가」에서 군산월은 낭만적인 사랑의 영웅담 속 상대 연인으로 존재하며, 사랑을 나누고 이별을 하는 정경을 낭만적으로 형상화 한다.29 「북천가」 본문을 보면, "선비의 좋한 몸이 이천리 기생 싣고 천고에 없는 호강 끝나게 하였으니 협기(俠妓)하고 서울 가면 분의에 황송하고 모양이 고약하다. (중략) 남자의 천고사업(千古事業) 다하고 왔느니라"라 하여 여성편력을 과시하고 있다. 여기에서 군산월을 돌아오는 길에 버려두고 온 것에 대한 자책감이나 사랑의 상실에 따른 아픔의 흔적들은 찾기 어렵다.

이에 반해, 「군산월애원가」는 군산월 자신의 입장에서 김진형과의 애정사를 다루고 있다. 이별을 바라보는 시선의 주체로서 이별의 경험을 자신의 삶이라는 맥락 안에서 성찰하고 있다. 자기서사 속에서 그녀는 연인뿐만 아니라 딸로서, 형제로서 존재한다.

서두에서 "양반행실 고이하다"고 하여 '양반'으로 호명함으로써 계층적 관계 속에서 바라보며 그 행실을 비판하고 있다. 이것은 이 작품을 추동한 것이 이러한 양반의 일방적인 처사에 대해 비판하고자 한 것임을 짐작하게 한다. 그렇지만 이러한 신분갈등의 인식은 확고하지 않으며, '자신을 천첩(賤妾)'으로 호명하면서 유교윤리를 체화하고 있음을 강조한다.

그러면서도 군산월은 정절을 비롯한 유교 윤리를, 이미 상대와의 사랑이 좌절된 상태에서 상대의 처사를 비판하기 위한 논리로 가져왔다는 점에 주목할 필요가 있다. 유교적 이념이 작품 속에서 이별의 부당성을 뒷받침하는 논거로 사용됨으로써 항변의 논리가 된다. 상대를 '군자'로 호명하는 순간, 김진형과의 관계는 남편과 지어미의 관계로 전화되면서 비로소 자신의 인격도 존중받을 여지가 마련된다. 마찬가지로 '정절'은 자기희생을 감수하고 지켜내야 할 도리이거나 상대에 대한 무조건적인 순응을 뜻하지 않는다. 그것은 현실에서 자기존재에 대한 인정을 담보하는 근거에 가깝다. 신의나 정절과 같은 유교윤리는 사랑을 성취해야 하는 당위성의 근거이자 이별의 부당성을 해명하는 논리이다.

이점에서 기녀 명선의 「소수록」과도 다르다. 「소수록」은 성공과 과시의 서사로서, 명선에게는 '정절'이 실존적 전략[30]이자 자신의 존재조건과 지배담론과의 타협 끝에 택한 안전한 대안[31]에 가깝다고 할 수 있다. 반면 군산월이 유교적 이념들을 가져온 것은 이미 좌절된 현실 속에서 최소한의 인간적 권리를 지켜내고자 했던 의식의 표현일 것이다.

군산월은 자신이 기녀로서, 사대부 남성과의 사랑이 가변적이고 일시적일 가능성이 높다는 것을 알고 있다. 자신의 사랑이 그랬듯이 일시적이고 소모적인 유희의 대상으로 끝날 뿐인 것이다. 기녀라는 사회 현실적 조건 하에서 사랑 자체에 절대적 의미를 두는 낭만적 사랑을 꿈꾸는 것은 자신을 망가뜨릴 뿐인 것이다. 오히려 그 사랑이 진정이었다는 것을 스스로에게 증명할 수 있는 것은 바로 공식적인 관계로 인정받을 때였을 것이다. 기녀 군산월의 자의식 안에서 사랑의 완성은 신분상승의 욕망이 성취되었을 때인 것이다.

따라서 이러한 자의식 속에서 그녀는 현실을 이성적으로 응시하면서, 자신의 현실적 욕망에 충실하다. 작품 속 그녀는 사대부 남성의 사랑의 판타지를 구현하는 대상이지도 않고, 그 자신이 그 환상에 함몰되어 있지도 않다. 그리하여 군산월의 자의식 속에서는 욕망이 좌절되었을 때 그리움이나 기다림의 수동적 정서를 드러내기보다는 이별에 대해 성찰하고자 한다. 잘못은 '고이한 양반행실'에 있는 것이며, 이별의 아픔에 함몰되기보다는 자기를 해명하고 그 안에 내포된 부당한 행위에 대해 비판하고 있다.

19세기 기녀 군산월은 현실을 살아가는 주체적 입장에서, 자신이 겪은 사랑과 이별을 표현하고 있다. 자신이 겪은 일의 부당성을 알리고 스스로를 치유 또는 옹호하고자 한다. 이것이 현실적 욕망이 좌절되었음에도 불구하고 자기의 내면적 고통을 드러내고자 했던 자기표현의 의미라고 본다. 나아가 이 작품의 창작 또는 향유를 추동한 근본적인 이유라고 본다.

5. 주체로서 이별을 노래하다

19세기 함경도 명천의 기녀 군산월은 「군산월애원가」를 통해서 자신이 겪은 사랑과 이별에 대해 노래한다. 일반적으로 사대부 남성과 기녀와의 사랑은 곧잘 일시적이고 사적인 성격을 띤다. 이러한 현실인식 속에서 군산월은 자신들의 관계를 언약을 한 사이로 정의하며, 공적인 성격을 띤 규범적인 관계로 규정하고자 하였다.

그리하여 그녀는 자신의 경험한 '이별'의 부당성을 그려내면서 이별하는 당시의 상황을 객관화하여 보여주고 있으며, 이별 이후에는 자탄적 형상을 통해 훼손된 자아를 형상화한다. 자신이 버림받은 것의 부당함, 그리고 이별의 방식 또한 일방적이었다는 것을 드러냄으로써 자기를 해명, 옹호하고 있다. 이때 '정절'과 '신의', '부덕(婦德)' 등의 이념은 그 이별과 이별방식의 부당성을 항변하기 위한 논리로 가져오고 있다. 이점에서 군산월이 유교 이념을 가져온 것은 자신의 인격을 존중받고자 했던 노력이라 할 수 있다.

기녀 군산월은 신분적 질곡이라는 현실을 돌파하고자 하는 욕망의 주체로서, 자신의 욕망에 충실하여 현실을 응시한다. 그녀는 그 현실의 응시 속에서 사랑에 절대적 의미를 두기보다는 훼손된 자아를 회복하여 자신을 지켜내고자 하는 자의식을 표현하고 있다.

"나는 사랑한다"
김명순

홍혜원

1. 한국 근대문학의 출발과 김명순

1939년 김동인은 실존하는 신여성을 주인공으로 한 「김연실전」이라는 작품을 발표한다. 이 작품에서 김연실은 기생의 딸로서 근대교육을 받았지만, 자유분방한 연애에 탐닉하는 일을 여성해방이라 오해하는 비윤리적이고 부도덕한 인물로 묘사되고 있다. 1955년 전영택은 「김탄실과 그 아들」에서 신여성이면서도 남자에게 수차례 버림받아 정신이상이 된 실존인물을 냉정하게 그려낸다. 이보다 앞서 1924년, 카프(KAPF)를 조직하였던 김기진은 한 여성 시인의 작품에 대해 "맛치얼골을갸웃동하고서 『내가입부지....?』 하는거나 무엇이다르랴"[32]는 비판을 가한다. 나아가 그의 정서는 거칠고 심금(心琴)은 무디며 다만 히스테리칼할 뿐이라고 혹평하였다. 숱한 남성작가들의 작품에서 부정(不淨)한 여인으로, 또 비평에서 퇴폐적이고 감상적인 부류로, 또 문인들의 좌담에서 스쳐지나가는 농담거리로 갈가리 찢겨진 이 여성은 누구인가?

한국 근대문학사에서 첫 번째 여성문학가였던 그녀의 이름은 탄실 김명순(彈實 金明淳, 1896~1951)이다. 김명순은 1917년 『청춘』지 현상응

모에 「疑心의 少女」가 2등으로 당선되어 문단에 데뷔한다. 당시 심사 자였던 이광수는 이 작품에 대해 교훈의 흔적이 없으면서도 고상한 재미를 주는 특출한 작품이라고 고평하였다. 이후 김명순은 『창조』와 『폐허』의 동인으로 활동하였고, 소설과 시, 희곡, 수필, 번역소설, 번역시 등 여러 장르를 넘나들며 총 170여 편의 작품을 발표한 것으로 알려져 있다.

1917년은 한국문학사에서 최초의 근대소설인 『무정』(이광수)이 연재된 시기다. 동시기에 소설을 발표하였고, 상당히 활발한 작품 활동을 했음에도 불구하고 김명순은 문학사에서 완전히 지워진 채, 문인들의 구설수에나 오르내리는 존재로 전락하였다. 물론 여기에는 '문사(文士)'라는 남성적 영역에 '겁도 없이' 뛰어든 여성에 대한 왜곡된 시선이 깊게 내재해 있다. 더욱이 불행했던 그녀의 일생이 그 시선을 더욱 비틀어버린 것이다.

김명순은 1896년 평양에서 부호였던 아버지 김희경과 후처이자 기생 출신이었던 어머니 김인숙 사이에서 서녀(庶女)로 태어났다. 기생출신인 어머니와, 서녀라는 존재의 그늘은 그녀에게 근원적 상흔이었다. 이 상처를 극복하기 위한 방편으로 김명순은 유독 공부에 매달려 진명여학교, 일본 국정여학교에서 수학하였으며 문학작품을 통해 문단 및 사회에도 적극적으로 참여하였다. 그러나 몇 번에 걸친 자유연애의 과정에서 그녀는 정신적·육체적 상처를 입게 되고, 동료문인들의 입을 통해 악의에 찬 비난과 오해를 받게 된다. 그녀의 사생활에 대한 세간의 비난이 얼마나 가혹하였는지 김명순은 자신의 첫 창작집인 『生命의 果實』(1925)의 머리말에서 "이 短篇集을 誤解밧아온 젊은 生命의 苦痛과 悲歎과 咀呪의 여름으로 世上에 내노음니다"라고 적기까지 하였다. 결국 '문학을 치장처럼 휘두르는 방탕한 여류작가'로 김명순의 이미지는 고

착되어 버리고 순결하지 못한 여성에 대한 가혹한 사회적 처벌로 그녀는 문학사에서 삭제된 것이다.

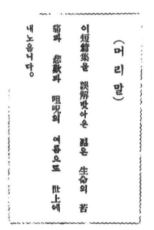

2. 신여성의 좌절과 소외

그러나 김명순의 작품을 실제로 읽어보면 개화기를 거쳐 식민의 상황에서 근대의식과 문물이 들어오는 혼란스런 시대를 살아가는 여성의 삶이 성실하고도 진지하게 그려져 있다. 등단작 「의심의 소녀」에서는 가부장적 가족 제도 내에서 축첩 행위를 일삼는 남편을 견딜 수 없어 자살한 어머니와 방랑의 길을 떠나 세상을 떠도는 딸 佳姬(범네)의 삶을 형상화한다. 여기에는 가부장제의 압박 속에서 인간으로서 최소한의 삶을 살 수 없었던 구여성의 불행이 잘 드러나 있다. 또한 '가희'라는 외형적

● 김명순의 첫 번째 창작집, 『生命의 果實』
서정자·남은혜 공편저, 『김명순 문학전집』, 푸른사상, 2010.

아름다움을 강조한 이름을 버리고 용맹함으로 상징되는 '범네'라는 이름으로 변모하는 소녀의 삶을 통해, 불행했던 어머니의 전력을 밟는 것이 아니라 "陽春"을 향한 삶을 지향하려는 작가의식을 보여준다.[33]

등단작에서 드러나듯, 김명순은 자신의 작품에서 시종일관 '여성의 삶이란 무엇인가?'를 화두로 삼고 있다. 그것은 자신의 이야기이자, 어머니의 이야기이며 동시에 인간의 삶에 관한 이야기라 할 수 있다. 1920~30년대 조선과 일본에서 근대교육을 받았으며 작가로서 좋은 작품을 통해 사회와 민족에 이바지하고자 하였으나, 당대의 남성중심적 시선에 의해 그녀의 열정은 오염되고 각색되었다. 뿐만 아니라 문학작품 역시 정당한 평가를 받기보다는 "의심받는 정조를 감추기 위한 방패"[34]로 폄하되었던 것이다. 작가로서 정당히 인정받고 싶었던 개인의 욕망과 사회적 인정은 언제나 어긋나고 그렇기에 세계와의 소통은 단절되곤 하였다. 이러한 외부적 시선과 상황에서 작가 김명순의 정체성은 분열될 수밖에 없었다.

분열적 자아상은 그녀가 묘사해낸 작품 속 인물들에 두루 투영되어 있다. 기존 연구에서도 반복적으로 지적했듯이 '어머니'에 대한 긍정과 부정을 동시에 드러내는 양가적 태도도 이러한 맥락에서 이해할 수 있다. 작품 속에서 어머니는 기생 출신으로 가부장의 구속에 매여 있어 거부와 부정의 대상이기도 하지만, 따뜻한 근원으로서 그리움의 대상이기도 하였다. 특히 십대 초반에 어머니와 이별한 김명순은 「옛날의 노래」, 「탄식」, 「긔도」, 「외로움의 부름」 등의 시 작품을 통해 "과거의 유년시절에 체험했던 어머니의 사랑과 그것을 상실해버린 현재를 대조"시키면서, "과거에 대한 절절한 그리움과 갈망, 그리고 깊은 회한과 탄식"을 드러낸다. 이렇게 어릴 때부터 첩의 신분이었던 어머니를 경원시했으면서도 작품 속에 반복되는 비탄과 회한의 감정은 어머니가 "행복의 근원

이면서 상처의 근원"이기도 하다는 것을 보여준다.[35] 어머니에 대한 양
가적 감정은 소설에서 '不淨한 血液'을 지녔던 어머니 대신 완벽한 이미
지를 지닌 이상형으로서의 어머니상을 주조하기도 한다. 「祖母의 墓前
에」서의 조모 이미지, 「七面鳥」의 니나 슐츠 선생 등이 그러하다. 그러
나 현실의 삶은 언제나 이상적 어머니를 향한 그 열망을 가로막으며 주
인공을 좌절시킨다.

소설 속 여성 인물들은 대부분 유학 경험이 있으면서 새로운 근대지식
을 흡수하고자 노력한다. 나아가 이들은 공적 활동을 통해 조선 사회에
필요한 인간이 되길 희망한다. 그러나 타자와의 관계 특히 사랑의 문제
에서 여러 가지 곤혹스런 처지에 놓인다. 즉 신여성을 향한 당대의 남성
중심적 시선으로 인해 여성 인물들은 좌절과 소외를 경험하게 된다. 이
러한 경우에 처했을 때 그녀들은 우선 스스로를 자책한다. 「七面鳥」의
화자는 서간의 형식으로 니나 슐츠 선생에게 "社交術을 等閑히 여겨"
제대로 배우지 못했고, 그래서 "社交界에 나서려는 한 處女가 失敗한
所 經歷을"고백하고자 한다. 자신을 표현할 방법을 제대로 배우지 못했
기에 자신의 행동이 오해를 불러오고 인간관계에서 소외되었다는 사실
을 자책하는 것이다.

그러나 여전히 여성에 대한 사회적 인식은 가부장적 이데올로기에
머물러 '방종한 신여성'에 대한 비난이 가중되자, 사랑에 대한 작가 인
식은 극단적으로 분열된다. 김명순은 「理想的 戀愛」라는 글에서 "모든
男子와 女子의 가튼 理想을 품고 結合하려는 親和한 狀態, 또 未及한
憧憬"이 사랑이라는 낭만적 연애관을 피력한다. 그러나 이러한 연애관
은 현실에 부딪히는 순간 부서지게 마련이다. 1차 유학시기(1915년경)에
당한 성폭행으로 인하여 육체적 사랑에 대한 혐오감을 갖게 된 김명순
은 자신을 보호하는 방법으로 이상적이며 정신적 사랑에 몰두한다. 작

품 속에서도 정신적 교감의 중요성을 강조하거나, 관념적 사랑만을 설파하게 된다. 현실의 육체성에 대한 혐오와 정신의 관념적 사랑에 대한 몰두가 사랑에 대한 분열적 태도를 가져오는 것이다. 이로써 소설 속 여성인물들의 사랑은 처음부터 불가능을 전제한 정신적 열정의 형상만을 지닌다. 이때 사회 윤리적 타당성은 문제되지 않는다. 「나는 사랑한다」의 주인공 영옥은 일반적으로 '아내'에게 부과되는 성역할을 거부하고 공부와 독서로 하루를 보내는 인물이다. 더욱이 남편이 아닌 다른 사람을 연모하며 번민하다가 결국 죽음을 택하게 된다. 「외로운 사람들」의 순철의 사랑이나 순희의 사랑, 「도라다 볼 째」의 소련 역시 배우자가 있는 대상을 사랑함으로써 벌어지는 비극을 보여준다. 이 불구적 사랑은 육체성의 거부와 정신지향성이라는 사랑에 대한 분열적 태도가 가져온 결과라 할 수 있다.

3. 자전적 글쓰기와 젠더 인식

이런 복잡한 근대적 여성주체의 내면을 김명순은 자전적 글쓰기 혹은 고백체 문학이라는 형식을 취하여 드러낸다. 자전적 글쓰기는 근대 초기 여성 서사의 주요 특성이라 할 수 있는데, 김명순의 경우 특히 자신의 경험을 반영한 문학이 창작의 주를 이룬다. 작가는 자신을 둘러싼 왜곡된 시선과 정형화된 젠더적 비난을 극복하는 하나의 방편으로 자신의 이야기를 문학적 형상으로 산출하였다. 문학적 상상을 거치기는 하지만 자신의 처지와 내면을 고백함으로써 세상으로부터 이해받고 싶었던 것이다.

대표적 작품이 「탄실이와 주영이」라 할 수 있다. 이는 일본작가가 쓴 대중소설이 유행하면서 소설의 주인공 주영이 김명순이라는 세간의 오해를 풀고자 쓴 작품이다. 김명순을 방탕하고 지조 없는 신여성으로 취급하는 세간의 잣대에 대해 나름대로 해명하고 있다는 면에서 자기 고백적인 자서전적 소설이므로, 허구적이면서도 동시에 사실이기도 한 이중적 성격을 지니고 있다.[36] 여기서 화자는 탄실과 주영이는 완전히 다른 인물이며 다만 탄실이 일본 사람의 생활과 감정에 동화된 조선 사람들에게 학대를 받았음을 고발한다. 나아가 기생 출신 첩의 딸이라는 신분적 한계를 지식과 공부에 대한 열정으로 바꿔가는 과정과 적모의 집에서 받은 수모를 통해 어머니에 대한 생각이 변하는 과정을 서술하고 있어 '이리 새끼나 호랑이 새끼'가 되고 싶었던 김명순의 성장과 그 내면을 보여준다.

김명순의 자전적 소설은 여성을 성녀 / 마녀, 현모양처 / 악녀라는 이분법으로 구분하고 후자를 인신공격적으로 비난하는 당대의 젠더 인식을 고스란히 보여줄 뿐만 아니라, 그러한 인식이 여성에게 얼마나 폭력적일 수 있는지를 드러낸다. 무엇보다 폭력에 의해 조각난 여성의 몸과 삶을 그대로 노출함으로써 가부장적 이념의 문제적 지점을 공격할 수 있는 여지를 마련한다는 점에서 의미를 지닌다. 그러나 세상은 여성의 이야기를 전혀 들어주지 않을 뿐만 아니라,[37] 말을 할수록 오해와 비난이 더 심해지는 상황에서 여성들은 견딜 수 없었다. 정체성이 분열되면서 세속의 삶을 버틸 수는 없었던 것이다. 결국 작품 속 여성들은 대부분 죽음을 선택한다. 「祖母의 墓前에」서 주인공 春菜는 돈 때문에 부친에 의해 원치 않는 결혼을 하게 되자 이를 거부하다가 병을 얻어 죽게 된다. 「英姬의 一生」에서는 여성인물의 투신이 예고되어 있으며, 「나는 사랑한다」나 「도라다 볼 째」 역시 여성인물의 죽음으로 마무리된다. '사나운 곳'에서 '학대'받으며 살았던 여성의 삶이 비극적일 수밖에 없음을 김명순의 시 「遺言」에서도 재차 확인할 수 있다.

조선아 내가너를 永訣할째

개천가에곡구러젓든지 들에피쏩앗든지

죽은屍體에게라도 더학대해다구

그래도 不足하거든

이다음에 나갓튼 사람이나드래도

할수만잇는대로 쑈虐待해보아라

그러면서로믜워하는 우리는영영작별된다

이사나운곳아 사나운곳아   -「遺言」전문

4. '작가' 김명순의 재평가를 위하여

가부장제의 압박 속에서 인간으로서의 삶을 살 수 없었던 여성의 불행한 삶을 구여성의 입장에서 또 신여성의 입장에서 두루 묘사해낸 김명순의 작품은 소박하지만 여성 자신의 존재에 대한 인식을 바탕으로 하고 있다는 점에서 충분한 의미를 지닌다. 그럼에도 불구하고 그녀는 작품으로 평가된 것이 아니라, 성적 대상으로만 평가되었다. 가장 가혹하게 김명순을 비난하였던 김기진은 '어머니의 불결한 부정한 혈액'때문에 그녀가 방분(放奔)해졌다고 지적하였다. 독립된 인격이 아닌 생물학적 환원론에 근거한 이런 평가는 모든 것의 원인을 개인의 의지나 선택으로 보는 것이 아니라, 출생 이전의 본질로 파악하는 오류를 보여준다. 소위 여성적 자질이라 일컫는 수동성, 감상성, 예민한 감각 등을 부정적 자질로 평가절하하고, 능동적이고 이성적인 자질을 남성성의 영역에 넣어 긍정하면서 각각의 특성이 타고 난 것이기에 여기서 결코 벗어날 수 없다고 주장하는 것은 인간 존재에 대한 폭력적 인식일 뿐이다. 모든 여성

이 여성적 자질을 지니는 것도 아니며, 또 여성적 자질이 부정적인 평가를 받을 이유도 없기 때문이다. 역으로 남성성 또한 마찬가지다.

　김명순뿐만 아니라, 근대 초기에 활동한 여성 작가들은 모두 작품이 아닌 사생활로 평가받았으며, 이때 기준은 '현모양처'였다. 가정을 지키지 않고 집 밖으로 나선 여성들은 모두 방탕한 존재라는 이분법적 테두리에 의해 구획되었던 것이다. 그리하여 한국 최초의 여성 서양화가이자 소설가, 시인이었던 나혜석 역시 여성에게만 요구되는 가혹한 정조관념을 비판하다가 사회의 냉대 속에 행려병자로 고독한 삶을 마쳤으며, 또한 김원주(김일엽)도 여성은 남성을 위한 소모품이 아니라는 주장을 펴다 결국 승려의 길을 걷게 된다. 1930년대 후반 일본으로 건너간 후 1951년 경 청산 뇌병원에서 생을 마감하였던 김명순까지 제1세대 여성 작가의 삶은 이렇게 불우하였다.

　이제 김명순의 시대로부터 백여 년의 세월이 흘렀고, 1세대 여성 작가의 삶과 문학에 대한 복원 역시 상당한 연구 성과를 쌓아가고 있다. 다만 문학 자료에 대한 서지학적 비평, 정확한 전기 비평, 다양한 방법론을 토대로 한 개별 작품에 대한 적극적인 평가가 좀 더 요구된다 하겠다.

비누냄새와 점액질 사이의 거리
강신재

김미현

1. 강신재 소설의 입체성

「젊은 느티나무」는 지금까지 강신재 소설의 시작이자 끝으로 인식되었다. 영광이자 한계로 평가되기도 했다. 무엇보다도 평판작인 것은 분명하지만 대표작인가에 대해서는 의심해 볼 수 있기에 강신재 소설에 대한 오해와 이해의 낙차를 점검해 볼 수 있는 문제작인 것만은 분명하다. 1949년에 등단해 2001년 작고하기까지 120여 편의 소설을 창작하면서 단편소설 → 장편소설 → 대하역사소설 창작이라는 문학적 행보를 보였지만, 강신재 소설의 결절점은 언제나 「젊은 느티나무」였다. 때문에 강신재 소설에 대한 평가도 「젊은 느티나무」를 중심에 두느냐, 그 이외의 작품까지를 고려하느냐에 따라 양 극단으로 나뉜다.

가령, 이런 식이다. 「젊은 느티나무」를 강신재 소설의 본령으로 치면, 이 작가의 소설들은 섬세하고 감각적인 서정 문체에 바탕을 둔 고품격 여성소설로 귀결된다. 이에 따라 사회성 부족이나 인식의 협소함이 자연스럽게 한계점으로 지적되기도 한다. 반면 「젊은 느티나무」만이 아니라 이와는 전혀 다른 양상을 보이는 다른 소설들을 보면, 강신재는 다양한 소재를 독특한 문체로 형상화한 휴머니즘 소설을 쓴 작가에 해당된다. '문체'나 '여성'으로만 한정지을 수 없는 깊이와 넓이를 보여준다는 것이다.

강신재에 대한 이런 대립적 평가는 여기서 그치지 않는다. 강신재의 소설을 여성소설로 평가하더라도, "가장 여류작가적인 여류작가"[38]라는 호평에서 "남성기피로서의 여성을 옹립"[39]한다는 악평까지 존재한다. 또한 여성소설만이 아닌 휴머니즘 소설을 주로 썼다고 강신재 소설의 영역을 확대시키더라도 "행복을 믿지 않"[40]는 작가라는 평가에서 "따뜻한 휴머니티"[41]를 지닌 작가라는 상반된 평가가 동시에 이루어졌다. 도대체 강신재는 어떤 작가인가?

2. 비누냄새의 사회성

피해갈 수 없다면, 「젊은 느티나무」로부터 시작하자. '인공남매' 혹은 '법적 오누이'의 금기적 사랑을 "그에게서는 언제나 비누냄새가 난다."라는 한 문장으로 서정화시킨 이 소설의 저력은 감각적인 문체로 운명적이고 낭만적인 사랑의 판타지를 제공한다는 데에서 나온다. 부모의 결혼으로 졸지에 남매지간이 된 선남선녀인 남녀주인공의 젊음이나 건강함을 상징하는 객관적 상관물이 바로 제목인 「젊은 느티나무」인 데서 확인되듯이 이 소설은 이미지나 분위기 중심의 서정적 서사라는 것이다. 아름답고 싱그러운 젊은이들의 사랑이야기가 근친상간적 사랑이라는 금기를 무력화시킬 정도로 순수하고 아름답게 그려지고 있기 때문이다. "무리와 부조리의 상징"이었던 그들의 관계가 "스물 두 살의 남성이고 열여덟 살의 계집아이라는 것이 진실의 전부"인 관계로 변하기 위해 사회적 제도나 윤리적 편견은 도전받고 거부된다. 사랑을 사랑으로만 취급한다는 점에서 순진하고도 순수한 멜로드라마이자, 섬세하고 감각적인 문체로 여성심리를 잘 묘사한다는 점에서 정통적 여성 연애소설인 것이 바로「젊은 느티나무」라고 할 수 있다.

문제는 바로 이런 비사회적이고 비한국적이기에 이 소설이 당대에 엄청난 인기를 끌었다는 모순에서 발생한다. 6·25전쟁 후의 우울한 혼란상을 찾아볼 수 없는 지고지순한 사랑이야기가 강신재에 의해 이국적인 번역투 문장으로 형상화되었을 때 독자들은 열광했다. 지금 읽어도 촌스럽지 않은 이 소설이 1960년 발표 당시 고등학교 국어선생님들에 의해 교실에서 낭송되었고, "그에게서는 언제나 비누냄새가 난다."라는 첫 문장이 유행어가 되었다는 사실이 이를 증명해 준다. 담쟁이덩굴이 우거진 벽돌집에서 "흰 쇼트와 갈색 셔츠"와 "터키즈 블루의 원피스"를 입고 "별 모양에 얼음을 내뿜은 코카콜라, 크래카, 치즈"를 먹는 청춘남녀의 사랑은 일반 독자들에게 전쟁의 후유증이나 고달픈 일상에서 벗어나게 해주는 청량음료와 같은 역할을 했을 것이다.

여기서 이 작가의 비극은 시작된다. 이 소설의 이러한 외피에만 열광한다면 이 소설이 지닌 섬세한 여성 내면의 리얼한 포착, 낭만적 사랑을 옹호하지만 관습적 제도나 윤리에 저항하기도 하는 이중적 결말의 위험성, 근대적이고 도시적인 정서의 발굴이라는 소설사적 의의가 퇴색하기 때문이다. 강신재 소설에 대한 오해가 공고해지는 것도 이 대목이다. 강신재는「젊은 느티나무」만을 쓴 작가가 아니라「젊은 느티나무」도 쓴 작가이다. 작가론의 입장에서 강신재에 접근할 때 가장 염두에 두어야 할 것이 바로 이 사실이다. 다른 소설들에서 강신재는「젊은 느티나무」에서 보여준 것과는 전혀 다른 면모들을 보여주고 있기 때문이다.

작가 자신이 대표작으로 직접 뽑고 있는「파도」를 보자.[42]「파도」

또한 함경도 원진이라는 한 항구도시를 배경으로 4계절 상징을 통해 인간 삶의 희로애락이나 흥망성쇠를 서정적으로 그리고 있다. 이 소설의 필터나 매개체, 반영자에 해당하는 영실이라는 소녀가 직접 혹은 간접으로 겪는 경험을 중심으로 사랑, 성, 죽음, 이별 등의 문제가 파노라마처럼 제시된다. 하지만 이 소설은 「젊은 느티나무」처럼 낭만적이지도 않고 행복하게 끝나지도 않는다. 스펀지처럼 주변 인물들의 정서나 행위를 빨아들이는 영실로 인해 세계의 부조리함이나 어른들의 고통이 그대로 전해지기 때문이다.

그리고 제목인 '파도'가 외부 세계의 이런 폭력성을 상징적으로 보여준다. 파도 자체가 이 소설 전체의 '정신적 배경'으로 작용하면서 소설 속 인물들의 고난과 역경을 나타낸다. 미성숙한 주인공이 성숙해가는 과정에서 겪는 정신적이거나 육체적인 고통 중심인 입사담의 성격을 보여주는 이 소설의 결말에서 주인공 영실 앞에 놓여 있는 것은 사나운 파도처럼 다가오는 "두려움과 격렬함과 그리고 무언지 모를 혼탁함"이다. 이 소설이 "아름답고 멋있는 것이 어떻게 멸망해 가느냐에 대한 보고서"43와 같다는 평가도 이와 무관하지 않다.

더욱이 독자들은 이런 영실에 대해 「젊은 느티나무」의 숙희에게처럼 완전히 몰입되거나 동일화되지 않는다. 영실은 3인칭 시점에서, 숙희는 1인칭 시점에서 묘사되고 있다는 데서 그런 차이를 찾을 수 있는데, 보다 중요한 것은 강신재 소설에서 객관적인 거리를 유지하는 3인칭 객관적 서술자가 대부분이라는 사실이다. 주객 동일화나 감정적 몰입을 중시하는 일반 서정소설과는 달리 강신재는 감정의 과잉을 절제하는 지적 면모를 보여준다. 한 조각씩의 감정의 파편들을 안고 있는 것이어서 그 어느 것에 보다 더 악센트를 주는 것이 거의 부당한 '감정의 점묘화'라는 평가44나, 직접적으로 감정을 표현하지 않기에 '감정의 냉

장고'라는 평가[45]를 받는 것도 강신재의 이런 관조적 시선이나 지적인 분석력 때문이다.

다시,「젊은 느티나무」로 돌아가자. 작가가 버스 안에서 우연히 스친 젊고 건강한 청년에게서 맡았던 비누냄새의 후각적 이미지를 몇 줄 메모해 두었다가 소설화했다[46]는 이 소설처럼,「강물이 있는 풍경」에서도 '강물'이라는 시각적 이미지 중심으로 젊은 남녀의 사랑이야기가 펼쳐진다. 그런데 그것을 묘사하는 태도나 결말은「젊은 느티나무」와 사뭇 다르다. "강물은 검고 어둡게 빛나고 있었다."라는 이 소설 첫 문장의 상징성이 말해 주듯, 이 소설에서의 젊고 아름다운 남녀는 이루어지지 못한 사랑 때문에 자살한 것으로 그려진다. 그러나 분명한 이유는 알 수 없다. 그저 "젊구 예쁘게들 생겼더라구. 그래 죽은 거죠."라는 목격자의 애매모호한 진술만이 제시될 뿐이다. '여자'와 '사내'로 지칭되는 남녀의 감정이나 주검에 대한 서술 또한 '풍경' 혹은 '실루엣'으로만 그려질 뿐 구체적이거나 서사적이지 않다. 죽음마저도 풍경화하고, 연정마저도 객관화하는 작가의 차갑고 냉정한, 그런데도 묘한 울림과 여운을 주는 소설, 그래서 '어두운 강물' 자체가 주인공인 듯한 소설이 바로「강물이 있는 풍경」인 것이다.

그렇다면, 강신재 소설의 서정성은 단순히 대상과의 합일이나 낭만적 동일시, 자아와 세계와의 조화를 위한 것이 아님을 알 수 있다. 강신재는 대상 혹은 현실을 '다르게' 이야기하기 위해 서정성을 필요로 하기 때문이다. 즉 강신재는 세계와의 불화를 감각적 이미지를 통해 제시한다. 강신재는 불행은 '검고', 운명은 '차가우며', 여성은 '무겁다'고 말한다. 이것이 바로 인간 혹은 여성의 삶이 고통스럽다거나 불행하다고 직접적으로 한마디도 하지 않으면서 그런 의미를 전달하는 강신재 특유의 발화법이다. 이럴 때 인생의 고통이나 인간의 소외는 보다 직접적으로 체감

되기에 강신재 소설은 '읽는' 소설이 아니라 '느끼는' 소설이 된다. 따라서 강신재 소설에 사회 혹은 현실이 반영되었느냐의 여부를 묻는 것은 무의미하다. 사회 혹은 현실을 '어떻게' 반영했느냐가 더 중요하다.

가령 「해방촌 가는 길」은 강신재 소설에 사회성이 부재하다는 비판을 잠재울 수 있는 대표적 소설이다. 이 소설 이외에도 1950~1960년대에 주로 활동한 작가답게 강신재의 소설에는 「표선생 수난기」, 「향연의 기록」, 「낙조전」, 「눈물」, 「어떤 해체」, 「포말」, 『임진강의 민들레』, 『북위 38도선』 등 전후소설들이 많다. 특히 강신재는 「젊은 느티나무」의 숙희처럼 부르주아 여성이 보여주는 고급한 정서뿐만 아니라, 「해방촌 가는 길」의 주인공인 기애처럼 양공주로 전락한 여성들의 삶 또한 「관용」과 「해결책」 등에서 문제 삼고 있다.

하지만 「해방촌 가는 길」에서 강신재가 문제 삼고 있는 것은 단순히 양공주의 삶을 통한 전쟁 비판이나 사회 고발이 아니다. 이 작가에게 양공주들의 비참한 삶에 대한 동정과 연민에 대한 강조 자체는 "구시대적인 따라서 어느 정도 넌센스"이다. 기애가 전쟁터에서 불구가 되어 돌아온 옛 애인 근수의 구애를 거절하는 것, 그리고 다시 또 다른 미군과의 동거를 선택하는 것은 '전쟁' 자체가 아닌 전쟁으로 인한 '가난' 때문이다. "사람이 사람에게 보다는 동물에 가깝도록 궁핍에 인종하며 살고 있다는 것은 기애에게는 부끄러운 일 이외의 아무것도 아니었다."라는 서술에 드러나듯이 기애의 굴욕감은 양공주라는 직업 자체에서 오는 것이 아니라, 그런 양공주 생활을 통해서도 해방촌에서 벗어날 수 없는 가난에 연유하는 바가 크다. 이럴 때 중요한 것은 전쟁이라는 역사적 사건 자체가 아니라 전쟁으로 인한 개인의 일상이다. 그리고 양공주의 사회적 위치가 아니라 그로 인해 겪는 인간의 분열된 내면 심리가 더 중요하다. '전쟁의 현실'이 중요한 것이 아니라 '현실로서의 전쟁'이 중요하다는 것을 이처럼 '다르게' 말하고 있는 것이다.

3. 점액질의 여성성

흔히 강신재 소설의 현실 반영적 속성 중 유일하게 인정되었던 것이 여성문제에 대한 관심이었다. "타이트스커트 안에서만 두 다리를 자유롭게 움직일 수 있는 현실"[47]에만 관심을 기울인다고 비판받기도 했지만, 강신재 소설의 주요 서사가 여성인물을 중심으로 전개되는 불행한 삶이라는 것 또한 사실이다. 그 대표적인 예가 「안개」이다. 흔히 강경애의 「원고료 이백원」과 대비되는 이 소설은 시인 남편의 소설가 아내에 대한 열등감과 권위의식, 그로 인한 아내의 심리적 고통과 환멸을 다루고 있다. 경제적으로 무능하고 지적으로도 열등한 데다가 가부장적이기까지 한 남편이 자신보다 문학적 재능을 인정받게 된 아내를 억압하려 들자, 아내는 "싫어! 소설도, 공부도, 남편도, 사는 것도 다 싫어! 싫어!"라며 절규한다. 이런 아내의 미래에는 한치 앞을 내다볼 수 없는 희뿌연 '안개'만이 자욱할 뿐이다. 여기서 작가는 '아내'로서의 자아와 '소설가'로서의 자아, 현실적 자아와 이상적 자아 사이에서 갈등을 겪는 여성 정체성의 문제를 보다 현실적이고도 심리적인 차원에서 핍진성 있게 형상화하고 있다. 이로써 강신재 소설의 독자들은 여성문제에 대해 훨씬 더 민감한 촉수를 가지게 된다. 큰 목소리로 당위적 결말을 주장하는 과격한 여성소설이 아니기 때문이다.

이처럼 강신재는 자신이 여성 작가여도 여성문제에 대해 일정한 거리감각을 유지한다. 여성에 대해 말하지 않고, 여성을 보여준다. '말하기(telling)'가 아닌 '보여주기(showing)'의 서술 방법으로 여성문제 자체도 이미지화하거나 내면화해서 소설화하기 때문이다. 무엇보다도 강신재는 여성을 무조건 미화하지 않고 실존화한다. 그래서 더욱더 설득력과 객관성을 확보하게 된다. 그 대표적인 예가 「양관」과 「이브변신」이다.

「양관」은 "거무죽죽한 벽돌의 묵직한 조화를 가진, 인간의 존엄성을 과시하려는 듯한 위엄을 갖춘 그 건물에는 그러나 물에 빠진 생쥐처럼 몰골 없는 두 여자가 기거하고 있을 뿐이었다."라는 한 문장으로 요약될 수 있는 소설이다. 벽돌로 지어진 서양식 집인 '양관(洋館)'에 자매가 살고 있다. 옛날에는 행복과 희망을 주었던 집이지만, 이제는 부모님들도 돌아가시고 남편과 이혼한 언니 유진과 남편과 사별한 동생 유선이 무생물과 같은 불행한 삶을 영위하는 곳이다. 그녀들은 남편과의 결혼생활에서 실패한 이후로 삶에 대해 불신하고 미래에 대한 희망을 잃어버린다. 그리고 이들의 이러한 (여성적) 불행이 '양관'으로 상징되는 '아버지의 질서'와 연관됨을 내비친다. 한 때는 화려하고 견고했으나 이제는 폐가처럼 된 아버지의 집처럼 교육, 이성, 도덕, 선의, 제도 속에서 사는 그녀들의 삶은 그로테스크하고 비생산적이다. 감정도 없고 생활도 없다. 이런 견고한 벽을 깨부수려는 수리공의 침입 혹은 개입에도 유진은 "이 젊은 남자는 무엇에 대체 열을 올리고 있는 셈인가?"라며 냉소적인 반응을 보인다. 마지막일 수도 있는 젊은 남성의 관심과 접근에도 아랑곳하지 않는 유진의 태도 속에서 인간 본연의 고독과 상처가 그대로 드러나고 있다.

「이브변신」 또한 여성들로 이루어진 가정의 한 단면을 객관적 시각에서 그리고 있다. 초점 화자인 '나'는 남성혐오증 환자이자 이기적이고 탐욕스러운 여성이다. 최애자씨네 집에서 식모살이를 하면서도 몰상식하고 비정상적인 태도로 주인에 가까운 행세를 한다. 남편이나 아들이 있어도 유명무실한 최애자씨네 집에서 오히려 즐거움과 호기심을 느끼기 때문이다. 노망난 노할머니, 딴살림을 차린 남편에 대한 애증을 못 버리는 최애자씨, 아예 남편에 대해서 무관심한 며느리, 사랑하던 애인과 결혼하지 못해 실성한 딸 난아 등으로 구성된 주인집 가족들을 바라보면서 사내 때문에 울고 웃는 여자들을 무시하고, 여자의 일생이란 학력, 미모, 재산과 아무런 상관없다고 생각한다. 그러다가 난아가 치사량의 약을 먹는 것을 방기한 일로 쫓겨나면서도 절대 반성하지 않는다. 오히려 남을 원망하고 자신을 동정한다. 이러한 새로운 '이브'상을 통해 작가는 감정적으로 거세된 여성, 남성을 적으로 생각하는 여성, 모성적 베풂이 부재하는 여성이라는 새로운 변종을 형상화한다. 남성이 아닌 여성, 여성이 아닌 인간이 지닐 수 있는 '악'의 속성을 개성적으로 그려낸 것이다. 강신재에게는 이브의 후예들도 늑대일 수 있고 악마일 수 있다. 그것을 인정할 만큼 강신재는 객관적이고 냉정하다. 강신재는 '여성'작가이기도 하지만, 작가이기도 하기 때문이다.

그렇다면 강신재가 여성들을 앞세워 이야기하고자 하는 바가 단순히 여성들이 짊어져야 할 질곡이나 여성 정체성의 혼란 자체가 아니라는 사실이 입증된다. 남녀 간의 사랑을 통해 운명의 폭력성이나 존재론적 한계를 문제 삼는다는 것에서 이런 사실을 확인할 수 있다. 인간 혹은 여성을 "평생 누군가를 생각하고 위하고 사랑하는 일 속에 자신의 존재의 의미를 발견"[48]한다는 작가의식이 자신의 소설들을 미필적 고의의 연애소설로 만들고 있을 뿐이다. 「절벽」이 그 대표적 예에 해당한다. 한 때는 목숨처럼 사랑했던 남편 한규와 이혼한 후 죽음을 앞두고 있는 경아에게 첫사랑인 현태의 구애는 사치에 해당한다. 그럼에도 불구하고 서로에게 빠져들 수밖에 없는 이 연인들은 서로가 서로에게 '절벽'일 뿐이다. '죽음'이라는 불가항력적 운명에 대해 작가는 놀라울 정도로 침착한 대응을 보인다. "〈죽음〉은 둘이서 나누어 가져보아도 조금치도 가벼워지지도 멀어지지도 않았다. 통곡을 하는 대신 현태는 그런 산수를 풀이하고 있었다. 통곡을 하는 대신 그는 심장으로 끝없는 절벽을 더듬고 있었다."라는 소설의 끝문장만큼 이 소설에서 제목인 '절벽'에 가까운 문장도 없을 것이다. 사랑을 피할 수 없다면 죽음도 피할 수 없다. 그렇다면 사랑처럼 죽음도 받아들여야 한다. 사랑과 죽음 모두 "그 무엇을 하려 해도 절대로 할 수 없다."는 의미에서 운명이기 때문이다.

「황량한 날의 동화」는 사랑에 대한 불신을 좀 더 직접적으로 그리고 있다. 수재였으나 아편중독자가 된 남편 한수를 바라보는 아내 명순의 마음은 불모지처럼 황량하다. 젊은 시절 남편의 "어두운 매력"에 이끌려 자신이 더 적극적이었지만, 지금은 사랑을 "섹스가 일으키는 트러블이고, 일종의 하찮은 시정(詩情)"이라고 불신할 정도로 명순은 변했다. 어른이 되면 더 이상 해피엔딩으로 끝나는 '동화'는 가능하지 않다는 것이다. 심지어 남편이 자신을 위해 자살하기까지 바라는 명순의 내면은, 때문에 피폐하고 고독하다. "인간이 인간임을 완전히 망각할 수 있는 순간이란 얼마나 좋은 것일까. 고독을 죄처럼, 무슨 잘못처럼 버젓찮이 느끼지 않아도 되는 순간이란……."이라는 명순의 내적 독백에서 사랑에 대한 배신감과 염오를 확인하게 된다.

하지만 피할 수 없는 운명적 불행으로서의 사랑은 「점액질」에서 절정에 이른다. 때문에 「젊은 느티나무」로부터 가장 먼 거리에 있는 소설이 바로 「점액질」이라고 할 수 있다. 한 남성을 두고 젊은 계모와 삼각관계에 있던 옥례는 계모를 칼로 찔러 죽이기까지 한다. 그런데도 포기할 수 없는 그 남성에 대한 집착 혹은 사랑이 '점액질'의 이미지로 제시되면서 소설 전체의 분위기를 습하고 탁하게 만들고 있다. 그런데 보다 중요한 것은 작가가 옥례의 이런 자멸적인 열정을 인간의 자유 의지로는 어찌할 수 없는 운명, 즉 환경에 의해 결정되는 무의지적 행위로 규정하고 있다는 점이다. "모든 행위의 원인은 신체내부의 내장기관의 활동상태, 신체외부의 물리적 상태, 그리고 사회상태 등에 있다. 행위의 원인을 캐내기를 단념한 사람들이 자유의지라는 것이 있다고 주장하는 것이다." 라는 신경학자의 말을 인용하며 이 소설을 시작하는 것도 이와 관련된다. 인간의 행위란 인간을 이루는 화학성분과 외적 조건에 의해 물리적 필연성을 갖게 되기에 "일정한 성정의 인물을 일정한 환경 밑에 놓으면 정확히 예기되는 하나의 결과에만 도달한다."는 것이 이 소설의 인간관이자 사랑관인 것이다.

여기서 인간의 비주체성이나 성적 욕망의 위험성을 읽어내기는 쉽다. 그러나 이 소설을 읽을 때 끈적끈적하게 달라붙어 떨어지지 않는 것은 무모하면서도 위험스럽게 사는 옥례에 대한 모순된 감정이다. 부도덕하고 일탈적인 그녀의 행위에 대한 윤리적 단죄를 내림과 동시에, 모든 상식적 가치와 허위, 위선을 거부하는 그녀의 어두운 열정에 대해서 이상하게 끌리기도 하기 때문이다. 어차피 옥례가 그렇게 살 수밖에 없는 운명의 피해자라면, 그런 운명을 적극적으로 수용하면서 사는 옥례에 대해 일방적으로 비난만 하는 것도 무의미할 수 있다는 것이다. 이럴 때 옥례는 소극적 운명론자가 아닌 적극적 수용론자로 전치될 수 있다. 이런 복합성과 모순성이 바로 강신재가 사랑이라는 운명을 문제 삼는 방식에 해당한다.

4. 강신재 소설의 개방성

「젊은 느티나무」에서 시작해 「점액질」에 이르기까지의 강신재 소설의 이력 혹은 여정은 수채화 / 유화, 낭만적 로맨스 / 비극적 열정, 서정

/ 서사, 감각 / 정서 등 양극단에 위치한 요소들의 대립 혹은 혼합 양상을 보여준다. '비누냄새' 나는 풋풋한 사랑이야기에서 끈끈한 '점액질'의 어두운 욕망에 이르기까지 강신재의 현실 혹은 내면, 여성 혹은 인간에 대한 천착에는 한계나 불가능이 없다. 자아와 세계의 대결을 표현하기 위해 아이러니적으로 자아와 세계의 조화를 제시하는 '서정적 아이러니'의 양상을 보이기 때문이기도 하다. 이와 연관되어 "강신재씨는 그의 문학적 특성이 무엇이라고 규정지우기 어려운 작가다. 그만치 그는 좋게 말해서 다양성이 많은 작가요, 나쁘게 말해서 정신의 방향이 一定해 있지 않은 작가다. 그는 유능한 요리사처럼 어떤 제재에서도 작품을 만들어낼 수 있고, 작품마다 그 주제의 방향이 아주 다르게 나타날 수도 있다."[49]라는 평가까지 받았다. 다시, 이 작가의 정체는 과연 무엇인가?

인간은 웃고 있어도 눈물이 날 수 있고, 슬퍼도 웃음을 흘릴 수 있다. 그렇다면 눈물과 웃음은 대립개념이 아니라 보완개념이거나 유사개념일 수 있다. 눈물과 웃음 중 하나를 선택하지 않고, 둘 다 선택할 수 있다는 것이다. 이런 맥락에서 강신재는 갈등을 강조함으로써 서정적 합일을 추구하는 진정한 아이러니스트이고, 여성의 불행에 민감한 따뜻한 휴머니스트이며, 사랑의 불가능성을 염려하는 최후의 로맨티스트라고 할 수 있다. 그리고 강신재 소설의 감각적이면서 수동적으로 보이는 서정적 여성들은 세계의 다양성을 경험하는 데에 더 적합한 유동적 주체이고, 불행한 운명을 타고난 인간들의 비극은 세계의 부조리나 폭력을 문제 삼는 효과적 장치이며, 감각적인 언어는 리얼리티를 위한 가면으로 볼 수 있다. 그렇다면 「젊은 느티나무」나 「점액질」 중 하나만 읽으면 강신재 소설의 절반만 읽은 것이 된다. 강신재 소설은 초현실주의보다는 입체파에 더 가까운 소설이기 때문이다.

여성시의 부정성과 현대적 반란
최승자

김용희

1. '부정'의 언어적 행로

부조리의 시대를 살아가는 동시대의 시인들은 저주받은 운명에 놓여 있음에 틀림없다. 그들에게서 권태로운 일상이나 억압된 현실과의 싸움은 언제나 숙명처럼 계속되고 있기 때문이다. 따라서 삶에 대한 그들의 전략은 부정으로 나타난다. 세계 전체에 대한 철저한 부정을 수행하는 것, 이것이 이 시대의 글쓰기이다.

1981년 첫 시집 『이 시대의 사랑』을 펴낸 이후 여덟 권의 시집을 펴낸 바 있는 최승자50는 부정의 비극적 전망을 궁극에까지 밀고 나간 시인이다. 그녀의 시는 강렬한 일상적 언어들이 서로 부딪치면서, 그녀가 집요하게 추구해 온 테마인 삶과 죽음, 억압과 탈출의 문제들을 한꺼번에 광장 위에 쏟아 붓는다. 그것은 존재에 대한 불안, 초조, 소외, 죽음, 공포, 사랑, 절망 등의 시어로 빈번히 등장한다. 이것들은 시인이 감추고 있는 내면의식의 일관된 반영물로서 그녀의 시세계와 밀접하게 끈 이어져 있는 사유의 단위이다. 최승자의 시를 읽는 독자는 그녀의 시 속에 암호처럼 숨어 있는 숱한 불안과 죽음의 상징들에 매혹되거나 곤혹스러

워 할지도 모른다. 그녀 시들이 간직하고 있는 음습한 욕망과 극단적
충동은 우리의 일상 너머에 감추어 두고 있던 잠재인자들을 들추어내도
록 충동질하기 때문이다. 그것은 인간의 근원적 존재상이 허무의 심연이
며 허위적 삶일 뿐이라는 사실을 엿봄과 같은 전율과 공포이다. 허위성
의 삶에 대한 최승자의 부정법은 매우 독특하다.[51] 그녀는 존재에 대하
여 전체를 다 던지는 사랑과 죽음이라는 양 극단 사이에서 철저하게 자
기 파괴적이고 공격적인 전위로 나아간다. 그것은 대상에 대한 치열한
의식 내부의 절절함이 걸러지지 않고 날것 그 자체로 터져 나오면서 언
어와 대결하겠다는 의식이다. 따라서 그녀의 시가 단순한 언어 유희적
야유나 개인적인 상처의 자의식적 표현으로 이해될 경우 추상적이고 표
면적인 독서에 그치게 된다. 최승자의 시는 고통을 노래하고 또 치열하
게 '노래함'으로써 오히려 감당해내는 고통의 의미를 우리에게 환기시킨
다. 그래서 그녀의 비극적 인식은 차라리 섬뜩한 아름다움마저 지니고
있는 듯하다.

이제 최승자 시를 읽어 가면서, 시인의 내부에 들끓고 있는 근원의식
과 그 의식의 뿌리에서 출발하는, 날카롭게 날 세운 세계부정의 언어적
행로를 구체적으로 살펴볼 수 있다. 이 탐색의 과정을 통해 우리는 현실
로서의 삶이 아닌 언어적인 삶, 즉 언어로 고통을 부딪쳐가고 노래함으
로써 끔찍한 죽음을 빛나는 생명으로 바꾸는 최승자 시의 문학적 명제와
마주치게 된다.

2. 불안의식과 과잉의 자의식

최승자의 시는 실존적 자아의 과잉된 자의식 속에서 세계로부터 고립

되거나 스스로 자신을 차단하여 웅크리는 소외의 불안 양상을 보여준다.

(1) 소외는 깊다.
　　나도밤나무와 나도밤나무 사이에서
　　너도밤나무와 너도밤나무 사이에서
　　소외의 房은 깊다.　　　　　　　　　　　－「소외의 방」 부분

(2) 수세기 동안 내 房 닫혀 있었고 －「죽음은 이미 달콤하진 않다」 부분

(3) 끊임없이 나는 문을 닫아 걸었고/ 귀와 눈을 닫아 걸었다.
　　　　　　　　　　　　　－「끊임없이 나를 찾는 전화벨이 울리고」 부분

(4) 수신인은 이미 죽었는데 (중략) / 1세기를 울리는/ 응답받지 못
　　할 전화 벨소리.　　　　　　　　　　　　－「수신인은 이미」 부분

　「소외의 房」은 '너도밤나무', '나도밤나무'라는 독특한 밤나무의 이름을 차용하여 '나와 너', '너와 나' 사이의 알 수 없는 막막한 소외감을 암시적으로 드러낸다. 특히 시각적 배치와 반복으로 밤나무의 큰 기둥 사이에 시인이 갇힌 듯한 형태적 시어 배열이 흥미롭다. 그것은 시각적 고립감을 환기시키며 '방'이라는 단절되고 폐쇄된 공간을 만들어 내는 데 기여한다. 밤나무들 사이에 갇혀 있는 소외의 방은 '깊다'라는 하강의 운동성과 함께 존재 내에 갇히는 감금의 위기를 더욱 부각시켜 나간다. 시인의 갇힘에 대한 불안은 여기에 그치지 않는다.[52] 다음의 시들에서 시인은 방문을 닫아걸고 울리는 전화벨도 받지 않고 심지어 죽음의 심연 속으로 잠수해 간다. 자아는 철저히 철갑으로 차단되고 응집된 자

아이다. 이러한 자폐적인 삶의 태도는 의식의 주체와 의식 대상과의 화해하기 어려운 틈이 있음을 암시한다. 그것은 세계에 대한 거부감의 표출에 다름 아니다. 시인에게 세계는 무자비한 공포의 대상으로 다가오기 때문이다.

> (1) 이 세계를, 이 세계의 맨살의 공포를
> 나는 감당할 수 없다.
> 그러나 밀려온다,
> 이 세계는,   -「무제 2」 부분

> (2) 근본적으로 세계는 나에게 공포였다. / 나는 독안에 든 쥐였고 /
> 독 안에 든 쥐라고 생각하는 쥐였고.   -「악순환」 부분

> (3) 내 앞에서 공포는 무럭무럭 자라오른다 / 바오밥나무처럼 쳐내도
> 쳐내도 / 무한정 뻗어 나가면서   -「호모사피엔스의 밤」 부분

자신이 갇혀 있다는 감금의 위기는 신경증적 불안과 공포로 전환한다. 시인에게 세계는 현기증이 날 만큼의 두려움의 대상으로 다가온다. 세계는 감당할 수 없는 '맨살의 공포'(「무제2」)이며 '근본적인 공포'이기 때문에 '나는 독안에 든 쥐'(「악순환」)처럼 몸을 떤다. '바오밥 나무처럼 쳐내도 쳐내도', '내 앞에서 공포는 무럭무럭 자라오르'(「호모사피엔스의 밤」)는 것이다.

세계에 대한 신경증적 공포는 세계에 대한 근본적인 비극적 인식에서 출발한다. 최승자에게 세계는 '내 실패들의 전시장'이며 '내 상처들의 쓰레기 더미'(「일찍이 세계는」)에 불과하다. 그녀는 '이 세계가 치유할 수

없이 깊이 병들어 있다'(「어떤 아침에는」)는 우울한 비관 속으로 빠져 들며 세계와 결코 타협할 수 없는 철저한 부정의식을 보여준다. 시인은 '믿는 것은 오늘의 절망'(「1986년 겨울, 환에게」)일 뿐이라는 지독한 허무의식에 사로잡힌다. 이와 같은 세계에 대한 거부는 신체와 관련하여 끔찍한 상상력으로 등장하는데[53] 그것은 신체의 절단과 같은 분열된 신체, 가령 '언젠가 잘라버린 내 팔, 베어진 그 부위에 기억이 소름돋습니다.'(「문득 詩가 그리워」)처럼 나타나기도 하지만 육체의 생리적인 흐름을 거꾸로 뒤집는 역류의 운동성으로 극명하게 드러나기도 한다.

    (1) 삼킬 수도 없이
        내 입안에서 오물이 자꾸 커 간다.
        믿을 수 없이, 기적처럼. 벌써
        터널만큼 늘어난 내 목구멍 속으로
        쉴 새 없이 덤프 트럭이 들어와
        플라스틱과 고철과 때와 땀과 똥을
        쿵하고 부려 놓고 가고   - 「봄」 부분

    (2) 한마리 뱀이
        내 입 속으로 목구멍 속으로 들어가고
        그 순간 큰 골이 팽팽한 풍선처럼
        내 머리 밖으로 부풀어오르고   - 「여의도 광시곡」 부분

  오물이 항문을 통해 분출되는 것이 아니라 입 속에 삼킬 수도 뱉을 수도 없이 가득차 있다든가 뱀이 입속에 들어오는 이런 그로테스크한 상황은 최승자 시에 대해 전율과 괴괴한 분위기를 느끼게 한다. 동화에

서처럼 입에서 꽃이 아니라 두꺼비와 뱀이 튀어나오고 들어가는 이러한 상황을 우리는 '이미지의 소름끼는 역류현상'이라 부를 수 있다. 생리적 흐름을 역류하는 목구멍 속에 가득찬 오물과 입 속의 뱀은 그녀의 신체가 더럽고 추한 것으로 포화상태이며 조금도 빠져나가는 것이라고는 없는 감금된 감옥이라는 것을 시사한다. 그것은 그녀의 자의식이 한결같이 진부하고 고통스러운 무의미한 세계를 몸서리치고 삶에 대해 끔찍스러워 하고 있다는 것을 암시한다. 결국 그녀의 끔찍한 신체 상상력은 순리에 역행하는 세계의 흐름을 신체라는 조그만 세계로 환원하여 가치 전도의 거꾸로 된 질서를 보여준다. 그것은 인지 작용보다 원초적이고 본능적인 감각으로 독자를 압도해가며 세계와 화해할 수 없는 시인의 절망을 더욱 치열하게 드러내고 있는 것이다.

신체로 느끼는 세계에 대한 공포 속에서 시인은 드디어 극단적인 한계 상황을 의식하게 된다. 그 한계는 시인을 고정시키고 그를 억류하며, 인간조건 쪽으로 그를 떠민다. 그것은 죽음이라는 어두운 이성의 부름에서 느끼는 절망이며 한계에 대한 허무감이다.

그녀의 시에서 죽음의식은 반복적인 강박관념의 증세[54]로 계속해서 되풀이 되는데

> (1) 죽음이....내 급소를 노리고
>
>   (중략)
>
> 죽음은....내 몸에 입술을 비빈다.   ─「죽음이 내 주위를」 부분

> (2) 죽음이 먼저 누워.....두 눈을 멀뚱거리고 있다.
>
>   ─「오늘 저녁이 먹기 싫고」 부분

(3) 죽음이.....나를 호명할 것이고

—「끊임없이 나를 찾는 전화벨이 울리고」 부분

(4) 나를 덮치기 위해.....내뻗고 있는 저 튼튼한 죽음의 팔뚝

—「밤」 부분

(5) 지금 내가 없는 어디에서 죽음은 / 내가 있는 곳으로 눈길을 돌리기 시작한다 // 도망갈 수 없어! 도망가지 못해!

—「지금 내가 없는 어디에서」 부분

등에서 잘 나타난다. 최승자의 많은 시는 이 죽음이라는 음침한 얼굴을 대하고 있다. 죽음은 삶 속에 함께 들어와 있는, 틈만 나면 삶의 그 균열 사이로 불현듯 고개를 내미는 그런 죽음이다. 삶 속까지 들어와 있는 위협은 끝없이 인간의 한계를 환기시키며 공포의 극단으로 내몬다. 연속적인 일련의 죽음에 대한 공포는 그녀의 과잉된 자의식이 얼마나 자기 자신에게 향해져 있는지 보여준다. 그것은 낯설고 비틀린 세상과의 단절과 폐쇄된 의식내면의 깊은 방랑을 암시한다. 결국 최승자 시에서 빈번하게 등장하는 '죽음'은 인간 실존의 가장 내면적 방황을 극단적으로 표출한 것으로 우리 일상 너머에 은밀히 내재하고 있는 검은 그림자의 마성을 비춰 보여주고 있는 것이다.

3. 파괴 충동과 살의 욕망

최승자 시에서 내면적인 끊임없는 마찰과 충돌의 욕망은 내면에 갇힌

채 날카롭게 움직이다가 탈출의 의지로 전이된다. 그것은 자아의 갇힘에서 벗어나고자 하는 욕망인데 그 욕망은 세계와 타인에 대한 파괴충동으로 표출된다.

(1) 절망에 달달 볶여지고
자포자기에 폭폭 고아지는
나는 수억년 전부터의 원시적 아메바

나는 슬픔의 소화기관을
갖고 있지 못하지.
그래서 슬픔을 먹는대로
곧바로 토해버린다.
무의미한 끝없는 자동반복적 토악질   —「토악질」 부분

(2) 창자나 골수 같은 건 모두 쏟아 버려요
토해 버려요, 한 시대의 썩은 음식물을,
현실의 잠, 잠의 현실 속에서
그리고 깊이 깊이 가라앉아요

(고요히 한 세월의 밑바닥을 기어가며
나는 다족류의 벌레로 변해 갔다)   —「무제 2」 부분

오물로 가득찬 신체의 포화상태에 있던 시인은 모든 신체 속의 절망을 쏟아부음으로써 세계를 탈출해 보려는 의지를 드러낸다. '먹는대로'(「토악질」) 토하고 심지어 '창자나 골수 같은'(「무제2」) 신체조직까지 다 토해

내는 것은 자기 존재를 마멸시켜가는 자멸적인 토악질이다. 그럼에도 불구하고 슬픔과 한 시대의 썩은 음식물을 토해내려는 행위는 더러운 시대에 대한 필사적이면서도 절망적인 저항의 되풀이로 읽힌다. 시인은 모든 부패와 슬픔을 다 토해낸 뒤에 단세포에 가까운 원시적 아메바나 다족류의 벌레로 변화한다. 아메바와 다족류의 벌레는 세계에 대한 경멸을 의미라도 하듯이 징그러운 형상으로 땅밑바닥을 기어간다. 그들은 버림받고 저주받은 형상을 취하고 있다.

그러나 모든 고통을 다 토해 내 버린 뒤에 시적 자아가 신체로서 갖게 되는 이 생물체들은 차라리 가장 순결하고도 저항적인 육체임에 틀림없다. 그것은 부정한 세계에 대한 순수한 분노의 형상체들이다. 시인은 온갖 부패와 슬픔을 다 토해내고 세계에 대한 반역의 상징체인 벌레로 변하는 것이다.

세계를 수락할 수 없는 이러한 생리적 거부현상은 파괴의 메커니즘으로 전이되면서 더욱 과격한 폭력성으로 나타난다. 그것은 그녀의 속된 욕설로 표출된다.

(1) 애인은 비명횡사했다. 개새끼 잘 죽었다, 너 죽을 줄 내 알았다.
—「고요한 사막의 나라」 부분

(2) 나쁜 놈. 난 널 죽여버리고 말거야 / (중략) 오 개새끼 / 못잊어!
—「Y를 위하여」 부분

(3) 에이, / 돌아와라 이년! / 밤마다 빈 허공을 찍는 내 도끼날이 안 보이느냐?
—「K를 위하여」 부분

(4) 아 쌍! / (왜 안 떨어지지?)   – 「꿈꿀 수 없는 답답함」 부분

'개새끼', '이년!', '아 쌍' 등은 최승자의 시가 섬뜩하게 던져주는 극
언적 말투들이다. 이외에도 '지랄처럼, 간질발작처럼'(「봄의 약사」), '개
같은 가을'(「개 같은 가을이」) 등은 세계에 대한 파괴에의 공격적인 전위로
무분별하게 감행되는 욕설이다. 여기서 재미있는 것은 대부분의 욕설의
대상이 '애인'이라는 점이다. 그녀는 끝없이 시적 대상을 갈구하며 부르
고 악센트를 주며 명령한다('에잇 돌아와라'). 그러나 애인은 이미 그녀를
배반하고 그녀를 버렸다. 사랑하는 대상에 대해 '개새끼', '잘 죽었다',
'이 년', '죽이겠다'의 폭력적인 언사는 사랑받지 못하는 상황에 대한
분노의 직접적인 표현이다. 그것은 실연이라는 고통의 극한 속에서 내뱉
는 옹골차고 앙칼진 시적 화자의 목소리인 것이다. 그녀의 시는 연달아
충격적인 단어들을 독자에게 던져주며 당황과 참혹함 속으로 몰고 간다.
우리는 그것을 '살의'라고 부를 수 있다. 욕설은 야유와 절규를 넘어 대
상에 대한 치열할 만큼의 끔찍할 전언들이기 때문이다. 사랑과 세상에
대한 절망적 희구와 그것의 불가능에 대한 인식은 가사(假死)의 죽음과
사랑의 실현이 뒤섞이는 극단적인 내부 심리로 치닫게 된다.

(1) 사랑한다는 것은 너를 위해
　　살아,
　　기다리는 것이다
　　다만 무참히 꺾여지기 위하여.   – 「그리하여 어느날, 사랑이여」 부분

(2) 우리는 잠 속에서도 "사랑해, 죽여줘"라고 잠꼬대를 했고
　　　　　　　　　　　　　　　　　　– 「1970년의 우리들의 사랑」 부분

(3) 고독한 이빨을 갈고 있는 살의,

　　아니 그것은 사랑. (중략)

　　쳐라쳐라 내 목을 쳐라　　　　　　－「사랑 혹은 살의랄까 자폭」 부분

　수락할 수 없는 삶과 현실에 대한 공격적 심리상태는 거의 비명에 가까운 자기 파괴의 충동으로 표출된다. 그것은 폭발할 듯한 분위기와 살의를 동반한 채 사랑에 대한 매조키스트적 충동으로 격렬하게 몸던져 나아간다. '사랑해, 죽여줘', '살의 / 사랑'이 한 맥락 안에 묶여지면서 '내 몸을 분질러다오'(「그리하여……」), '내 목을 쳐라'(「사랑 혹은……」), '찔리면서 / 한없이 오래 죽고 싶은'(「청파동을 기억하는가」) 욕망에 사로잡히는 파괴적이고 자멸적인 광기어린 사랑을 보여준다. 그것은 위험스럽고도 위반적인 사랑이다. 위반적인 사랑의 힘이다.

　그 사랑은 모두 죽음과 연결되어 있기 때문이다. 사랑의 숭고함과 그 위반의 극한적인 모습에서 시인은 '사랑한다는 것'과 '죽는다는 것'의 비밀스런 동일성을 이루어 나아간다. 이 죽음과 사랑이라는 이질적이며 불연속적인 요소의 공존이 그녀의 시를 더욱 비극적이면서도 아름답게 하는 요인이 된다. 그것은 극과 극의 결합에 의해 더욱 강렬해지는 순수한 생명의 극점을 보여준다. 죽기 아니면 사랑하기라는 이 확고한 선택의 결단 혹은 그것의 결합은 죽음과 실연의 고통으로 다가오는 세계의 억압을 대적하는 공격적인 최승자식의 대응방식이다. 그녀는 피학적이고 공격적인 명령어투를 통해 일상의 고통을 깨고 싶어 한다.[55]

　그녀의 시에서 자주 등장하는 '피'는 바로 죽음의 상징인 동시에 사랑의 상징이다.

　(1) 예전에 당신을 사랑했어요 (중략)

때때로 옛일로 잠 안 오는 밤엔

피가 나도록 피가 나도록

이빨을 닦읍시다　　　　　　　　　　　－「중년식으로」부분

(2) 꽃피고 꽃져도

남아도는 피의 외로움뿐

죽어서도 철천지 꿈만 남아

이 마음의 毒만은 안 풀리니　　　　　－「억울함」부분

　마음속에 가득한 섬뜩한 살의의 사랑은 '피'가 되어 신체 밖으로 흘러 나온다. 피는 가슴 속의 뜨거운 화기(火氣)가 액체화된 물질적 변용이다. 시(1)에서 '피가 나도록' 이를 닦는 행위는 그녀의 자학적 가학적 심리상 태를 잘 보여준다. 그것은 당신에 대한 내면의 격렬한 사랑이 음산한 죽음과 결합되어 흘러나오는 것으로 감추어지고 숨겨진 내부의 불을 끄 집어내는 행위인 셈이다. 특히 '이'가 아니라 '이빨'이라는 비속어는 시 인의 음습한 욕구를 더욱 드러내준다. 이에 비해 시(2)에서의 피는 흐른 다기보다 맺혀 있는 응고된 상태에 있다. 피는 가슴에 응어리져 있는 마음의 독기를 비유한다. 죽어서도 살아서도 '철천지 꿈'으로 풀리지 않 는 그녀의 독기는 곧 당신에 대한 사랑과 살의의 광기를 의미한다. 최승 자의 시에서 '피'는 이와 같이 내면의 격렬한 열정이 분출된 내적인 분노 이자 가슴에 간직된 사랑의 독기라는 점에서 순수한 모순의 극단적인 시적 비유로 읽혀진다.

4. 언어의 주술적 비상

죽음과 사랑에 대한 모순된 감정들의 방황, 그것은 방황한다는 점에서 벌써 죽음이다. 그 방황은 치명적인 정신의 방황이기 때문이다. 시인은 이 부재와 상실의 심연과 같은 죽음을 '노래'라는 언어적 몸 풀이로 극복해 나아가려 한다.

> 오냐 나 혼자 간다 가마,
> 늙은 몸이 詩투성이 피투성이로.
> 환히 불 밝혀진 고층 건물
> 아직은 아직은이라고 말하며
> 희망은 뱃가죽이 땅가죽이 되도록 기어나가고
> 어느날 나는 나의 무덤에 닿을 것이다.
> 棺 속에서 행복한 구더기들을 키우며
> 비로소 말갛게 깨어나
> 홀로 노래부르기 시작할 것이다.　　　－「주인 없는 잠이 오고」 부분

'오냐 나 혼자 간다 가마'라는 단호한 시적 결단과 '간다'의 반복은 죽음의 위협을 온 몸으로 뚫고 나아가는 엄밀한 시인의 결단이다. '불 밝혀진 고층건물'이 '아직은 아직은이라고 말하며' '희망'을 유보한 채 병든 절망만을 유포하지만 마침내 시인은 죽음의 무덤 속까지 내려가 신생으로 되살아난다. 시인은 행복한 부패를 거쳐 재생의 노래를 홀로 부른다. 시인 내부에 간직했던 심적인 독기가 '피투성이'의 시로 변모하더니 어느새 그녀의 입에서 맑은 '노래'로 다시 깨어나는 것이다. 그 '말 갛게 깨어나'는 노래는 죽음에 대한 일종의 언어적 저항과 죽음에 대한

승리를 의미한다. 희망을 감옥으로 바꾸는 죽음, 끔찍한 삶의 허망만을 일깨우는 죽음의 위협을 시인은 '피투성이'의 노래로써 깨쳐나간다. 그것은 죽음이 끝난 자리에서 죽음의 피를 다 흘린 후에 비로소 꾸어 보는 언어의 건강한 힘인 것이다.

그래서 그녀는 '이제 죽어도, 죽어서도 / 더 나아갈 곳은 없고 // 나는 이제 노래하라! / 입도 혓바닥도 없이, / 처음으로 마음이 찢어지고 / 마지막으로 항문이 찢어질 때까지'(「무제1」)라고 외친다. 존재를 순수한 격렬함에 내맡기며 '마음이 찢어지고', '항문이 찢어질 때까지' 노래를 한다. 그것은 죽음을 위대한 긍정으로 만들어 가는 순수한 노래의 성취이며 충만이다. 그런 점에서 그녀의 시는 '죽음'과 '노래'가 이상하게 하나로 맞물려 있다. 그녀는 노래하는 자가 자신의 모든 것을 온통 내걸어야하는 것으로 말미암아 결국에 가서는 죽어야 한다는 사실과 죽지 않기 위해서 노래를 불러야 한다는 이중적인 욕망의 극단을 잘 알고 있는 듯하다. 따라서 시인의 언어는 죽음의 문전에서 부르는 노래인 동시에 한계된 죽음와 존재를 극복해 나가는 피흘림의 노래인 것이다.

최승자의 노래는 이제 어떤 마성적인 힘을 갖고 현실의 강요된 모든 개념들을 무너뜨리려 한다.

> 어머니 북이나 쳤으면요.
> 내 마음의 얇은 함석 지붕을 두드리는
> 산란한 빗줄기보다 더 세게 더 크게,
> 내가 밥빌어 먹고 사는 사무실의
> 낮은 회색 지붕이 뚫어져라 뚫어져라,　　　　　−「북」 부분

'뚫어져라' 북을 치고 싶은 시인의 욕구는 이곳과 저곳의 막힘을 뚫고

현재의 황폐함을 극복해 나아가려는 일련의 노력이다. '더 세게 더 크게', '밥빌어 먹고 사는 사무실의 / 낮은 회색 지붕'을 뚫고 싶은 시인의 욕구는 끔찍한 일상적 삶의 권태로움에서 탈출하고자 한다. 그 북소리는 죽음과 같은 현실을 이겨 나가려는 깨어 있는 정신의 북소리인 것이다. 그것이 '뚫어져라 뚫어져라' 말을 되풀이함으로 해서 노래의 주제가 강화되고 주제에 대한 긴장이 고조되면서 주술적 심리상태에 이르게 된다. 시인의 언어는 마치 신들인 언어의 몸떨림처럼 한계상황을 뚫어보려 한다. 이 주술적인 반복은 '맺힌 것'을 '풀려는' 의식의 원형성이다. 시인은 언어의 주술적인 반복성에 기대면서 삶에 소름처럼 돋는 억압을 억누르려 하는 것이다. 고통과 죽음을 언어로써 헤쳐 나가려는 시인의 언어적 몸풀이는 '두드려라, 안 열린다 / 두드려라. 만에 하나 열릴지도 모르니까. / 두드려라,'(「시간 위에 몸 띄우고」)처럼 편협하고 닳아버린 우리 삶의 덫과 같은 일상에 '주문적인 명령'을 반복한다. '두드려라'의 되풀이는 닫힘과 감금을 뚫고 열림을 지향하는 주술적인 어떤 알지 못할 힘으로 우리를 유인[56]해 간다. 그것은 언어의 내면 그 자체로 들어가게 함으로써 언어 자체가 말을 하는 공간이다. 우리 한계된 존재를 능가하고 현실과 사물이 새롭게 번역, 변모되는 공간인 것이다. 최승자는 현존하지 않으면서 모든 것이 말을 하며 닫힌 여기를 깨치고 열린 저기를 지향하여 나가는 것이 바로 시임을 말하고 있다. 즉 이런 현실극복의 언어적 진실을 보여주는 본질적인 수행자가 시인임을 시로써 보여준다.

그녀의 시에서 언어적 반복은 구수한 가락을 타고 무당적인 흥을 느끼게 하기도 한다.

> 에잇 돌아가자 돌아가자
> 안 넘어가는 사랑은

열번을 찍어도 안

넘어가고

돌아가자 돌아가자

해저물고 배고프고

피 팔아 술 마시고

우흐흐하 돌아가자

돌아간다 돌아간다

도라간다도라간다도라간다   － 「K를 위하여」 부분

  '해저물고 배고프고 / 피 팔아 술마시고……'에서 이어지는 4음절씩
의 반복은 리듬감 있는 노래의 가락같다. 이러한 리듬감 속에서 '돌아가
자'라는 청유형은 '돌아간다'라는 현실적 사실로 전환되고 또다시 그것
은 언어적 반복에 의해서 '도라간다도라간다'처럼 받침도 없어지고 띄어
쓰기도 없어진 언어적 소용돌이로 빠져든다. '우흐흐하' 웃음 속에서 이
것은 점점 흥이 올라 신명에 다다르고 드디어는 언어의 신들림 속에서
시인은 없어지고 언어 그 자체가 노래하는 주술적인 비상을 경험하게
한다. 시인은 '열번 찍어도 안 넘어가는' 사랑의 죽음 같은 고통을 언어
의 주술적 반복에 의해 넘어서려 한다. 그 가락은 무속이 지니는 강한
전통성과 잠재된 생명력으로서의 에너지를 지니고 있다. 차라리 비장하
게 흐르는 유장한 가락처럼 느껴진다. 이것이 바로 현실의 공포와 고통
을 언어로 상쇄시켜 나가는 시인의 가락이며 죽음이 극복되어 오히려
삶의 능숙한 동반자가 되는 시인의 공간이다.

5. 죽음의 힘, 노래의 힘

최승자의 시는 주체할 수 없는 죽음과 욕망 사이에 한계 지워진 인간 조건의 무거운 진실을 안고 고뇌하는 인간의 모습으로 되돌아오게 한다. 때로 그녀가 계속하여 구사하는 새롭고 끈질긴 인간의 원초적 정서에 대한 충격적 언어들은 우리의 뇌리에 계속 남아 우리를 음울하게 하기도 한다.

시인의 절망은 궁극적으로 일상적 삶, 또는 그러한 삶을 강요하는 이 세계 자체 내부가 안고 있는 죽음의 편재성에서 시작한다. 타인과의 고통이 단절된 소외의 방, 쓰레기 더미의 세상, 사랑이 거부되는 실연의 상황, 정신의 깨어있음을 방해하려는 그 모든 것이 죽음의 위협이다. 이러한 불모의 세계에서 그녀를 지탱시켜 주는 것은 부정의 정신이다. 시인은 이 불의한 세계와 한계상황에 놓인 존재에 대하여 극단적인 부정을 실행함으로써 죽음의 위협을 극복하려 한다. 따라서 그녀의 시가 드러내는 철저한 비극, 그 비극에 대한 야유, 욕설, 살의, 섬뜩한 죽음 희구 등 극언적 표현들은 단순히 말의 장난, 현실 비하, 자기 학대가 아니다. 그 욕설, 야유는 눈에 보이는 모든 위협들에 대한 짙은 환멸과 싸움의 기록들이다.

그러나 자세히 들여다보면 그녀의 가학적 공격적 폭력성의 알 수 없는 의식의 밑바닥에는 죽음에 대한 기대와 불안이 자리 잡고 있다. 그것은 죽음에 대한 공포인 동시에 탐닉이라는 이중적 체험이다. 죽음의 기대와 공포, 소외의 고립감과 열정의 사랑 회구, 가학과 자학이 서로 공존한 채 뒤섞이면서 의식의 그물 위에 위험스럽게 얹혀 있다. 끝없는 자기밀폐와 공격적 파괴력 사이의 길, 그것은 그녀의 시 세계로 들어가기 위해서 우리가 감내해야 할 모순의 길이다.

그런 점에서 어쩌면 최승자의 시는 죽음을 지향하려는 내적 욕구에 대한 거부의 한 표현인지도 모른다. 시인은 죽음으로 치닫으려는 자기 내부의 위협을 억누르기 위해 시를 쓰고 있는지도 모른다. 그래서 시인은 『천일야화』의 '세헤르자드'처럼 계속해서 말을 한다. 노래를 한다. 노래는 온 몸이 찢어져라 부르는 노래인데 그것은 주술적인 반복과 호격으로 맺힌 것을 풀어나가는 언어적 몸풀이에 다름 아니다. 끝없이 시적 대상을 부르고 명령하고 강하게 악센트를 주기도하는 노래의 가락은 죽음에 대한 순수한 언어적 저항이다. '죽여줘', '내 목을 쳐라', '뚫어져라', '두드려라' 등의 격렬한 어조는 죽음에 맞닿아 있는 생명의 강렬한 번쩍임이며 죽음을 반전시켜 나아가려는 언어적 행위이다.

따라서 그녀의 시는 시적인 삶, 서정적인 삶이 아니라 마성적인 삶, 주술적인 기대로 읽힌다. 최승자의 시는 언어의 주술적 기능에 기대면서 언어를 통해 죽음을 건너려 한다. 문학 자체로 구원의 가능한 양태를 시에서 점쳐보려 한다. 문학을 통한 구원의 방법적 정당성을 보여주려 하는 것이다. 그것은 일상이라는 악마 같은 죽음의 고통을 노래하고 또 치열하게 노래함으로써 절망을 잠재워 나가려는 데서 발견될 수 있다. '죽어간다는 것'과 '노래한다는 것', 이 이중적인 시인의 의무는 그녀의 시에서 미학적인 시적 긴장을 이루면서 신비로운 동시성을 획득한다. 최승자의 시적 성공은 이 같은 두 가지의 성격, 즉 극단적으로 치닫는 죽음의 강박관념과 그것을 뚫고 일어서려는 언어의 힘이라는 두 축의 화합에 의해 비극은 극복되는 양상을 띠고 그 고통은 싱싱하게 살아 우리에게 그 부정의 의미를 강렬하게 수행하고 있는 것이다.

3부

시대를
나아가다

金三宜堂 김삼의당
憑虛閣李氏 빙허각 이씨
申蕭堂 신소당
李一貞 이일정
任淳得 임순득
池河連 지하련
朴婉緒 박완서

이념과 현실 사이의 문인(文人) 그리고 여성
김삼의당(金三宜堂)

김경숙

1. 진흙 속 구슬, 몰락 양반의 후예

우리는 한국 고전 여성 작가들에 대한 지식이 그다지 많지 않다. 여기에는 여러 이유가 있겠지만 무엇보다도 자료가 남아있는 경우가 그다지 많지 않기 때문이다. 남성작가들과 달리 여성 작가들의 작품은 문집으로 편찬되기보다는 필사본으로 전승되거나, 필사본조차 없이 사라져버리는 경우가 많았기 때문이다.

그런 의미에서 김삼의당(1769~1823)이라는 작가의 존재는 문학사적으로 큰 의의를 지닌다. 18세기말에서 19세기 전반에 전라도 지방에서 활동했던 그는 적지 않은 시문을 남겼다. 필사본으로 전해지던 그의 유고는 1930년에 『삼의당 김부인 유고(三宜堂金夫人遺稿)』로 출간되었고, 1970년대 후반 이후 연구자들의 주목을 받게 되었다. 그의 문집 『삼의당 김부인 유고』는 2권 1책으로 구성되어 있다. 1권에는 112제(題) 274수가 수록되어 있는데 그의 남편인 하립(河灊, 1769~?)의 작품을 제외하면 253수이다. 2권에는 서간〔書〕 6편(남편의 답장 4편 첨부), 서(序) 7편, 제문(祭文) 3편, 잡록〔雜識〕 6편 등이 수록되어 있다. 이는 상당히 많은

분량이다. 그러므로 김
삼의당은 대표적 한국
고전 여성 작가 가운데
한 명이라고 하겠다.

삼의당에 대한 기존
연구에서는 삼의당과
그의 남편 하립의 가계
에 주목했다. 개인의

의식은 개인의 환경에서 비롯하는 경우가 많기 때문인데 삼의당 역시
이를 뒷받침해 주는 듯 보였다. 삼의당은 남원에서 태어났는데 김일손
(金馹孫, 1468~1498)의 후손이다. 김일손은 김종직(金宗直)의 문하이며 무
오사화 때 죽임을 당했다가 중종반정 이후 복권된 유학자이다. 그런데
삼의당의 아버지 김인혁(金仁赫) 대에는 이미 벼슬이 끊어진 지 오래였던
것으로 보인다. 남편인 담락당(湛樂堂) 하립은 세종조에 영의정을 지낸
하연(河演)의 후손이다. 진양 하씨는 경기도 안산에서 대대로 벼슬을 지
낸 집안으로 대를 이었으나 후에 남원으로 옮기고 벼슬이 없이 살았다.
곧, 삼의당이나 담락당이나 모두 명색만 양반인 시골의 몰락양반 가문
출신인 것이다.

조선전기 유학자였던 김일손의 후손이라는 점은 비록 몰반이었지만
가문 전체에 흐르는 자부심이었을 것이다. 이는 몰반들이 언젠가는 다시
선조의 영광에 다가가겠다는 희망이었다. 그런데 당시에 선조의 영광에
다가가는 방법은 오직 학문을 정진하는 길에서 시작했다. 이를 바탕으로
과거에 급제해 벼슬에 나아가는 것이 궁극의 목표였다. 이에 학문의 끈

● 김삼의당, 『삼의당 김부인 유고』, 간사자(刊寫者) 미상, 1932, 국립중앙도서관.

을 놓지 않았던 것으로 보인다.

삼의당의 집안은 남녀를 구별하지 않고 학문을 가르쳤던 것으로 보인다. 혼인 전에 쓴 시문을 통해 이를 살필 수 있다. 「머리를 올리는 날에〔笄年吟〕」, 「글을 읽고 나서〔讀書有感〕」 등을 통해 볼 때 어려서부터 글을 읽고 시를 읊었는데, 읽은 책은 『내칙』을 위시해 『논어』, 『시경』, 『서경』 등이었다.

성정에서 나오는 것 시가 되니　　出於性情方爲詩
시를 보면 진실로 사람을 아네　　見詩固可其人知
마음에 있는 것 밖으로 나타나니　存諸中者形諸外
비록 속이려 한들 어찌 속일까　　雖欲欺人焉得欺

- 「글을 읽고 나서〔讀書有感〕」

이는 「글을 읽고 나서〔讀書有感〕」의 3수이다. 시란 마음에서 우러나는 것이기에 시를 보면 사람을 알 수 있다고 했다. 또한 시란 마음에서 우러나는 것이기에 시를 저절로 쓰게 된다는 뜻이기도 하다. 삼의당이 수많은 시를 짓고 남길 수 있었던 것은 바로 자신의 마음에서 우러나는 대로 했기 때문이라는 것이다. 또한 삼의당은 독서에 대해서는 '어진 이가 쓰이지 않고, 자기 몸만 돌보는 사람이 많은 것'(「讀書有感」 8수)을 한탄하고 언젠가는 '진흙에 묻혀있던 밝은 구슬이, 알아주는 사람을 만나게 되리라'(「讀書有感」 9수)는 점을 기대하고 있다. 이렇듯 시와 글을 통해 갈고 닦은 것은, 마음속에 쌓이고 그것은 언젠가 드러나게 되니, 현재 남들이 몰라준다 해도 근심하지 않는다고 했다.(「無題」 3수) 이러한 삼의당의 의식은 가문의 부흥과 연결되어 어려서부터 교육을 받으면서 형성된 것이라고 보인다.

2. 어진 아내와 남편, 입신양명의 가시밭길

삼의당은 18세인 1786년 하립과 혼인을 하였다. 두 사람은 같은 마을에 살며 같은 해 같은 달 같은 날(1769년 10월 13일)에 태어났다. 또한 앞서 살핀 것처럼 두 사람은 신분적으로 같은 처지에 있었다. 이에 동질감을 더욱 느꼈던 것으로 보인다.

삼의당이 어려서부터 시문을 익히고 성정을 닦았으나, 당시 현실로는 그 이상 어쩔 도리가 없었다. 밝은 진주가 알아주는 사람을 만나 세상에 쓰이는 일은, 당시로서는 남성이어야 가능했기 때문이다. 그러므로 이는 혼인을 통해 성취할 수 있는 일이었다. 삼의당의 부모는 사윗감으로 이를 실현 가능성이 있는 사람을 골랐던 것으로 보인다. 곧, 「같은 마을에 하씨가 있는데 집안은 비록 가난하지만 대대로 문학으로 이름을 떨쳤다. 아들 여섯을 두었는데 그중 셋째는 립이다. 풍채가 준수하며 재주가 통달하고 민첩하다. 부모님이 가서 볼 때마다 기특하게 여겼다. 중매쟁이를 통해 정혼을 하고 혼인을 했다. 혼례식을 올리고 첫날밤을 치르면서 남편이 연달아 두 수를 읊기에 내가 이어서 화답했다. 〔同里有河氏 家雖貧而世以文學鳴 有子六人 其第三曰湜 風彩俊偉 才藝通敏 父母每往見奇之 遣媒妁結婚姻 遂行卺禮 禮成之夜 夫子連吟二絶 妾連和之〕」라는 시 제목에서 드러나듯이, 삼의당의 부모는 능력 있는 사위를 골랐고 삼의당도 이에 만족했던 것으로 보인다.

그러므로 삼의당이 어려서부터 품었던 이상은 이제 남편인 담락당에게 투영되었다.

당신은 밖에서 부지런히 공부해서 요순과 같은 우리 임금을 보좌하고, 나는 집안에 살면서 늙으신 우리 부모님 모시는 일을 맡아하면, 아

름답고 화목하여 세속의 부부와는 같지 않을 것입니다. 세상의 남편
된 자는 사랑에만 빠져서 의리를 돌보지 않으며 아내 된 자는 정에 지
나쳐서 분별을 알지 못하니, 이들이 이른바 '어리석은 남편에 어리석은
아내'이며 나는 이런 것을 매우 부끄럽게 여깁니다. …(중략)… 저처럼
어리석고 못난 사람이 어찌 감히 옛날의 어진 아내와 같아질 수 있겠습
니까마는, 당신만은 어진 남편이 되기를 바랍니다.

　　子其自外勤業 佐我堯舜之君 我當居中主饋 事我鶴髮之親 嬉嬉昵
昵 無若世人之夫婦然哉 世之爲夫者 溺於愛而不顧義 爲婦者過於情
而不知別 此所謂愚夫愚婦也 餘甚恥焉～ …(중략)… 以妾之愚劣 豈敢
如古之賢婦也 惟望君子之爲賢夫也　　　－「혼인한 날의 기록〔于歸日記話〕」

이는 「혼인한 날의 기록〔于歸日記話〕」이다. 사실 친정이나 시가나
모두 한미했으며, 가난한 시골 몰반 가문이었다. 가문이라고 내세울 것
도 거의 남아있지 않았다. 이에 가문을 일으켜야 했고 그 방법이라고는
남편인 담락당이 과거에 급제하는 길뿐이었다. 그러므로 정에 빠져 사는
어리석은 부부가 아니라 남편은 입신양명을 하고 아내는 집안을 돌보며
남편을 돕는 어진 부부가 되자고 서로 독려했다. 그리고 그들은 그렇게
할 수 있다고 믿었다.

그 후 담락당은 과거준비에 들었고 삼의당은 말 그대로 집안을 책임지
며 살았다. 담락당의 큰 형인 하호도 일찍이 과거공부를 그만두고 농사
를 지었다. 몰락양반에서 자영농의 길로 들어선 것이다. 이는 가족 중
급제 가능성이 있는 한 사람에 모든 힘을 쏟아 집안을 일으킬 가능성을
조금이라도 높이고자 하는 열망에서 가능했을 것이다. 담락당은 산사,
서울 등을 왕복하며 과거 준비를 했다.

그러나 담락당은 여느 시골 몰락 양반과 마찬가지로 과거에 급제하지

못했다. 그뿐만 아니라 객지에 홀로 떨어져 공부하는 생활을 힘들어했다. 끊임없이 고향으로 아내 곁으로 돌아오고 싶어 했다. 그러나 삼의당은 이를 거부하고 독려하고 채찍질하였다. 자신도 홀로 사는 삶이 외롭고 힘들긴 마찬가지였겠으나, 가문을 일으켜야 하는 의무감을 저버릴 수는 없었던 것이다. 이러한 점은 삼의당이 '남편에게 보낸 편지'들에서 잘 드러나고 있다.

3. 농사꾼의 삶과 가족의 희생, 희망과 좌절의 수레바퀴

삼의당은 1786년 동갑내기인 남편과 18살에 결혼을 하여, 16년이란 세월을 생이별을 하며, 남편의 과거 공부를 도왔다. 가난한 집안을 책임지며 과거 급제에 대한 희망의 끈을 놓지 못하였다. 그러나 머리카락을 잘라 팔고 비녀를 팔면서 뒷바라지를 했지만 끝내 희망은 이루어지지 않았다.

마침내 이 여정을 끝내기로 결심한 사람은 담락당이었다. 자신은 글재주가 없어 과거에 급제해 부모님을 영화롭게 해드리지도 못하였고 집안은 궁핍하다. 그런데 남원은 땅값이며 곡식값이 비싸 농사를 짓고 싶어도 불가능하니 농토가 넉넉한 진안으로 이사를 하자고 한 것이다. 이에 대해 삼의당은 도리에 합당하다며 전적으로 동의를 하였다. 그래서 1801년 진안 마령 방화리로 이사를 하고 다음 해에는 집도 짓고 농사를 짓게 되었다.

이곳에서의 생활은 삼의당과 담락당의 시문에서 일견 평화롭게 묘사되어 있다. 그러나 이는 욕망과 좌절의 굴레에서 벗어나 잠시 내려놓은 자의 평화였다. 눈앞에 펼쳐진 자연의 경관, 나무와 산과 바람과 물의 모습과 소리 등에서 느껴지는 일시적 위안이었던 것이다. 온 집안의 희망을 어깨에 짊어지고 살아온 부부의 고생이 물거품이 된 뒤 농사를 짓게 된 것이 진정 즐거웠을 것이라고는 생각할 수 없다. 사대부로서 농부의 삶을 살아야한다는 것이 즐거운 사람이 어디 있었겠는가? 그렇다고 해도 과거 실패 후 농사짓기로 한 것에 대해 부정적 시문을 남기고 싶지는 않았을 것이다. 또한 현실을 긍정적으로 받아들이려 노력했을 것이다. 이제 막다른 골목으로 몰려 농사를 짓게 되었는데 이를 받아들이지 않는다면 여기서 다시 시작하고자 않는다면, 살아갈 희망이 없었을 것이다.

사실 이 가족은 모두 농사에 힘썼다.

날은 이미 정오	日已午
해가 내 등을 지져대고 땀방울은 땅에 듣고	日煮我背汗滴土
가라지 낱낱이 호미질 긴 밭고랑을 다 매니	細討莨莠意長畝
시누이 시어머니 보리밥 지어 오셨네	少姑大姑饗麥黍
맛난 국은 부드러워 흐르듯 숟가락질	甘羹滑流匙
자잘한 낱알로 마음껏 배를 불린다	矮粒任撑肚
배 두드리며 노래하니	鼓腹行且歌
음식은 수고하는 데서 나오는 것이네	飮食在勤苦

-「남편이 산기슭에 밭 몇 이랑을 사서 열심히 농사를 지었다. 내가 농부가 몇 편을 지어 불렀다.〔夫子於山陽 買田數頃 勤力稼穡 妾作農謳數篇 以歌之〕」

이는 「남편이 산기슭에 밭 몇 이랑을 사서 열심히 농사를 지었다. 내가 농부가 몇 편을 지어 불렀다.〔夫子於山陽 買田數頃 勤力稼穡 妾作農謳數篇 以歌之〕」의 2수이다. 부부는 새벽부터 해질 때까지 밭에서 살았다. 해가 뜨면 밭으로 나가고 해가 지면 들어오는 생활을 반복했다. 뜨거운 햇볕 아래 땀 흘리며 밭을 매고 있노라면 역시 새벽부터 일어나 부엌일을 하던 시어머니와 시누이는 들밥을 내온다. 그야말로 온 가족이 농사꾼이 된 것이다. 일 년에 쉬는 날 얼마 안 되는 생활이었으나, 이 삶에 대한 원망을 내보이지는 않았다. 먹고살자면 열심히 일해야 했던 것이다. 삼의당은 그저 지금 가족들 특히 남편과 함께 있고 밥을 굶지 않는 삶에 대해 만족하려고 노력했다.

사실 진안으로 이사를 해서 농사를 지었으나 상황이 별반 나아졌다고는 할 수 없었다. 5년 사이에 맏딸, 조카딸, 시아버지 그리고 넷째 동서가 사망을 하였다. 희망으로 버텨왔으나 좌절되자 연달아 세상을 뜬 것이다. 특히 시아버지의 상을 당했을 때 돈이 없어서 빚을 내어 장례를 치렀다. 그러나 빚을 갚을 기일이 되어도 살림을 다 털어도 방법이 없자, 담락당은 다시 외지로 돈을 구하러 가야했다. 그야말로 행색은 터진 베적삼에 가시 비녀를 꽂고 있는 아낙네의 현실은 나아지지 않았던 것이다.

그렇기 때문에, 혹은 그럼에도 불구하고, 사대부 신분을 포기할 수는 없었던 것으로 보인다. 이들은 농사를 지으며 공부를 했다. 시문을 게을리 하지 않았을 뿐만 아니라 과거 준비도 놓아버리지 못했다. 아이조차 아침저녁 채소에 물주고, 돌아와 성현의 글을 즐겨 읽는 생활을 했다. 풍상을 겪었으나 뿌리만은 단단해지는 삶이라 여겼던 것이다. 결국 진안으로 이사한 지 10년이 되던 1810년에 담락당은 향시(鄕試)에 합격했고, 회시(會試)를 보기 위해 다시 서울로 떠났다. 삼의당은 실망할 일이 없기를 기대를 하였으나 급제의 소식은 없었다.

이러한 삶 속에서 삼의당의 어머니로서의 삶은 어떠했는가 역시 상상이 가능하다. 삼의당이 자녀를 몇 명 두었는지는 정확하지 않다. 아들이 한 명인 것으로 나타나나 딸은 몇 명인지 알 수 없다. 문집에는 첫째 딸(1786~1803)과 셋째 딸(1794~1795)의 제문이 있고, 둘째 딸을 시집보내는 시문 그리고 아들에 관한 시문이 있다. 그러므로 기존 연구들은 3녀 1남이라고 하였다. 그런데 셋째 딸을 1794년에 낳고 아들을 1809년에 낳았으니 터울이 15년이 진다. 그 사이에 딸을 더 낳았을 가능성을 배제할 수 없다. 또한 셋째 딸이 죽은 뒤(1795) 오랜 세월이 지난 후(1803)에 쓴, 「맏딸을 제사하는 글〔祭長女文〕」에 '너의 자매들〔汝之姊妹〕'이라는 표현이 있다. 또한, 「둘째 딸을 시집보내며〔嫁二女〕」에 '막내 여동생〔季妹〕'이라는 표현이 있다. 둘째 딸을 언제 혼인시켰는지는 모르지만 1803년 이후이기에 셋째 딸이 없던 때이므로, 둘째의 동생은 넷째였을 가능성이 크다. 그러므로 딸이 적어도 4명 이상이었던 것으로 보인다.

이처럼 최소한 4녀 1남이었던 삼의당의 자녀들도 궁핍이라는 굴레에서 자유로울 수 없었던 것으로 보인다. 특히 이는 「맏딸을 제사하는 글〔祭長女文〕」에 자세히 드러난다.

내가 신유년부터 진안에 살았는데, 한 해가 지난 임술년에 홍역이 크게 성해 서울에서 호남에 이르기까지 죽은 자가 셀 수 없이 많았다. 계해년 정월에는 그것이 우리 집에까지 전염되어 네가 몹시 앓았지만 죽으리라고야 어찌 생각했겠느냐? 반드시 살아날 줄 알았는데 병이 더욱 심해져서 끝내 나를 버리고 갈 줄이야 어찌 생각이나 했겠느냐? 아! 슬프다. 네가 인간 세상에 산 것은 겨우 열여덟 해. 어찌하여 목숨이 스무 살도 채우지 못했으며, 어른도 되기 전에 일찍 죽고 말았단 말이냐?

우리 집에는 심부름하는 아이도 없어 밥 짓는 일도 네가 맡아야 했고 길쌈하는 일도 너에게 맡겨야 했다. 너는 일이 아무리 힘들어도 마다하지 않았으며 일이 아무리 어려워도 피하지 않았다. 너는 나에게 이렇게 온 힘을 다해 주었는데 나는 너에게 어미 된 도리를 만분의 일도 하지 못했구나. 사정이 이러하니 슬프고 처참한 마음이 이루 말할 수 없구나. 네가 병이 들었을 때는 살아나리라고만 생각했지 죽으리라고는 생각도 못 했기에 약도 제대로 써 보지 못했구나. 네가 죽은 날에는 바람과 눈이 차디찼고 천지가 서늘해서 사람의 기운도 그에 따라 두려움을 느낄 정도였다. 덩그레한 집에는 돌보고 지켜 줄 사람도 없었고, 네 자매들도 홍역을 앓고 있는 중이라 나 역시 너에게 어미의 도리를 다하지 못했구나. 마디마디 통탄스러워 아무리 후회한들 어찌 돌이킬 수 있겠느냐? 네가 죽은 지 한 달이 지나니 청혼서가 서울로부터 왔는데 미처 다 펴보지도 못하고 정신을 잃고 말았다.

余自辛酉僑居鎭安 越一年壬戌 疹疫大熾 自京及湖 死者爲不知幾許 而癸亥正月 始染于家 汝爲甚痛 余以爲豈天也必生也 豈意病益轉劇 竟棄我而逝也 嗚呼哀哉 汝在人間才十八歲 壽何不滿二十 天何不及成人耶 余家無僕役 炊爨任汝 紡績賴汝 事雖至勞而不辭 役雖至難而不避 汝之所以盡力於我者如此 而我之所以盡道於汝者 未及萬一 情地到此 尤極悲愴 且汝之方病 只料其生 未料其死 故又不勤調劑 而汝死之日 風雪凄凄 天地凜凜 人氣從之以悚 且孤寓中 無人顧護 而汝之娣妹又在方疹中也 故余亦所以不能盡人母之道者 節節痛歎 雖悔奚追 汝死之越月 請婚書自京而來 披覽未訖氣絶倒地

－「맏딸을 제사하는 글〔祭長女文〕」

삼의당이 18세에 혼인을 하여 낳은 딸이 18세에 죽었다. 자신은 혼인을 했던 나이에 딸은 죽은 것이다. 참으로 억장이 무너지는 일이었을 것이다. 긴 고난의 세월 동안 어머니를 도운 것은, 맏딸이었다. 가장이 생활을 책임지지 못하는 가난한 몰반의 집에 맏딸로 태어났다는 이유로, 젊은 어머니를 도우며 일찍부터 철이 들었을 것이다. 보통의 양반집에서

는 심부름하는 아이가 하는 밥 짓고 길쌈하는 등 집안일만 하다가 결국
은 홍역에 걸려 죽었다. 온 집안의 희망을 짊어지고 산사에서의 글공부
와 서울에서의 과거시험 치르기를 반복하는 아버지와, 집안의 경제를
책임지느라 온갖 궂은일을 하는 어머니 사이에서, 투정 한번 못 부리고
고된 집안일을 묵묵히 하다가 병에 전염되었다. 부모를 도와 집안일에
농사일까지 했으리라는 점을 짐작할 수 있다. 그런데 가난하기에 약도
제대로 쓰지 못하였고 동생들도 홍역에 걸린 상태라 어머니의 보살핌도
제대로 받을 수 없었다. 나이가 어려도 나이가 들어도, 늘 부모를 돕고
동생들을 돌보느라 뒤로 밀리는 맏이의 운명이었다. 진안으로 이사한
지 2년 뒤인 1803년의 일이었다. 진안에서의 삶도 녹록치 않았음을 보
여준다. 그런데 죽은 뒤 한 달이 지나자 청혼서가 왔다. 딸로서도 슬픈
삶이었으나 어머니로서는 억울하였을 것이다. 이에 삼의당은 마침내는
혼절을 하고 만다. 딸이 꽃다운 나이로 생을 마친 것은, 자신이 어머니로
서의 도리를 못했기 때문이라고 자책한다.

　그러나 삼의당은 최선을 다한 삶을 살았다. 한시도 쉬지 않았고 늘
바쁘게 집안일을 하는 와중에서도 시문을 멀리하지 않았다. 어떻게든
시간을 내어 시를 쓰고 글을 읽고 아이들을 가르쳤다. 다만 조선후기
정치·사회·경제적으로 혼란한 시기에 시골에서 몰락양반 가문에서 태
어났다는 점이 문제였다. 물론 한양에서 태어났다 한들 더 나은 삶을
살았으리라고 장담할 수는 없겠지만, 당시 시골 양반 그중에서도 몰락
양반들에게는 너무도 가혹한 현실이었던 것이다.

　그럼에도 불구하고 삼의당은 현실 때문에 좌절하여 자포자기하지는
않았다. 끝까지 시문을 통해 자신의 성정을 남겼다. 시문은 그녀의 삶을
지탱하는 혹은 자신의 존재함을 보여주는 처음이자 마지막 보루였던 것
이다.

조선시대 고증적 박물학자
빙허각 이씨(憑虛閣李氏)

김수연

1. 빙허각 이씨의 학문 배경

한국의 여성지성사에서 빼놓을 수 없는 한 사람이 빙허각 이씨(憑虛閣 李氏, 1759~1824)이다. 빙허각의 이름은『규합총서(閨閤叢書)』와 함께 우리에게 널리 알려졌다. 총 5책 분량의『규합총서』는 1809년에서 1822년 사이에 완성된 생활백과서로서, 가정학 총서로 일컬어진다. 그 안에는 음식의 조리법, 술의 제조법, 옷감의 마름질과 염색법, 출산과 육아 관련 사항 및 원예의 분야까지 '살림'에 해당하는 모든 영역을 아우르고 있기 때문이다. 특히『규합총서』는 '살림'을 평범한 일상의 지혜가 아니라 논리적인 지식의 대상으로 바라보고 있다는 점에서 커다란 의미를 지닌다. 학자=남성이라는 도식이 지배하던 시기의 여성이, 그것도 고상한 철학적 사유와는 거리가 멀다고 여겨졌던 한갓 살림살이를 체계적 학문의 차원으로 다루고 있는 것이다. 빙허각이 여성 실학자로서 평가받는 것은 이러한 이유이다. 빙허각의『규합총서』는 오늘날 생활경제과학 분야가 본격화되는 기점이라 할 수 있다.

빙허각이 여성 실학자 혹은 생활경제과학자로서의 면모를 드러낼 수 있었던 것은 시대의 학문적 가풍과 관련이 있다. 빙허각은 달성 서씨 서유본(徐有本, 1762~1822)과 혼인했는데, 서유본의 조부는 영의정을 지냈고『보만재총서(保晩齋叢書)』등을 저술한 서명응(徐命膺, 1716~1787)이고 부친은『해동농서』등을 남긴 규장각 직제학 서호수(徐浩修, 1736~1799)이다. 또한『임원경제지』를 편찬한 서유구(徐有榘, 1764~1845)는 서유본의 동생이다. 서유구 집안은 소론 경화사족이면서 실용적 학풍을 지녔다. 방대한 분량의『임원경제지』가 농업을 위시하여 목축과 원예, 의류와 요리, 기타 취미 예술 활동 등을 아우르고 있다는 것은 이 집안의 지적 분위기를 단적으로 드러낸다.

또한 이 집안은 조선시대의 대표적인 장서가였다. 사부(四部)의 책들을 모아두고, 자제들의 학문을 닦게 했던 것이다. 무엇보다 가족 구성원 모두가 동일한 주제에 대해 토론하고 질정하며 창작하는 과정을 공유하였다. 여기에서 여성 구성원도 예외는 아니었다. 빙허각은 남편 서유구와 지기(知己)로서 집안의 장서를 함께 읽고 경서(經書)에 대해 의견을 교환하며 시를 지어 대화했다. 이것은 빙허각이 학식과 문재를 지녔기 때문에 가능할 것이지만, 한편으로는 여성의 학문적 참여가 허용되는 시대의 가풍에 독려 받은 점도 적지 않을 것이다.

빙허각의 학문적 동지에는 남편 외에 시동생 서유구도 있었다. 서유구는 빙허각의 묘지명에서 형수를 훌륭한 벗〔良友〕이었다고 적었다. 그리고 자신이 쓴 글에 대해서도 부형(父兄)에게 가르침을 구하듯, 형수 빙허각에게 보이고 질정을 받았다는 내용도 밝히고 있다. 두 사람 사이의 학문적 연대와 지적 교류는 두 사람의 저술에서도 확인이 된다.『임원경제지』와『규합총서』는 생활경제학 방면의 유서(類書)라는 공통점을 지닌다. 내용에 있어서도 양자는 공유하는 지점이 상당하다. 주제적 측면과 소재적 측면은 물론 학문의 지향도 유사한데, 실제로 서유구는 빙허각의 『규합총서』를 읽었고 그것에서 상당 부분 영향을 받았을 것이라는 정황이 최근 서유구 연구를 통해 구체적으로 확인되었다.

빙허각은 조선시대 보기 드문 여성 실학자이자 생활경제과학자이지만, 그것만으로는 그녀를 정당하게 평가했다고 말하기 어렵다. 그동안 『규합총서』 관련 연구는 그녀를 여성 지성사의 커다란 축으로 부각시키는 동시에 여성생활사 영역에 가두는 결과를 낳았다. 주된 연구들이 이 책에 수록된 소재와 내용을 중심으로 빙허각을 평가했기 때문이다. 그러나 『규합총서』 편찬과정에 반영된 고증적 태도와 저술의 범위는 빙허각이 지닌 고증학적 글쓰기 경향과 박물가적 호기심을 드러낸다. 이것은 그녀가 여성 관련 실용 지식의 편집자를 넘어서는 고증적 박물학자로서의 면모를 지니고 있음을 드러내는 것이다.

2. 생활백과사전 『규합총서』의 고증적 글쓰기

빙허각의 글은 총 3부 11책이며, 『빙허각전서』라는 제목으로 묶여 전해졌다. 1939년 동아일보에 처음 소개된 『빙허각전서』의 모습은 제1부 『규합총서』: 주식(酒食), 봉임(縫紝), 산업(産業), 의복(醫卜), 제2부 『청규박물지』: 천문(天文), 지리(地理), 세시(歲時), 초목(草木), 금수(禽獸), 충어(蟲魚), 복식(服飾), 음식(飮食), 제3부 『빙허각고략』: 자작시, 한문(漢文)대역(對譯), 태교신기발(胎敎新記跋), 부문헌공묘표(父文獻公墓表)이다. 이 책은 전란으로 소실되었고 현재 『규합총서』와 『청규박물지』만 이본을 확인할 수 있다. 『규합총서』는 원래 8권 5책이었을 것으로 추정되지만, 현재는 목판본과 필사본 형태로 된 17개의 이본이 각각 1~2책 분량으로 서울대학교와 일본 동양문고 등에 소장되어 있다. 책의 이름은 남편 서

유본이 육천수(陸天隨)의 『입택총서(笠澤叢書)』를 본떠 붙여준 것이다.

『규합총서』는 「주사의(酒食議)」, 「봉임측(縫紝則)」, 「산가락(山家樂)」, 「청낭결(靑囊訣)」, 「술수략(術數略)」의 다섯 부분으로 이루어져 있다. 빙허각은 서문에서 '주사의'에 장 담그와 술 빚기, 밥과 떡, 과자와 반찬 만들기와 관련하여 온갖 맛을 내는 방법을 모두 갖추었다고 했다. '봉임측'에는 손으로 직접 심의와 조복을 재봉하는 방법과 염료와 방직, 자수와 양잠 등에 대한 내용을 담았으며, '산가락'은 밭을 다스리고 꽃과 나무를 재배하며, 말과 소를 치고, 닭을 기르는 일까지 산림의 일에 대해 대략을 갖추었다. '청낭결'은 태교와 아이 기르기를 포함하여 질병과 사고의 구급 처방법과 태살 및 약물의 금기사항을 다루었고, '술수략'에서는 집 자리를 다스리고 집을 정결히 하는 법, 병이나 금기 사항을 제거하는 법, 부적을 써서 악귀를 쫓는 등과 관련한 모든 민간처방을 적었다.

그동안 『규합총서』 연구는 여성이 편찬했다는 점을 의식하고, 여성의 생활 경험과 연결되는 '의식' 생활을 다룬 앞의 두 편에 초점을 둠으로써, 또 다른 여성 생활서인 『음식디미방』이나 『태교신기』 등과 함께

● 빙허각 이씨, 『규합총서』, 간사자(刊寫者) 미상, 1809, 국립중앙박물관.

거론되었다. 그러나 책의 전체 구성은 의식주는 물론 양생에 대한 추구와 산림 생활의 경제 활동을 포함한다는 점에서 홍만선의 『삼림경제』, 시부 서호수의 『해동농서』, 시동생 서유구의 『임원경제지』 등의 백과전서류와 궤를 같이 한다. 무엇보다 이 책은 가장 기본적인 끼니용 레시피나 일상복 짓기는 생략하고 봉제사, 접빈객을 위한 의례 음식이나, 예복 짓기와 관련 장신구 등에서 시작한다.

『규합총서』는 음식 만들기와 의복 짓기 외에도 중국의 음식 명칭, 사대부가 음식을 먹을 때 생각할 다섯 가지, 먹어서는 안 되는 음식, 여러 가지 술과 술잔의 종류, 음식의 독, 음식의 유래, 다양한 여인들의 행적[열녀전], 향 만드는 법, 그릇의 종류, 각종 꽃의 별칭과 그들에 대한 품평, 명절과 세시의 유래와 풍속, 날씨 점치는 법, 은신법, 힘 나는 법, 팔도의 생산물, 돌림병 물리치는 법, 꿈자리를 편안하게 하는 법, 학질 고치는 법, 관상을 좋게 하는 법 등에 대한 정보를 한 데 모았다. 이 중에는 여성의 가사 활동과 직접 관련이 없는 것도 있다.

특히 「술수략」에는 풍수설과 점치고 부적 쓰는 민간의 비방을 포함했다. 이에 대해 빙허각은 서문에서 "슐슈냐이니 진틱졍거ᄒᆞᄂᆞᆫ 법과 음양 구긔ᄒᆞᄂᆞᆫ 슐을 다려 ᄡᅥ 부쥬튝마ᄒᆞᄂᆞᆫ 일졀 쇽방의 니르니 ᄡᅥ 블우의 환을 방비하고 무격의 혹ᄒᆞᆷ믈 멀니ᄒᆞᆫ 바라."라고 했다. 예상하지 못한 근심을 방비하고 무당 등에게 미혹되지 않기 위해 생활지혜로 여겨지던 세속의 구전 처방을 기록했다는 것이다. 가사에서 시작했으나 사실은 그것을 빌미 삼아 다양한 알 거리를 제공하는 것이다. 이것은 빙허각이 이 책을 저술한 의도가 여성끼리의 소극적 살림 전수 교육을 위한 것이라기보다 생활 관련 지식을 집대성하려는 데 있음을 드러낸다.

빙허각은 평소 시가의 장서를 통해 당시 유행한 총서류에 접근할 수 있었다. 실제로 빙허각은 『규합총서』에서 『산림경제』나 『해동농서』 등을 인용하고 있다. 조선후기에 유행했던 실천적이고 실용적 저술의 태도가 빙허각에게도 적지 않은 영향을 미친 것이다. 그러나 『규합총서』의 실용성은 '생활 관련 지식'이라는 내용과 소재에 국한하지 않는다. 이 책의 실천성과 실용성은 지식들을 '집대성'하려는 저술 태도에서 더욱 잘 구현된다. 18세기는 실학의 시대라고 하는데, 이때 실학은 내용의 실학뿐만 아니라 방법론의 실학을 포함한다.

방법론으로서의 실학이 지닌 특징은 모든 것을 '기록하고 정리하려는 벽(癖)'이라고 말할 수 있다. 다소 잡다해 보이는 것에서부터 민간에서 유전되는 처방까지, 그야말로 온갖 것을 기록하는 지식의 박람장을 추구하는 것이다. 형식적으로는 전체를 통글로 쓰는 것이 아니라, 한 꼭지 한 꼭지 형태로 메모하는 형식을 조금 확장하는 방식이다. 항목에 따른 관련 기록을 모으고, 경우에 따라 자신의 의견을 덧붙이기도 한다. 또 하나의 형식적 특징은 기록한 내용에 대한 인용과 출처를 강조하는 것이다. 이른바 실증적 글쓰기가 실학적 저술 태도인 것이다. 실증적 글쓰기는 관련 지식을 총집하는 동시에 원전에 대한 검토를 병행하려는 특성과 결부되며 박학적이고 고증적 학풍의 대표적 저술 방식이 되었다.

17세기 이후 동아시아에서 공유했던 고증적이고 박학적인 학풍은 백과전서류의 다양한 유서와 총서를 낳았다. 『규합총서』의 등장 또한 이러한 학적 분위기와 관련하여 이해해야 한다. 고증적 글쓰기는 출처에 대한 엄정한 검증을 중시하는데, 이것을 잘 반영하는 것이 인용서지이다. 빙허각은 『규합총서』를 저술하며 항목마다 인용서지를 기록하고 있다. 현재 남아 있는 판본에서 확인되는 인용서지는 한국 서적이 『동의보감』, 『여지승람』, 『산림경제』, 『지봉유설』을 포함하여 14권, 중국과 일본 서적이 『본초강목』, 『사기』, 『박물지』, 『산해경』, 『한화삼재도회』 등을 포함하여 90권이다. 그 외에 국적을 확인할 수 없는 서적도 수십 권에 달한다. 빙허각을 조선 여성 중에 가장 많은 서적을 읽고, 가장 많은 인용 문헌을 기록으로 남긴 학자로 평가하는 것은 과장이 아니다.

　인용서지는 평소 그녀가 독서하는 과정에서 기록한 메모를 근거로 한 것이다. 빙허각은 서문에서 자신이 인용한 서지를 소상하고 명백하게 했다고 밝히고 있다. 인용서지는 평소의 빙허각의 독서량 및 독서습관을 보여준다. 그녀는 평소 남편 서유본의 장서를 읽으며 개인적인 견문을 넓히다가 옛글 가운데 생활에 긴요한 것들이 있으면 잊지 않기 위해 본문과 출처를 메모하고 자신의 의견을 덧붙여 5권을 만들었다. 『규합총서』 서문과 남편 서유본의 문집인 『좌소산인문집(左蘇山人文集)』에 수록된 시 「강거잡영」에는 이와 관련한 정황이 나온다.

　　기사년 가을에 내가 동호 행정에서 거주하면서 집안일을 하는 틈틈이 남편의 글을 보니, 옛글 중에 인생의 일용 생활에 긴요하고 간절한 것과 세상의 모든 글을 얻어 보고 견문을 넓히고 시골 생활을 위로하였다. 문득 생각하니 옛 성인이 말하기를 총명한 기억력도 엉성한 기록만은 못하다 했는데, 써서 기록하여 잊지 않는다면 어찌 내용을 갖추어서 일마다 보탬이 되도록 사용할 수 있겠는가. 이에 모든 글을 가져다 중요한 말을 요약하여 기록하고 의견을 덧붙여 모아서 오 편으로 만들었다.

　　〔긔ᄉ ᄀ을의 니너 도호 ᄒᆡᆼ뎡의 집흐야 듕궤흔 결을의 우연이 군ᄌ의 쇼롤좌차 녯글이 인싱 일용의 졀흔 것과 산야 모든 문ᄌ를 어더 보고 신슈피열ᄒ니 애오라지 문견을 널리고 죰젹을 위로 홀분이니라. 홀연 싱각ᄒ니 고인이 왈, 총명이 둔필만 ᄀᆞᆺ디 못ᄒ다 ᄒ니 뼈 거록ᄒ미 잇디 아닌즉 엇디 유망을 ᄀᆞᆺ쵸아 일의 조ᄒ리오. 어시에 모든 글을 취

호야 그 죠요로온 말을 쵸록호고 별노 긔견을 부호야 휘호야 오편을
민드니…….]
―『규합총서』 서문

산에 사는 내 아내도 충어를 주해하여   山妻亦解注蟲魚
촌가의 경영까지 모르는 게 없구나.   經濟村家也不疎
밝은 달밤 갈대밭에 같은 꿈을 함께 꾸니   明月蘆洲同夢在
『입택총서』 뒤를 잇는 총서를 엮었구나.   逝從笠澤續叢書

내 아내가 여러 책에서 간략히 뽑아 모아 문목들을 나누니, 그 내용
이 시골살림살이에 긴요하지 않은 것이 없다. 특히 초목과 조수의 특성
을 매우 꼼꼼히 다루었다. 그 책 이름을 『규합총서』라고 붙였다. 역대
의 총서는 일가의 책을 모은 것을 말한다. 총서라는 말은 육천수의 『입
택총서』에서 비롯되었다. 그래서 이름 한 것이다.

〔余內子抄輯群書, 各分門目, 無非山居日用之要, 而尤詳於草木鳥
獸之性味. 余爲命其名曰閨閤叢書, 歷代叢書哀輯一家書, 謂之叢書,
始自陸天隨笠澤叢書, 故云. 〕
―「강거잡영」

빙허각이 인용한 '총명이 둔필만 못하다'라는 말은 『규합총서』의 글
쓰기 특징을 한 마디로 요약하고 있다. 아무리 총명한 사람이라도 기억
력에 의지하는 것보다는 못난 글씨지만 그때그때 적어 두는 것이 낫다는
뜻이다. 서유본도 『규합총서』가 여러 글에서 발췌 기록하여 정리하여
만든 책이라고 하였다. 모두가 저술에서 근거 자료의 기록이 중요하다는
것을 강조하고 있다. 여러 자료에 근거한 발췌 기록은 고증적 글쓰기의
기본이다. 청나라 고증학자들 사이에서 메모 형식의 차기(箚記)가 유행
한 것도 이러한 맥락과 유관하다. 『규합총서』가 방대한 자료를 독서하

며 주요 내용과 해당 출처 그리고 자신의 의견을 그때그때 기록한 것들로 이루어진 저술이라는 점, 실제로 인용과 고증의 내용이 상당 부분을 차지하고 있다는 점은 빙허각이 '모든 것을 기록하려는 벽'을 지닌 고증학적 지식인임을 보여준다.

고증적 글쓰기의 또 다른 특징으로, 『규합총서』는 단순한 기록으로 멈추지 않고, 항목마다 필요한 경우 실험을 하고 그 결과를 '신증'의 방식으로 첨부하였다. 「주사의」의 '부유황비법'에서는 이것을 시험해본 사람이 없었는데, 자신은 이것을 시험해서 유황비를 만들어보았다는 것과, 기록에 『본초강목』 등에 나온 것과 같이 더운 술을 붓자 이내 꺼져버렸다는 것, 그래서 그 설명이 옳은지 아닌지 이해가 되지 않는다는 의견을 적었다. 실험을 하지 못한 경우도 밝혔는데, '어육장', '청태장', '급히 청장 믄드는 법' 뒤에 "이 셰 방문은 산님경졔예셔 됴흐야시되 시험치 못흐고, 셕화굴을 장으 너흐면 마시 됴됴 젼굴졋국이 히포된 거 술 달히면 호품청장이 된다 흐여 쓰 시험치 못흐다."라고 적었다. 세 가지 법은 『산림경제』에 있는 내용을 요약 기록한 것인데, 직접 시험해보지는 못했음을 밝히고 있는 것이다. 이와 같은 '신증' 또한 고증학자들의 저술 특징인 것이다.

3. 박물학 총서 『청규박물지』와 고증적 박물학

『규합총서』에서 보여준 고증적 박물학자로서의 면모는 최근에 본격적 연구가 시작된 『청규박물지』에서 더욱 잘 드러난다. 『청규박물지』는 실물이 확인되지 않다가, 2004년 처음 동경대학 오구라문고 소장본이 소개 되고 최근에 본격적 연구가 시작되었다. 오구라문고본 『청규박물

지』는 4권 4책 분량의 필사본이며, 1책에 빙허각의 내종매가 1910년에 쓴 서문과 1809년에 쓴 필자의 서문이 있다. 서문을 쓴 빙허각의 내종매는 『태교신기』를 저술한 사주당 이씨(師朱堂李氏, 1739~1821)의 딸로 추정된다. 사주당은 빙허각의 외삼촌 유한규의 4취 부인으로 빙허각에게는 외숙모가 된다. 또한 『언문지』를 지은 유희(柳僖, 1773~1837)의 모친이기도 하다. 빙허각은 사주당의 책에 발문을 쓰기도 했는데, 『빙허각고략』에 실린 「태교신기발」이 그것이다. 둘 사이에 서로의 글을 읽고 평하는 학문적 교류가 있었음을 알 수 있다. 『청규박물지』에 대해서는 시동생 서유구도 그녀의 묘지명에서 밝힌 바 있다.

『청규박물지』도 남편 서유본의 장서 중에서 자료를 모으고 발췌하여 목차를 구성하였다. 빙허각은 서문에서 이 책의 내용이 '위로는 건상(乾象)에서부터 아래로는 초목(草木), 조수(鳥獸) 및 의복, 음식, 기용(器用), 왕호와 잡된 점, 향렴의 글체 등'을 아우르고 있다고 했다. 실제 이 책은 앞의 1~2권에 주(酒), 음식, 차, 의복, 직조(織造), 양잠, 서화, 문방, 향보

● 빙허각 이씨, 『청규박물지』, 간사자(刊寫者) 미상, 조선 후기, 고려대학교 해외한국학자료센터.

(香譜), 십미요(十眉謠), 기용, 보물, 방생(放生), 의혹, 의약, 방술(方術), 신령(神靈), 무격(巫覡), 규수(閨秀)시(詩), 선기도(璿機圖)를 수록했고, 뒤의 3~4권에서는 천문부(天文府), 지리부(地理府), 화목부(花木府), 금수부(禽獸府), 진보부(珍寶府)를 실었다. 글의 구성은 중국의 대표 유서인 『예문유취』와 조선의 『지봉유설』의 분류체계를 차용한 것으로 평가받는다.

또한 빙허각은 이 책이 '글이 간략하나 일이 넓어 귀 막고 눈 닮'을 열고, 한글로 기록하였기에 '우리 무리가 기특이 볼 것이다.'라고 했다. '우리 무리'는 여성독자를 의미한다. 그렇다면 이 책은 여성 독자의 눈과 귀를 틔우기 위해 한글로 넓은 일들을 두루 기록한 것이다. 『청규박물지』라는 서명은 이러한 내용을 압축적으로 표현한다. 여기서 넓은 일들을 기록하는 태도는 『규합총서』와 유사하다. 술의 경우, 그 기원과 역사, 전개 과정과 종류, 사회적 의미 등 관련 지식을 여러 저술들을 근거로 박람하고 있는 것이다. 이것은 박물지적 성격에 고증적 글쓰기를 결합한 빙허각의 글쓰기 태도를 다시 한 번 확인할 수 있게 한다.

빙허각의 저술이 지니는 박물지적 성격은 실용서 이상의 의미를 지닌다. 일반적으로 박물지는 두 가지 의미를 지닌다. 하나는 근대적 의미의 백과전서식 총서이다. 조선후기 사대부 남성 문인이 편찬한 유서 및 총서들은 대부분 여기에 해당한다. 『임원경제지』도 마찬가지이다. 둘째는 고대의 신화서 계열에 속하는 박물지이다. 이것은 장화의 『박물지』전통을 계승한 것으로, 다양한 정보를 담고 있다는 점에서 유서와 비슷하지만 그 양상이 실용적, 경세적 측면을 넘어 비현실적, 초월적 대상과 공간까지 확대하고 있다는 점에서 차이가 있다. 『청규박물지』는 형식에서는 백과전서적 박물지를 취하고, 고증의 대상에는 기인한 동물과 새들, 물고기, 산과 바다의 보물들에 얽힌 신이하고 기괴한 이야기까지 포함함으로써 신화적 박물지적 성격을 아우르고 있다. 이것은 『규합총서』

인용서지에 『지봉유설』 등의 총서 외에도 『산해경』, 『박물지』 등의 신화서가 포함되어 있다는 점으로 확인할 수 있다. 이렇듯 현실적 생활지식을 실험하고, 고대의 신화 지식과 민간의 비법 등을 고증하는 빙허각 이씨의 학문 태도는 고증적 박물학자로서의 면모를 여실히 드러낸다 할 것이다.

근대계몽기 첩 출신 계몽운동가들
신소당과 이일정

홍인숙

1. 근대계몽기의 첩 – 전근대적이고 불법적인 존재

20세기 초 '첩'이라는 여성 형상에 대한 담론이 주로 나타난 매체는 근대계몽기 신문이었다. 특히 당대 신문의 '논설'에서 자주 다루어진 것은 첩을 두는 제도인 '축첩제의 폐지'에 대한 주제였다. 근대계몽기 신문에서 첩에 대한 주제를 다룬 논설들은 일차적으로는 낙후한 조선의 관습이자 제도인 축첩제를 비판하는 논조를 보였다. 그러나 실은 축첩의 관습 그 자체보다 안에 들어있는 첩이라는 여성 형상에 대해서 더 강하게 비난하는 어조를 보일 때가 많았다.

① 어리셕은 빅셩들은 쏠을 나아 외모가 얌전ᄒᆞ면 그 쏠을 길녀 엇던 부ᄌᆞ의게 천첩 주기로 쟉뎡ᄒᆞᆫ 이도 만코 무례ᄒᆞᆫ 남ᄌᆞ들은 이첩을 취한 후에 빅년을 ᄒᆡ로ᄒᆞᆯ 안희를 박디ᄒᆞ며 이첩이라도 ᄉᆞ랑이 쇠ᄒᆞ던지 얼골이 늙고 보면 일죠에 헌신ᄀᆞᆺ치 ᄇᆞ리고 ᄯᅩ 다른 쇼첩을 ᄎᆔᄒᆞ니 그 남ᄌᆞ의 음란ᄒᆞᆫ ᄒᆡᆼ실이 금슈보다 나흘것이 업거니와

－『독립신문』 1899년 5월 26일 자 논설

② 軟弱훈 婦女子의게 對하야 婦德이니 貞節이니 志操이니 ᄒ고 烈女는 二夫를 不更훈다 ᄒ야 靑春寡婦로 ᄒ야금 再嫁를 不許ᄒ면서 엇지 男子의게는 如此特權을 許與훈 理가 何에 在훈요. 다못 男子가 腕力이 强홈으로써만 言하면 此는 도리혀 禽獸에도 不及ᄒ는 行爲라

−『대한매일신보』 1907년 10월 2일 자 논설

③ 계집이 되야 눔의 첩이 된다든지 눔의 사나희를 음힝에 범ᄒ게 ᄒ는 인싱들은 다만 이 세샹에만 쳔홀 뿐 아니라 후싱에 그 사나희와 ᄀᆞ치 디옥에 갈 터이요 이런 사롬의 ᄌᆞ식들도 이 세샹에 쳔디를 밧을 터이니

−『독립신문』 1896년 6월 16일 자 논설

④ 남의 부실된 이가 마음이 단뎡ᄒ고 학문이 젹이 잇스면 훈곳에서 평싱을 지니여 유ᄌᆞ싱녀ᄒ고 남혼녀가ᄒ야 팔ᄌᆞ가 거록ᄒ것만은 마음에 쥬착업고 학문도 업스면 이곳이나 나흘가 져곳이나 나흘가 엇던 놈이 돈을 잘 쓰나 엇던 놈이 호강을 잘 식이나 이리져리 단니다가 늣기에는 잘 ᄒ여야 방물님이요 잘못ᄒ면 개벼개를 베거나 돌병풍을 치는 폐가 잇스니 엇지 이석훈 일이 아니리요.

−『대일신문』 1904년 6월 10일 자 논설

위 예문에서 볼 수 있듯이 축첩폐지론의 내용은 일차적으로는 첩을 두는 관습을 만들고 유지해 온 남성 욕망을 비판하고 그것의 도덕적 정당성을 문제제기하는 것이었다. 첩을 두는 행위는 ①에서처럼 '금슈보다 나흘 것이 업는 남ᄌᆞ의 음란훈 힝실'로 규정되었고, 따라서 '빅년을 히로훈 안회를 박대'하고 'ᄉᆞ랑이 쇠ᄒ던지 얼골이 늙으면 쏘 다른 쇼첩을 취'하는 이기적인 남성 욕망은 비판의 대상이 되었다. '쌀을 나아 외

모가 양전흐면 부즈의게 천첩 주기로 쟉뎡'하는 일반 백성들의 딸 첩 주기에 대한 일상적 수용 역시 '어리석은 일'로 지탄의 대상이 되었다.

그러나 '아내를 박대하거나 첩을 취하고도 곧 또 다른 소첩을 구하는' 행태, '부녀자(婦女子)의게 대(對)하야 부덕(婦德)이니 정절(貞節)이니 지조 (志操)이니 흐고 남자(男子)의게는 여차특권(如此特權)을 허여(許與)흔 리 (理)'에 대한 지적이 가부장적 질서 자체에 대한 근본적인 문제 제기로까 지 나아가지는 않았다. 이는 다만 축첩하는 남성 개개인의 도덕성에 대한 비판과 충고에 그칠 뿐이었다.

또한 중요한 것은 축첩폐지론의 비판의 대상이 축첩이라는 제도나 남성 욕망에만 한정된 것이 아니었다는 점이다. 이 당시 축첩폐지 담론의 주요한 비판의 대상에는 반드시 '첩'이라는 여성 형상이 포함되었으며, 이들에 대한 비난의 정도는 축첩이라는 제도에 대한 것보다 더 강했다. 이 시기 첩 담론이 눈에 띄게 강조한 지점은 '첩'이라는 존재 방식의 기생성에 대한 혐오와 첩 되기를 선택한 여성들에 대한 비난이었다. 이들은 '하늘이 품부한 권리를 직희지 못흐고', '계집의 등분을 낫취는' 존재이기 때문에 '디옥에 가거나', '자식들이 천대'를 받거나 '개벼개를 베고 돌병풍을 치는' 전락한 거리의 인생으로 묘사되었으며, 혐오의 대상이자 사회적 처벌의 대상으로 지목되었다.

이렇듯 첩 폐지에 대한 담론은 첩이라는 사회적 제도를 둘러싼 맥락보다는 '첩'이라는 존재에 대한 처벌의 언어를 더 강력하게 드러내고 있었다. 첩이라는 제도를 유지해 온 근간이 끊임없이 새로운 여자를 요구하고 딸을 팔아먹는 남성들의 욕망이라는 근본적인 사실보다, 그 남성 중심적인 제도 안에서 소모되어 온 여성들의 존재 자체에 사회적 혐오가 집중되고 있었던 것이다. '혹 그렇지 않은 첩도 있지만 이는 예외요 원칙이 아니며 또 그런 사람도 천리와 인사에 위반되는 것'이라는 언술은 축첩에 대한 담론이 궁극적으로 통제하고자 했던 바를 명확히 알게 해준다. 이 담론의 진정한 효과는 사회적 혐오가 집중되었던 '첩'이라는 여성 형상에 '전근대성'의 표지에 더하여,57 폐지의 대상이 되는 '불법성'이라는 표지까지 가중 부여하는 것으로 발휘되고 있었던 것이다.

2. 근대계몽기 첩 출신 운동가들 – 신소당과 이일정

그런데 여기서 살펴보고자 하는 것은 바로 이러한 시기를 살아갔던 두 명의 첩 출신 근대 계몽운동가의 삶이다. '첩'을 '전근대적인 악습과 구제도와 불법과 범죄'를 상징하는 존재로 받아들이고 있던 근대 초기, 전혀 다른 방식의 삶을 보여준 그 두 인물은 바로 신소당(申蕭堂, 1853~1930)과 이일정(李一貞, 1876~1935)이다. 이들은 강제합병 전인 1910년 이전까지의 신문, 즉『제국신문』,『황성신문』,『대한매일신보』,『만세보』 등에 독자투고 성격의 글을 지어 보내 자신의 존재를 알렸다. 또한 교육사업과 국채보상운동, 공진회 등의 일에 관련하여 다양한 활동을 펼쳤던 계몽운동가로서의 두 인물의 행적을 볼 수 있는 자료들을 함께 살펴보기로 하자.

계몽운동가 신소당, '이 몸이 녀⋜되야 나라일을 못할까 가슴에 사뭇치더니'

신소당은 근대계몽기의 대표적인 애국계몽 운동가이다. 근대 여성운동사 연구자인 박용옥은 신소당이 진명부인회 회장 및 대안동 국채보상부인회 발기인으로 활동했으며 서민층 자제들을 위한 광동학교를 설립하여 교육 운동에 힘쓴 교육 운동가임을 밝혔다. 또 다른 연구자인 정경숙은 신소당의 생애와 행적을 최초로 재구하면서 신소당의 제국신문 독자투고의 중요성을 강조했다. 이경하는 신소당의 투고문을 문학사적으로 접근하여 여성어문생활사적 의미를 밝혔으며, 나아가 족보 추적을 통해 생몰연대와 신분 등 불분명하게 알려졌던 생애 사실들을 상세히 복원하였다.[58]

신소당의 남편인 김규홍(1845~1905)의 본관은 청풍(淸風)으로, 그는 1864년 증광문과 급제, 전라도, 경기도, 황해도 관찰사와 형조, 예조, 공조 판서를 역임하였다. 1894년 면직되었다가 아관파천 후 다시 등용되어 중추원의관, 의정부참정, 궁내부특진관, 태의원경, 장례원경, 시종원경, 귀족원경 등을 두루 역임한 대한제국의 고위 관료였다. 청풍김씨세보(淸風金氏世譜)에 기록된 신소당의 정보는 다음과 같다.

신소당은 1853년 또는 1869년에 태어나서 1930년에 죽었다. 고향은 평안도 안주이고, 약 1877년경에 김규홍의 副室이 되었다. 경성에 거주하면서 1881년에서 1896년 사이에 아들 네 명을 낳았다. 1881년 첫 출산을 한 나이, 1907년 대안동 국채보상부인회와 진명부인회 등 각종 여성단체에서 회장직을 맡았던 경력 등을 고려할 때, 1853년생일 개연성이 높다. 또한 김규홍의 부실이 되기 전에 기녀였을 가능성도 적지 않아 보인다. 이는 당시 중인 계층이나 기녀, 첩 출신 등 중하층 여성들이 근대계몽기에 주목할 만한 사회 활동을 펼친 것을 생각해볼 때 이는 충분히 개연성 있는 주장이기도 하다.

신소당의 활발한 애국계몽 활동은 참여 영역의 다양성과 적극성 면에서 동시대에 비견할 만한 다른 여성 운동가를 찾아보기 어려울 정도이다. 특히 남편 사후인 1906~1910년까지의 활동은 여러 신문 지상에서 확인되며, 특히 교육 사업에 큰 사명감을 갖고 매진했다. 여자교육회, 진명부인회, 광동학교, 양정여자교육회 등에서 회장, 평의장, 교장 등 중책을 맡으며 근대 초 계몽운동의 최전선에서 활동했다.

신소당이 사회적 공간에 처음으로 자신의 존재를 알린 것은 1898년 11월 5일과 10일에 『제국신문』에 보낸 두 편의 독자 투고문이었다. 이 글에서 신소당은 자신을 '평안도 녀주인 신소당'이라고 밝히면서 여학교 설립운동과 만민공동회의 해산에 대한 자신의 의견을 밝혔다. 주목할 것은 이 첫 사회적 발언에서 신소당은 '우매한 여자들도 독립협회 연설을 듣고는 충애지심이 격발했다'고 하면서 교육사업을 통한 계몽운동의 의미에 대한 깊은 각성의 뜻을 보여주고 있다는 점이다.[59]

그러나 신소당은 이 인상적인 투고 기사문의 작성 이후 1907년까지 약 9년 동안 공적 담론의 공간에 자신을 드러내지 않았다. 그것은 아마도 유력한 양반가 부녀자라는 위치 때문에 운신의 폭이 크지 않았기 때문이었을 것이다. 신소당이 다시 세상에 모습을 드러낸 것은 1907년 국채보상운동 기간이었다. 남편이 세상을 떠나고 자신의 소생이었던 사형제가 어느 정도 성장을 하고 났을 때쯤 때맞추어 시작되었던 국채보상운동은 본격적인 계몽운동가로서 신소당의 삶을 새롭게 시작하게 해준 계기가 되었다. 그는 '여자도 국가우로지택을 입었는데 애국성심이 없으면 신민의 도리가 아니다'라고 하면서 자신이 살던 '대안동'에 사무소를 설치하고 '전국 동포 부인들에게 동심합력으로 참녀할 것'을 호소했다.[60] 신소당이 주도한 대안동 국채보상부인회는 다른 곳에 비해 기금을 투명하고 분명하게 관리하는 것으로 이름이 나서 유독 많은 여성 기부자들의 기금이 모이곤 했다.[61]

신소당에게 국채보상운동은 당대인들과 소통하는 하나의 창구 역할이었던 것으로 보인다. 그는 '이 몸이 여자 되어 나랏일을 못 해보고 초목같이 썩을 신세'여서 '가슴에 사무쳤다'면서 '향곡의 어떤 부인이 사업을 성립했나 희소식을 듣고자 매일 신문을 점검'했다고 벅차게 고백했으며, 진주 기생인 '부용'이라는 여성의 국채보상운동에 대해 특히 격려하

며 '형의 충의를 온 나라가 알 것'이라며 치하하기도 했다.[62]

그러나 신소당이 국채보상운동보다 더 큰 열정을 보였던 일은 바로 교육 사업이었다. 그는 1906년부터 자비로 '광동학교'라는 이름의 학교를 세우고 교장으로 취임했다. 그는 '빈한한 아동 50여 명을 모집하여 지필까지' 제공하였으며, 연합운동회가 열리자 학생들의 모자를 일괄 구입하고 참가자들과 참석한 내빈들에게까지 '오찬을 풍비히 제공'하는 등 적극적인 독지가로서의 활동을 펼쳤다. 그는 또한 신문사 기자들과 학교 직원들을 대안동 사저로 초대하여 다과를 대접하면서 교육에 대한 자기 견해를 피력하는 연설회를 갖기도 했고, 각 여학교에 통문을 돌려 여름방학 중에 자기 사저에 산술 강습을 위한 '하기강습소'를 열테니 학생들을 모집해달라는 열성을 보이기도 했다.

신소당은 당시 학교들이 한 번 세워지고 나서 오랫동안 유지되지 못하는 현실을 특히 안타까워했다. 그는 '학교가 한 곳이라도 설립되고 확장되는 것은 다행이지만 금세 폐교가 되는 것은 대단히 유감'이라고 말하곤 했다.[63] 그러나 다른 경제적 기반 없이 개인의 사비로만 지탱해야 했던 신소당의 광동학교 역시 운영난에서 자유로울 수는 없었다. 그는 결국 광동학교의 경영권을 안동 김씨 종중에 넘기고 교장직에서 물러났다.

그런데 김씨 문중은 신소당의 기대처럼 학교 운영을 성실하게 이행하지 않았다. 결국 재정적 튼튼함만 믿고 학교를 인계했던 신소당은 약 1년 뒤 설립자인 자신에게 통보도 없이 전해진 폐교 소식에 망연자실한다. 그는 『황성신문』에 다음과 같은 투고문을 보내 설립자로서의 배신감과 무력함을 토로하며 폐교를 막기 위해 애를 썼지만 이미 모든 것은 되돌릴 수 없는 상황이었다.

나는 일개 여자로 깊은 규중에만 있었으니 어찌 학계의 견문이나 애국 사상이 있다 하겠는가. 그러나 국민 일분자로서의 의무는 남녀가 일반이므로 학교를 하나 창설하게 되었으니 이름을 광동학교라고 하였다. 외람되나 내가 교장을 맡아 청년 자제들을 모집하여 교육한 것이 거의 사 년에 이르렀는데 상당한 재산을 쏟아 붓고는 지난 겨울에는 학교를 유지할 방침이 없을 만큼 극히 어렵게 되었다. 그래서 사회에 이를 공표하고 학교를 유지할 방책을 널리 구하였는데 안동 김씨 종중이 공익사업을 위해 거대한 재정을 모았다고 하며 종중의 장인 김성루 씨가 본교를 유지하기로 결정했다. …… 그런데 불과 팔구 개월 만에 공익 사상이 사라지고 거대 재정은 다 어디에 써버렸는지 내게는 일언반구도 없고 사회에 주선도 없이 학생들을 타교로 보내고는 교장인 김규동 씨가 갑자기 폐교를 한다는 공표를 내니 이 어찌 학교를 유지하겠다는 본의가 있는 처사인가. 학교라는 것은 한 개인이 설립하고 여러 사람이 인계했어도 개인과 사적인 것이 아닌 일대 공익적 사업이다. 그러니 폐교가 되면 이는 온 나라의 공익에 일대 결점이 아니겠는가. 하물며 자기가 창립하여 학생을 모집해 가르치던 학교라도 이러한 무도한 일이 없을 것인데, 공익상 유지하겠다는 책임을 지고는 이러한 패행을 저지르니 이는 공익에 있어 일대 죄인이 아니겠는가.[64]

－『황성』1909. 10. 20.

교육을 통한 계몽운동에 큰 열정을 품었던 만큼 학교 운영 실패와 김씨 문중의 뜻밖의 배신은 신소당에게 큰 좌절감으로 남았던 것 같다. 위 인용문에서 김씨 가문의 폐교 결정을 '나라의 공익을 저버린 패행'이라고 비난하며 분노를 쏟아냈던 신소당은 이후 거의 모든 활동을 접었다. 신문 투고 글쓰기를 통해 자신의 존재를 스스로 공적인 담론장에 드러냈던 신소당, '여자의 몸이라서 나라 일을 못해 보고 초목같이 썩을 신세를 생각하면 가슴이 사무쳤다'던 신소당, 첩과 여성이라는 이중적인 약자의 위치에서 벗어나기 위해 '국민으로서의 의무'와 '공공의 이익'을 위한 계몽운동의 최전선에 나서고자 했던 신소당의 활동은 거기에서 멈추고 말았던 것이다.

헤이그 밀사 이준의 부인 이일정, '참으로 是夫是婦의 觀이로다'

신소당은 근대사 연구에서 일찍부터 주목을 받은 경우였다. 일차적인 이유는 신소당 개인의 계몽 운동 자체가 탁월하게 활발했기 때문이지만, 또 다른 차원에서는 그 행적을 추적할 수 있는 토대로서의 근거 자료들이 실재했던 것도 중요한 이유가 되었다. 예를 들어 근대계몽기의 각종 신문에서 1898년부터 1910년까지 꾸준히 실명으로 기사의 대상이 되었다는 점, 고관이었던 남편의 실명이 공개되어 있었기 때문에 족보를 통해 생애 추적이 가능했다는 점 등은 이 시기의 다른 인물들에 비해 신소당에 대한 접근을 훨씬 용이하게 하는 지점이었다.

그러나 신소당과 같은 예외적인 경우를 제외한 이 시기의 많은 여성 운동가들에 대해서는 그 생애의 족적을 좇기가 좀처럼 쉽지 않다. 이일정(李一貞, 1876~1935)의 생애에 대해서도 헤이그 밀사 사건으로 유명한 이준 열사의 부인이라는 것 말고는 알려진 바가 거의 없다.

17세의 이일정을 당시 혼자 지내고 있던 35세의 이준에게 소개시켜준 것은 당시 중추원 의장 등을 지낸 대신 김병시였다고 한다. 1947년 최초로 이준 열사의 전기를 쓴 유자후는 이들의 관계를 '鐘鼓之樂과 琴瑟之情이 매우 非常'하였으며 '聰明多智한 李一貞 女史는 實로 同志와 같은 感을 갖게 되어 君國事와 社會運動 等에 있어서 議論하며 共同히 活動함을 約束'했다고 묘사하고 있다. 이준 스스로도 아내에 대해 '당신은 나의 細君이며 同志로서 婦人界의 革命首領'이라고 말하곤 했다. 전기 작가 유자후가 이준의 사위였기 때문에 장인 부부를 미화했을 가능성이 있지만[65] 실제로 당시 신문에서 읽어볼 수 있는 두 부부의 관계는 서로의 공적 활동을 지지하고 뒷받침해 주는 관계로 그려지고 있는 것이 사실이다.

요약하면 이일정은 1876년 태어나 17세에 이준과 혼인하여 딸을 한 명 두었다. 이준은 1870년 고향인 함경북도 북청에서 12세 나이로 지역 토호의 딸인 신안 주씨와 혼인하여 1885년, 1888년에 각각 딸과 아들을 하나씩 둔 상태였다. 따라서 이일정이 1893년 이준과 혼인했을 때 신안 주씨가 죽었는지, 혹은 이혼으로 관계가 정리되었는지 여부는 밝혀져 있지 않다. 따라서 이일정은 본처인 신안 주씨가 살아있을 때 재혼, 또는 중혼의 상태로 맞이한 첩이었을 가능성이 높다.[66] '신식 교육을 받았다'는 점, 기독교인이었다는 점 등으로 미루어 보건대, 이일정의 가문은 개화된 문물을 일찍 받아들일 수 있는 중인 이하 계급이었을 가능성이 높다.[67] 1905년경 이일정이 '안현 부인상점'을 개점, 운영했다는 기사 내용을 본다면 상업 계통에 종사하는 집안이었을 수도 있는데, 이러한 가문 배경을 종합해보면 이일정의 혼인 상태가 정식 재혼이 아니었을 가능성은 더 커진다.

이일정이 보인 공식 매체에서의 투고와 활동은 이러하다. 1904년 그는 공진회 탄압을 비판하는 투고와 연설을 했고, 1907년 유학생 단지 사건 의연금 모집, 대안동 국채보상회 등의 활동을 펼쳤으며, 여자교육회 부총무와 광동학교 교감을 지냈다. 이일정의 활동은 1904년부터 1907년 사이의 신문에서 주로 발견되는데, 이는 이준이 헤이그 밀사로 가기 전까지 가장 활발한 정치 활동을 펼쳤던 시기와 일치한다. 이들의 관계를 일컬어 '是夫是婦의 觀이었다'고 하는 평이 이들의 공적 활동의 궤적의 일치에서 비롯된 것임을 알 수 있는 대목이다.

이일정은 1904년 공진회 사건 당시 '李俊氏 婦人, 리쥰에 가인'이라는 식으로 이름 없이 등장했다. 이름은 없었지만 그는 등장하던 순간부터 사람들에게 매우 깊은 인상을 남겼다. 공진회는 친일조직인 일진회에 대항하여 이준이 만든 단체였는데, 이 단체는 당시 정부 대신들의 사치상을 고발했고 그 일로 공진회 간부였던 이준과 일행들이 체포된 것이 바로 공진회 사건이었다. '이준의 부인'인 이일정은 신문에 청원서를 투고하여 공진회 탄압의 부당함을 알리고 공진회가 유지되도록 자기도 역할을 다하겠다고 다짐했다. 특히 그는 이 글에서 공진회 회원들이 더욱 결속하여 회원들이 다 잡혀갈 때까지라도 강한 의지를 보여야 한다고 촉구하면서, '회원이 다 포박되어 사무 볼 사람이 없으면 여인인 나라도 나서서 단체 일을 할 것이니 다시는 사람이 없다는 걱정은 하지 말라'고 결연한 태도를 보였다.[68]

1904년 이후 이일정이 다시 공적 담론의 공간에 나타나는 것은 1907년 일본 유학생 단지(斷指) 사건 때였다. 유학생 단지 사건은 일진회의 후원을 받다가 장학금이 끊기게 된 유학생 21인이 학비 조달을 요구하며 단지를 결행한 일이었다. 이일정은 이들에게 '니십일 환'의 돈을 보내면서 '여러분 흘린 피로 우리나라 국권 회복할 일이 확실하게 되었다'고 격려하는 글을 신문에 투고했다.[69] 이일정의 글은 당시 국채보상운동의 압도적 열기 속에서도 또 다른 사회적 파장을 일으켰고 이후 신문 지상에 종종 유학생 의연금을 내는 기부자들을 만드는 역할을 했다.

이후 이일정은 신소당과 만나 광동학교의 교감으로 활동하였다. 이를 알려주는 자료는 신소당이 광동학교 학생들과 함께 연합운동회에 참여하여 오찬을 대접했다는 1907년 5월의 『대한매일신보』 기사인데, 이들은 신소당이 교장으로 취임한 1906년 당시부터 함께 했던 것으로 보인다.[70] 신소당보다 23세 아래였던 이일정이 그를 도와 학교 운영과 교육

사업에서 실질적인 업무를 맡아 도왔을 것을 짐작해 볼 수 있다.

1907년 9월, 이일정은 『제국신문』의 폐간을 막아야 한다는 내용의 글을 투고한다. 이 글은 '성붕지통(城崩之痛)', '망부의 외로운 혼을 부름'과 같은 표현이 들어있는 것으로 보아 헤이그에서 이준의 죽음 이후 유골조차 수습하지 못한 상태였던 것으로 보이는데, 그러한 상황에도 불구하고 이일정은 『제국신문』의 '군졸한 재정'을 돕기 위해 이천만 동포가 힘을 합쳐야 한다는 주장을 강력하게 피력하고 있다.[71]

이후 이일정의 활동을 전하는 것은 1920년 4월 3일자 『동아일보』가 유일했다. 여기서 이일정은 '남녀의 인격적 평등에 기반한 현모양처는 천역이 아니라 사회에 대한 부인의 사명'이라는 주장을 펼쳤다. 이것을 마지막으로 거의 공적 활동을 접은 이일정은 1935년 59세의 나이로 '종숙의 집에서 숙환인 심장병'으로 사망한다.[72]

3. 첩에서 운동가로의 변천, 두 인물의 삶의 의미

앞에서 살펴본 바와 같이 신소당과 이일정은 첩 출신의 여성이 자신의 삶을 근대 계몽운동가의 그것으로 변화시킨 두 개의 사례를 흥미롭게 보여준다. 그러나 그 속에서도 두 인물의 활동의 방식에는 약간의 차이가 있다. 신소당은 자신이 첩 출신임을 굳이 숨기지 않고 활동한 경우였고, 이일정은 애써 자신의 출신을 지우려 한 흔적이 있다는 점이다.

이는 두 인물의 남편의 지위와 가문 배경의 차이를 그 한 원인으로 볼 수 있다. 신소당의 남편 김규홍은 서울에 수십 년간 세거한 명실상부한 상층 사족인 청풍 김씨 가문의 23세손으로 그 자신도 관찰사·판서·중추원경 등의 요직을 역임했다. 신소당은 비록 김규홍의 元配인 여흥

민씨가 살아있을 때 들어온 소실 출신이긴 했지만, 아들을 넷이나 낳았기 때문에 집안에서의 위치가 확고했고 경제력 또한 뒷받침되는 상황이었다.

이에 비해 이일정의 남편인 이준은 가문 배경이나 사회적 입지가 매우 빈약한 경우였다. 이일정의 남편 이준은 함경도 북청이 고향으로 태조 이성계의 형인 완풍군의 18세손이지만, 부친 대까지 7대가 벼슬에 오르지 못한 토반이었고 5세 때 부모가 모두 사망하여 조부 손에서 자랐다.[73] 말하자면 이일정은 그 자신은 물론이거니와 배경이 되어주어야 할 남편 가문 역시 소외된 함경도의 잔반 출신이었으며 자체적인 경제력도 약했다. 아들을 사형제나 둔 신소당과 딸 하나를 두었을 뿐인 이일정의 집안 내에서의 위치도 대비를 이룬다. 이일정이 '첩'이라는 불리한 신분을 더욱 지우고자 했던 흔적을 이해할 수 있는 부분이다.

그럼에도 불구하고 이들은 공통적으로 역대 첩의 이중적 형상, 즉 선첩과 악첩이라는 전형적인 여성 이미지에서 벗어나는 새로운 삶의 방식을 개척한 인물들이다. 이들은 자신이 '국민'이라는 이름으로 호명되는 순간, 전근대적이고 불법적인 첩이라는 정체성에서 벗어나 '근대적 국민 주체'로 거듭나게 될 것임을 누구보다 먼저 깨달았던 것이다. 이들의 운동성의 근원은 상징질서 안으로 들어가고자 하는 힘이었으며, 그 힘은 이들이 제도로부터 부정되는 존재였기 때문에 더욱 강렬한 것이었다.

이들이 가부장제에 기생하는 존재로 전통적으로 비난받는 위치였던 '첩'의 자리에서 벗어나 자기 삶의 자리에서 각성된 근대 주체로서의 운동성과 실천을 보여주기 시작했던 것은 바로 그러한 인식의 실천이라고 할 수 있을 것이다. 그 실천의 방식을 독자투고와 교육사업이라는 '글쓰기'와 '운동성'을 통해 보여주었다는 점에서 이들 여성 계몽운동가의 삶은 지금의 우리에게 여전히 유효한 삶의 방식을 보여주고 있는 셈이다.

제국의 전쟁 속에서 여성성을 사유하다
임순득

서승희

1. 전시체제하에서 여성이 글을 쓴다는 것

1940년대 초반 제국 일본이 전시체제(戰時體制)로 돌입함에 따라 식민지 조선 여성은 국민으로서의 새로운 역할을 요구받게 된다. 어린이를 장병으로 길러 나라에 바치는 어머니로서의 역할, 전쟁 중 가정생활을 이끌어가는 주부로서의 역할, 남성 노동력을 보충하여 생산 활동에 기여하는 생산자로서의 역할이 그것이다. 이른바 총후부인(銃後婦人)은 전시하 여성을 향한 의무와 금기가 결합하여 탄생한 역할 모델로서 조선 사회에 대대적으로 선전, 유포되며 여성들의 삶 속에 파고들어갔다.

국민화된 조선 여성의 신체와 감정 구조를 발명하고 재현해내는 것은 당대 문학의 몫이기도 했다. 일례로 『國民文學』 창간호에 수록된 정인택의 「淸涼里界隈(청량리 근처)」는 애국반 활동을 통해 '성장'하는 아내의 모습을 남편-교사의 시선으로 기껍게 그려냈고, 신진 작가 김사영은 「聖顔(성스러운 얼굴)」에서 아들의 죽음을 승인하는 어머니를 '성모'로 격상시키는 등 국민문학 작가들은 새로운 여성성을 창작의 주된 소재로 활용했다.

여성 지식인들 역시 전
쟁에 동참할 것을 권유하
는 글을 써 냈으나, 이들
의 글쓰기는 남성 지식인
의 그것과 여러 측면에서
차이점을 드러냈다. 여성
지식인들은 아들을 전장
으로 보내는 모성을 선전

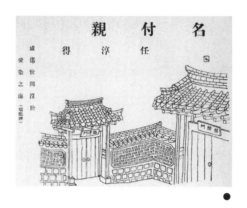

하지 않았고 여성을 가족 내부에 국한된 존재로 다루지도 않았다. 오히
려 여성의 모성 보호와 공적 활동에 대한 기대가 여성 지식인의 논설
및 소설에서 드러나는 핵심 논리였다. 그렇다면 모성이나 생산성과 무관
한 여성성을 다룬 서사들은 어떻게 평가될 수 있을까? 임순득(1915~?)의
소설은 이와 같은 질문을 불러일으킨다.

근대 여성 작가 3세대로 분류되는 임순득은 해방 이후 북한의 여성
작가로서 활동했기 때문에 오랫동안 대한민국의 문학사에서 잊힌 존재
로 남아 있었다. 해금 이후에야 이상경 등 여성 연구자들의 노력으로
임순득의 생애와 문학에 관한 전모가 밝혀졌는데, 식민지 시기의 소설은
민족 해방과 여성 해방의 비전을 동시에 구현한 것으로,[74] 한편 해방
이후의 소설은 북조선의 여성 현실을 민감하게 포착해낸 것으로 고평받
고 있다.[75]

이 글에서는 임순득이 『國民文學』으로 대표되는 주류 문단에 편입되
지 않은 채 창작을 지속한 여성 작가라는 사실에 주목하고자 한다. 전시
체제하 식민지라는 조건 속에서, 그리고 총부부인이나 군국의 어머니 등

● 임순득의 일본어 소설 「名付親」 삽화
東亞旅行社 朝鮮支部, 『文化朝鮮』 4~5, 1942. 12., 74쪽, 국립중앙도서관.

스테레오타입으로서의 여성상이 유포되던 시기에 그는 「名付親(대모)」, 「秋の贈り物(가을의 선물)」, 「月夜の語り(달밤의 대화)」 등 3편의 소설을 일본어로 썼다. 이 글에서는 이 3편의 소설을 중심으로 일본의 국가 담론과 식민지의 남성성, 그 어느 것으로도 완벽히 포섭 불가능했던 여성성의 문제, 그리고 식민지 여성 지성이 다다를 수 있었던 임계점에 대해 생각해보고자 한다.

2. 여성 지식인상의 재창조, 당위와 실제의 거리

"부인은 예술 활동에 있어서 '작가'가 될 수 없이 영원히 '여류 작가' 밖에 운명 지워지지 않을 것인가." 임순득은 그의 첫 비평문인 「여류 작가의 지위」(1937)에서 이렇게 묻고 있다. 여기서 눈에 띄는 것은 작가와 여류 작가라는 호칭 사이의 거리인데, '여류 작가'라는 명명 속에 깃든 근대 시민사회의 젠더 분리 전략과 상품화 메커니즘을 임순득은 정확하게 짚어내고 있다. 가정 내 존재로 고착화된 여성이 사회적 존재 의의를 인정받는 것은 오직 "포근한 위무용"으로 활용될 때뿐이며, 저널리즘이 호출하는 '여류 작가'야말로 이를 대표하는 존재라는 것이다. 그런데 비판은 여기서 끝나지 않는다. 여성을 '여류'로 타자화하는 주류 (남성)문단의 관행도 문제지만, 여성 작가 스스로 이 관행에 편승하거나 안주해서는 안 된다는 것이 임순득의 주장이다.

새로운 여성 소설에 대한 임순득의 생각은 등단작 「일요일」(1937)을 통해서도 확인할 수 있다. 이 소설은 고뇌하는 남성 지식인과 그의 아내 (연인) 혹은 누이라는 당대 전향 소설의 익숙한 인물 구도를 차용하고 있다. 전향자인 오빠의 생활엔 연민과 공감을, 투옥된 연인에겐 지지와 조력을 아끼지 않는 여성 주인공은 분명 낯설지 않은 캐릭터이다. 그러나 이 여성은 고유의 삶과 사유, 논평의 권한을 가진 존재로서 남성 지식인과 "대등한 인격으로서 깎임이 아니라는 확신"을 피력한다. 바로 이 점에서 「일요일」은 여성 인물을 속악하거나 숭고한 존재로 재현하던 기존의 남성 서사와도, 연애나 결혼 생활의 에피소드를 다룬 여성 작가의 소설과도 변별되는 의미를 확보한다.

그러나 여류 작가가 아닌 여성 작가가 되겠다는 임순득의 목표는 그 이후 본격적으로 진행되지 못했다. 이른바 전환기라 지칭되던 현실 속에서 "우리가 이상하는 생활"을 담은 문학을 하겠다는 그의 목표는 중단되었고, 선배 여성 작가들의 작품 속에서 전범을 찾아보고자 했던 그의 바람 또한 이루어지지 못했다. 그가 기대를 걸었던 강경애와 박화성은 침묵하고 있고, 그가 신랄하게 비판했던 모윤숙과 최정희의 활동이 두드러지는 것이 1940년을 전후한 시기 문단 상황이었다.

임순득은 2년여의 침묵 후 일본어 잡지 『文化朝鮮』의 지면에 모습을 드러냈다. 이는 대동아문화 창달을 목표로 삼은 잡지로서 주된 독자층이 일본인 여행객과 이주자, 그밖에 일본어 해득이 가능한 조선인 등이었던 것으로 알려져 있다. 임순득은 여타 작가들처럼 일본어 창작에 대한 입장이나 소회를 밝히지 않았으므로 어떤 계기로 이를 시작하게 됐는지 확언하기는 어렵다. 조선 최고의 지식인인 작가들에게도 하루아침에 일본어로 작품을 쓰라는 요구는 결코 수월한 일이 아니었다. 당시 국민문학이 협력의 진정성은 둘째 치고 일본어 글쓰기 실력을 기준으로 숱한 다짐과 비판을 거듭하던 것도 이 때문이다. 하물며 그 수가 절대적으로 적은 여성 작가들 중에서 이를 제대로 수행할 수 있는 이는 드물었다. 임순득은 이 같은 저널리즘의 분위기를 이용하여 여성 작가로서의 입지점을 새롭게 다지고자 했던 것으로 보인다. 다만 이는 지배체제에 응답

하는 방식이 아니라 종래 자신의 문제의식을 구체화하는 방향으로 전개되었다.

임순득의 「名付親(대모)」[76](1942)은 '이름을 지어주는 사람'이라는 제목 그대로 한 여성이 친구와 더불어 사촌 남동생의 아기 이름을 짓는 과정을 보여주는 소설이다. 창씨개명(創氏改名)이 권고되던 시기에 조선식 이름을 짓는 서사임에 착안하여 이 소설은 일본이 식민지에 강요된 제도의 폭력성을 우회적으로 비판한다는 평가를 받았는데 이와 같은 해석은 충분히 설득력을 지닌다.[77] 그러나 여기서 보다 주목하고자 하는 바는 「名付親」에서 그려내는 여성성의 문제이다.

「名付親」는 종래 일본 저널리즘에서 선호하던 눈요기로서의 원주민 여성상은 물론 군국 모성으로서의 여성상과도 변별되는 여성의 표상을 제시하고 있다. 이는 누군가의 연인이자 누이가 아닌, 자립적이고도 지성적인 한 인간으로서의 여성이다. 물론 사촌 남동생이 편지를 통해 간접적으로 등장하기는 한다. 그러나 여기서 주인공과 동생의 관계는 '안식처'나 '구원자' 역할을 하는 남성 작가의 작품 속 누이 표상과 차별성을 드러낸다. 동생의 불안한 내면은 누이에게 투사되어 충족되기는커녕 오히려 망각되거나 거리 두기, 혹은 객관적 분석의 대상이 되고 있다. 게다가 동생의 부탁을 수행하는 과정 역시 동생을 위한 것으로 온전히 수렴되기보다 여성으로서 글을 쓴다는 것을 성찰하는 과정으로 그려진다.

또한 이 소설의 대부분은 주인공과 그의 친구인 고려아의 대화로 채워지는데, 언뜻 보기에 이들은 상반된 성품과 문학관의 소유자이다. 주인공이 이성적이고 객관적으로 사물을 바라보는 데 반해, 고려아는 섬세한 감수성과 공감 능력을 지니고 있다. 고심해서 지은 자기 소설의 여주인공 이름을 아기 이름으로 선뜻 빌려줄 만큼 고려아는 다정한 성품의 소유자이기도 하다. 그런데 이러한 고려아를 향하여 주인공은 "여류 작가적인 모든 취미와 제스춰"를 그만 두라고 충고한다.

> "그렇잖아. 파란 가을 하늘과 같은 생애라니 너무 웃기잖아. 스피노
> 자를 그렇게 표현한 젊은 철학도의 말을 아름다운 시구라도 되는 것처
> 럼 말하는 너 자신이 소위 여류 작가들이 좋아하는 여자 주인공 그대로
> 야. 과연 파란 가을 하늘과 같은 인간의 생애가 있을까? 그렇게 지상성
> 이 없는……. 인간의 생애는 오히려 여름 하늘같잖아. 흐리기도 하고
> 개이기도 하고 뭉게뭉게 뭉게구름이 피어오르기도 하고 무거운 납처럼
> 가라앉은 하늘이 되기도 하고……. 우리는 복잡한 인간 세상에 살고
> 있잖아."
>
> ㅡ「대모」

'지상성이 없다'는 것은 앞서 문단의 선배 여성 작가들을 향해 임순득
자신이 지적했던 '여류'적인 속성이기도 하다. 그런데 소설의 전개를 보
면 주인공은 고려아와 근본적인 대립 관계를 형성하진 않는다. 오히려
고려아의 감정에 이입하며 자기혐오를 느끼기도 하고, 충고하다가도 어
느덧 아량 없는 자기 자신의 모습을 돌아보고 있다. 고려아도 마찬가지
이다. 그녀는 친구의 지적을 수용하고 감사를 표명한다. "넌 내 친구잖
아."라는 말로 묶이는 두 사람의 연대는 여성의 내면에서 모순적인 형태
로 공존하는 욕망과 감정, 주장에 대한 고찰을 보여준다.[78]
　이를 통해 임순득은 과거와 같이 '여류적인 것'을 비판하는 것을 넘어
서 여류라는 프레임 속에 갇혀 있던 여성성을 보다 복합적으로 그려낼
수 있었다. 그러나 여성 작가들이 그려야 할 '지상'의 삶이 '무엇'이며
이를 '어떻게' 그려야 하는가에 대해서는 언급하고 있지 않다. 이는 분
명 일종의 타협이긴 했으나 과거 문단에서 통용되던 여류적인 것과 현재
문단에서 요구되는 모성과 생산성을 넘어서는 확실한 길이기도 했다.

「名付親」에서 선보인 여성 연대는 「秋の贈り物(가을의 선물)」(1942)과 「月夜の語り(달밤의 대화)」(1943)에서 변주되어 다시금 나타난다. 그러나 이 소설들에서는 식민도시 경성을 배경으로 삼았고 노동의 문제와 무관한 소재를 다뤘던 「名付親」에서와 달리 식민지의 농촌 현실이 개입되면서 '여성 지식인 / 작가로서 ~을 해야만 한다'는 당위와 실제 사이의 거리가 더욱 크게 벌어지고 있음을 발견할 수 있다.

우선 「秋の贈り物」에서 주인공은 소설가인 친구를 향해 "동포의 소리"를 강조하고 "라오콘을 바라보는 눈으로 묘사하라"고 충고하는 등 「名付親」와 동일한 문학관을 피력한다. 그러나 정작 소설에서 재현되는 식민지 농촌의 풍경은 라오콘적인 고통이나 공포의 리얼리즘과는 거리가 멀다. 이 소설이 수록된 『每新寫眞旬報』는 "매일신보사에서 발행하고 총독부 문서과에서 감수하여 전 조선의 경찰서에 무료로 배포했던 잡지"[79]로 알려져 있다. 전쟁 선전과 홍보를 담당했던 매체였던 만큼 시국 비판이나 현실 부정이 강조된 콘텐츠는 수록 불가능했을 터이다. 그래서일까. 이 소설에는 조선인들의 노동과 가난이 담담하게 서술되어 있고 이에 동참하지 못하는 '인테리겐차'의 '죄상'도 그저 스쳐지나가는 상념으로 등장한다. 주인공이 실제로 만나는 동포가 어린 소년들에 한정되어 성인의 일상으로 진입하지 않는 것도 특징이다. 이 때문에 이 소설의 중심 에피소드는 소년의 상처를 치료해 준 대가로 아름다운 석류를 선물 받는다는 이야기에 놓이게 된다.

그런데 결말 부분에 이르러 갑자기 작가의 실제 목소리가 등장하며 이 소설은 메타픽션으로 전환된다. 임순득은 "시골에서 태어나 시골에 고향이 있고 유년기는 그렇다 치고 그 소년 시대에 싹터 오르는 정신을 고 방정환 씨의 수많은 아름다운 이야기들을 보낸 그대."를 호명한다. 방정환의 이야기를 공유하는 이 '그대'들은 명백히 조선인 성인 독자들을 가리키는 말이다. 이들을 부름으로써 소년들의 가난은 먼 유년기 시절에 겪었을법한 보편적이고도 애틋한 추억으로 재배치된다. 그리고 이들과 더불어 가을의 환희를 공유하고 싶은 욕망, 그리고 달밤에 함께 모여 환향가(還鄕歌)를 부르며 춤추고 싶다는 소망이 차례로 강조되고 있다. 그리하여 이 소설은 이제는 성인이 돼 버린 자들의 공통 감각과 정서로 마무리되는데, 이것이 조선인의 비참한 현재를 역설적으로 환기하는가, 아니면 봉합하는가는 독자의 입장과 관점에 따라 다르게 판단될 수 있다. 이 소설에서도 임순득은 여성 지식인의 시각으로 '지상성'의 문제를 제기하였으나 구체화하지 않는 선에서 소설을 마무리하고 있는 것이다.

「月夜の語り」(1943)에서도 지식인으로서의 사명감을 보유한 여성 주인공이 등장한다. 주인공 순희는 가난한 소년 순동의 취직을 주선할 겸 경성의 약제사 친구를 찾아가기로 한다. 순동에게 짐을 들려 기차역으로 향하는 주인공은 가을밤의 분위기에 한껏 취하는데, 이와 같은 정서는 반복적으로 간섭 받고 중단되는 양상을 보인다. 주인공이 달빛을 가리킬 때 순동은 생활을 이야기하고, 오랜만의 여행에서 오는 설렘은 민중의 슬픔으로 잠식당한다. 이를 통해 평화롭고 목가적인 시골은 어디에도 없다는 것, 그리고 민중들의 생활은 폭풍 그 자체라는 사실이 드러나게 된다. 흥미로운 것은 이 같은 내용 구상에 영향을 미쳤으리라 생각되는 조선 시인의 시가 서사 안에 기입되고 있다는 것이다.

"폴 베를렌느의 달밤에도 나는 복동이와 같이 새끼를 꼬고 있다.' 이런 시를 읊은 시인의 감성도 생각나서 순희는 가슴이 저려왔다."

—「달밤의 대화」

임순득이 인용한 시는 서정주의 시 「엽서—東里에게」(『批判』, 1938. 8.)[80]

이다. 폴 베를렌으로 대표되는 박래품 취향이나 교양에서 벗어나 복동이와 더불어 새끼를 꼬는 현실로의 진입을 그려낸 이 시는, 서구적인 교양과 결별하고 동양으로의 귀환을 주장하던 당대 담론 장의 분위기와도 부합할 뿐 아니라, 각종 이미지의 활용에 있어서도 참조할 바가 적지 않았을 것으로 생각된다. 임순득은 식민지 지식인의 사명감과 민중 현실의 처참함을 병치하되 이를 서사적으로 풀어간 것이 아니라 달빛과 흰 들국화, 조선인들의 흰옷과 붉은 흙 등 개개의 장면을 이미지화하는 데 공을 들이고 있다. 그리고 이 때문에 지식인의 사명감이 지닌 무거움과 민중 현실이 지닌 처참함이 상당 부분 완화될 수 있었다. 나아가 이 소설의 결말은 시적 합일과 동일성의 순간을 묘사하고자 하는 듯하다. 달밤의 서정적 분위기 속에서 순동에게 자신의 옷을 덧입혀주고자 하는 여성 지식인의 형상은 신분과 계급의 차이를 떠난 '대화'의 가능성을 가늠케 한다. 그러나 동시에 순동이 짊어진 지게 때문에 주인공의 손길은 순동의 몸에 완벽하게 가 닿지 못한다. 그렇다면 과연 임순득이 강조점을 찍고자 하는 바는 무엇이었을까? 달밤이었기에 예외적으로 이루어진 감정의 교류일까, 아니면 그럼에도 불구하고 결코 합치될 수 없는, 관념과 현실의 거리일까. 결국 「月夜の語り」 역시 「秋の贈り物」과 마찬가지로 문면에 드러난 것과 더불어 드러나지 않은(혹은 드러내지 못한) 것을 함께 생각게 하는 소설이다.

이처럼 임순득의 일본어 소설은 (조선)민족의 서사로도, (일본)국민의 서사로도 온전히 귀속되지 않는 애매모호성을 지니고 있다. 그의 소설은 전쟁에 동참할 것을 직접적으로 피력하지는 않았지만, 전시(戰時) 여행 잡지와 경찰서에 배부되는 잡지의 문학 코너에 무리 없이 수록되었다. 아마도 국민문학의 창작 요건에는 부합하지 않으나 시국에 위배되지도 않는 가벼운 읽을거리로서 간주되었을 가능성이 높다. 일찍이 조선의 상업적 저널리즘이 만들어낸 여류적인 것을 비판하며 문학 활동을 시작한 그였으나, 그는 결국 전시체제하 저널리즘이 허용하는 범주 아래서 작가적 명맥을 이어나갈 수밖에 없었던 것이다. 임순득은 여성 지식인을 통해 지상성의 문제를 제기했으나, 정작 그려낼 수 있었던 것은 식민지라는 지상의 리얼리티가 아니라 연민과 동정으로 가득 찬 서정성의 세계였다. 이 점에서 그의 서사는 총력전의 시대 속 독특한 위치를 차지하고 있다.

3. 협력과 저항의 이분법을 넘어서: 임순득 소설의 의미

최근 한국문학계에서는 일제 말기 문학의 협력 양상과 내적 논리에 대한 연구 성과가 다방면으로 제출되었다. 그러나 협력의 내적 논리를 치밀하게 검토했던 것과 달리 비협력에 속하는 텍스트들에 대해서는 그 논리를 제대로 분석하지 않은 채 민족주의적 독법을 적용하는 경우가 적지 않았던 듯하다. 그러나 민족주의라는 선험적 기준으로 임순득이라는 여성 작가의 소설이 지닌 복합적 의미망을 모두 해명할 수 있을까.

일제 말기에 임순득은 명백히 선전을 목적으로 하는 잡지들에 창작을 수록했으며, 막간의 휴식을 위해 읽힐만한 분위기와 형식으로 자기 소설을 장식했다. 그런데 임순득의 소설들에서 발견되는 것은 여성성에 대한 일관된 관심이다. 임순득의 소설은 남성 못지않은 지식인이자 교양인으로서의 여성상을 구축하고 지식인 작가로서의 소명, 다름 아닌 시대와 현실의 리얼리티를 그려내야 한다는 것을 강조했다. 여성을 누구의 동생, 누구의 아내가 아닌 독자적인 존재로서 바로세우고자 했던 것은 그의 오래된 바람이었다. 그리하여 임순득은 자기 소설의 여성을 연애나 결혼과 거의 무관한 존재로서 등장시켰고 지적인 활동에만 골몰하게끔 하고 있다. 그러나 임순득은 지식인으로서의 당위만 강조할 뿐 이 여성 지식인이 그려낼 수 있는 식민지의 리얼리티가 구체적으로 무엇인지에 대해서는 언급할 수 없었다. 일본어로 일본어 해득 가능자를 위한 소설을 쓰고 있던 그로서는 이것이 최선의 선택이었을 수 있다.

　임순득은 종합지 『春秋』에 마지막 소설 「月夜の語り」를 실은 후 1943년 중반부터 절필 상태에 이르게 된다. 이때는 일본의 전쟁이 패전 일색으로 전개되면서 시국이 경색해가던 시기이다. 따라서 그가 써내던 선택적이고도 암시적인 서사들이 더 이상 가능하지 않았을 가능성이 크다. 이는 곧 그 전까지 임순득이 어떤 전략 아래 자신의 글쓰기를 전개해나갔음을 반증해 주는 것이기도 하다. 요컨대 임순득의 소설은 전시체제하 식민지에서 여성 지식인이 어떻게 표상될 수 있었는가를 보여주는 하나의 사례이다. 민족주의와 제국주의라는 거대 담론으로 결코 완벽히 해명되지 않는, 오히려 그 거대 담론을 내파하는 파열선으로서 그의 소설은 기억될 수 있을 것이다.

시대의 공동(空洞), 역사의 도정(道程)을 걸어
지하련

임정연

1. 지하련, 작가적 생의 궤적

본명 이숙희, 필명 이현욱과 지하련.

어떤 호명에도 여전히 익숙지 않은 이름, 낯선 존재.

그렇다면 이런 설명은 어떤가?

카프 비평가이자 시인인 임화(林和)의 아내.

누군가는 고개를 끄덕일 수도, 누군가는 여전히 고개를 갸우뚱거릴 수도 있겠다. 임화는 지하련의 존재를 설명하기 위한 필요조건인 동시에 작가 지하련의 입지를 축소시킨 인과론적 충분조건이기에.

이렇게 지하련은 문학사에서 '지워진' 혹은 '치워진' 이름이 되고 말았지만, 1940년대 한국 문단에서 매우 주목받는 작가였다. 그는 조선문학동맹에서 선정한 제1회 조선문학상을 수상하며 화려하게 등장, 활동 기간 내내 스포트라이트를 받았다.

감수성으로 빚어낸 세밀한 관찰과 탁월한 심리 묘사, 경상도 방언과 구어체의 활력에 힘입은 감각적인 문체, 그 안에 녹여낸 체험의 사실성과 의식의 투명성, 체험과 감각의 밀도로 추동되는 내면의 서사. 이것이 작가 지하련의 소설세계를 요약하는 특징들이다.

무엇보다 지하련의 작품세계는 1940년대라는 시대적 의미를 함축하고 있다. 1940년대는 파시즘 체제의 파행으로 나라 안팎이 진동하던 시기였고, 식민지 조선의 지식인들은 만조(滿潮)의 때를 보내고 난 만조(晚照)의 여운 속에 자폐적으로 숨어들고 있던 때였다. 패배한 이념과 좌절된 이상만을 자조적으로 곱씹던 우리 문학사의 우울한 한때, 지하련은 여성으로 지식인으로 자신의 정체성을 끊임없이 자문하고 점검하는 작가적 태도를 견지하고자 했기 때문이다.

안타깝게도 지하련의 생애는 일관되고 총체적인 자료에 의해 기록되고 있지 않다. 당대 문인들의 기록과 회고록, 남편 임화의 연구자료, 사소설적 경향이 두드러진 본인의 작품 등에 의존해 파편적으로 그 삶의 궤적을 좇아볼 수 있을 뿐이다.

지하련(池河連)은 필명이며 호적상의 본명은 이숙희(李淑嬉)이다. 소설을 쓰기 전 이현욱(李現郁)이란 이름으로 문단활동을 하기도 하였다. 지하련은 1912년 경상남도 거창에서 탄생, 마산에서 성장기를 보냈으며 일본 도쿄 쇼와고녀(東京 昭和高女), 도쿄 여자경제전문학교(東京 女子經濟專門學校)에서 수학했으나 졸업은 하지 못했다.

대지주이면서도 사회주의 운동을 했던 아버지와 오빠의 영향으로 일찌감치 사회주의 사상에 눈을 뜬 지하련은 임화와 자연스럽게 인연을 맺고 사상적 동지이자 연인으로 미래를 기약하게 된다. 임화는 이미 전처 소생의 자식이 있는 기혼자였지만 이혼 후 1936년 지하련과 재혼했다.

임화와의 사이에 1남 1녀의 자녀를 두고 단란한 가정의 아내로 살아가던 지하련이 작가의 길을 걷게 된 데에는 남편 임화뿐만 아니라 서정주, 최정희 등 문인들과의 폭넓은 교류가 영향을 미쳤으리라 짐작된다. 1938년 고향에서 상경한 후 임화의 주위에는 많은 문인들이 몰렸고 지하련은 이들과 자연스럽게 접촉하면서 다양한 문학적 자극을 받았던 것이다.

그러던 중 폐결핵으로 남편과 아이들을 서울에 남겨둔 채 요양 차 친정이 있는 마산으로 내려가 투병생활을 하게 되는데 이때 그는 병, 외로움과 싸우며 소설을 쓰기 시작한다. 그리고 백철의 추천을 받아 드디어 1940년 12월 『문장』에 '지하련'이라는 필명으로 단편 「결별」을 발표하면서 본격적으로 소설가의 길로 접어들게 된다. 문단에 나올 때부터 사적인 배경과 재능, 미모로 많은 시선을 모았던 지하련은 1941년 마산 요양 시절의 체험을 소재로 한 소설 「체향초(滯鄕抄)」를 필두로 「가을」, 「종매(從妹)」, 「양(羊)」 등을 잇달아 발표하면서 열정적으로 소설쓰기에 몰두한다. 지하련은 해방 후 임화가 결성한 '조선문학동맹'(1946년 2월 이후 '조선문학가동맹')에 가입해 서울지부의 소설부 위원으로 활동하면서 그의 대표작 「도정」을 발표하고, 이 단체에서 선정한 제1회 조선문학상을 수상하기도 했다. 그는 소설 외에도 「일기」(『여성』, 1940. 10.), 「소감」(『춘추』, 1941. 6.), 「겨울이 가거들랑」(『조광』, 1942. 2.), 「회갑」(『신세대』, 1942. 9.) 등의 수필과 「어느 야속한 동포가 있어」(『학병』, 1946. 2.) 등의 시를 남겼다.

그러나 이렇게 촉망받는 작가로 자리를 굳혀가던 지하련은 1947년 좌파문인에 대한 검거로 임화가 월북한 뒤 뒤따라 북으로 가게 된다. 1948년 지하련의 유일한 창작소설집 『도정』(백양당)이 출판되었으나 정황상 지하련은 그 이전에 월북한 것으로 추정되고 있다. 북한 측 자료에 의하면 지하련이 마지막으로 목격된 것은 1953년 남로당 숙청으로 임화가

처형되었다는 소식을 듣고 남편의 주검을 찾기
위해 평양 시내를 헤매고 다니던 모습이었다 한
다. 지하련의 사망년도에 대해서는 정확한 기
록이 남아있지 않으나 평북 희천 근처 교화소에
수용된 후 1960년 초에 병사한 것으로 추정되
고 있다.

2. 젠더적 정체성, 아내의 자기서사

> '평화란 이런 데로부터 오는 것인가? 평화해야만 하는 부부 생활이란
> 이런 데로부터 시작되는 것인가?'
>
> 하는, 야릇한 생각에 썸둑 걸린다. 문듯 좌우로 무성한 수목을 헷치
> 고 베폭처럼 히게 버더나간 산길을 성큼성큼 채처 올러가든 연히의 뒷
> 모양이 눈앞에 떠오른다.
>
> 역시 총명하고, 아름다웠다.
>
> 누구보다 성실하고 정직했다.   － 「산길」

지하련의 작품세계는 일반적으로 '심리주의', '사소설', '페미니즘'이
라는 이론적 범주들이 맞물린 지점에서 논의되어 왔다. 「결별」, 「가을」,
「산길」은 후대 연구자들이 지하련에게 페미니즘 작가라는 수식어를 부
여하는 데 근거를 제공한 작품들이다. 이들 소설은 아내와 남편의 관계
를 탐색하고 '신가정(新家庭)'의 실체를 해부해 결혼 제도의 허위와 보

● 지하련의 유일한 소설집 『지하련 창작집』(백양당, 1948) 초판본.

수성을 폭로하고 있다. 지하련은 사랑과 신뢰, 평등이라는 근대적 원리에 입각해 이상적으로 추구되어 왔던 근대 가정(home)이 실제로 여성에게 그리 '스위트(sweet)'한 공간이 아닐 수 있다는 사실에 주목하였던 것이다.

지하련의 등단작인 「결별」은 형예가 혼인을 갓 치루고 친정에 내려온 친구 정히의 집에 다녀오는 하루 동안의 이야기를 기둥으로 삼고 있다. 서사의 대부분을 할애해 정히의 잔칫집 풍경과 그 풍경 안에서 느끼는 형예의 감정을 세밀한 터치로 그리고 있지만, 이 소설의 초점은 결혼생활에 대한 형예의 회의적 시선에 맞춰져 있다. 그래서 이 소설의 주제의식은 오히려 이야기의 앞뒤에 배치되어 있는 남편과의 대화 장면에서 찾아볼 수 있다. 형예가 '서울 신랑'과 연애 결혼한 정히에게서 열등감과 부러움을 느끼거나 정히의 남편에게 호감을 갖게 된 데에는 남편과의 불화 상황이 전제되어 있다. 형예는 아내를 무시하는 남편의 태도에 비위가 상하고 자괴감과 열등감, 분노의 감정 상태에 놓여 있다. 그런 점에서 친구 정히나 그의 남편, 그리고 길에서 만난 명순이란 친구는 형예의 결핍감을 자극하여 그가 느껴왔던 억울함의 실체를 확인시키는 존재들이다. 형예에게 남편은 밖에서는 "인망이 높고 심지가 깊은" 인격자지만 가정에서는 "더헐 수 없이 우열한" 남성 우월론자일 뿐이다.

그런데 이때 형예의 울화가 뭔지 모를 억울함과 결부되어 있고, 누군지 모를 대상을 향해 있다는 것은 작가가 이 상황을 단순히 비열한 남성 한명의 문제가 아니라 남편과 아내의 관계를 서열화하는 결혼제도의 문제로 인식하고 있음을 말해 준다. 형태를 달리 했을 뿐 여전히 현실 속에서 남편과 아내의 관계를 구속하는 원리는 근대 가부장제의 이데올로기라는 점을 보여준 것이다. 여기서 그치지 않고 작가는 형예와 남편의 대화를 통해 남성들의 이중성과 허위의식을 폭로할 뿐만 아니라 우월함을 가장한 남편의 열등한 속내를 엿보임으로써 남성 역시 제도의 가해자인 동시에 이에 구속되는 존재일 수 있음을 시사하고 있다. 결국 「결별」은 남편에 대항해 심정적인 독립과 결별을 선언하는 아내의 이야기이며, 나아가 젠더적 정체성을 자각해가는 여성의 자기 서사라 할 수 있다.

「가을」은 남편 석재를 초점화자로 삼아 자신에게 연모(戀慕)의 정을 비치는 아내 친구 정예에 대한 석재의 감정의 추이를 추적해가는 작품이다. 소설은 석재가 죽은 아내의 벗이었던 정예에게 만나자는 편지 한 통을 받고 사년 전의 일을 떠올리는 장면에서 시작한다. 정예는 아내가 살아 있을 때부터 석재에게 구애해왔으나 그는 정예가 맹랑하다고 느꼈을 뿐 감정적 동요를 보이지 않아왔던 터이다. 사년이 지나 아내가 죽은 후까지 석재를 찾아와 적극적으로 연애 감정을 표현하는 정예의 당돌함을 석재는 '고백병'에 걸린 것이라고 경멸한다. 그러나 욕망 앞에 솔직하고 상처를 감수하면서까지 진실되게 자기 감정에 투신하는 정예의 모습에 석재는 점점 흔들리게 된다.

평범하게 살아가던 석재가 예기치 못한 상황에 직면하게 되는 사건을 통해 작가는 자기윤리가 아니라 사회와 제도의 윤리로 타인의 욕망을 재단하는 것이 얼마나 모순된 것인가를 묻고 있다. 사랑이 존재를 던져 욕망과 감정 앞에 진실할 수 있는 경험이라 할 때, 정예의 사랑은 감정을 잃고 생활의 매너리즘에 빠진 남성에게 자신을 성찰하게 해주는 계기를 제공한다고 할 수 있다.

「산길」은 친구와 남편의 연애사건을 알게 된 아내가 겪는 내면의 동요를 잘 포착하고 있는 작품이다. 가장 친한 친구 연히가 자신의 남편과 연애 관계에 있다는 사실에 충격과 분노를 느낀 순재는 연히로부터 만나자는 편지를 받고 "노하는 편이 약한 편"이라는 생각으로 아내로서의 체통과 교양을 지키기에 애를 쓴다. 그러나 순재는 자신의 사랑 앞에 당당하고 솔직한 연히 앞에서 혼란스러운 감정에 휩싸인다. 그리고 오히려 연히와의 연애를 한낱 '실수'로 치부하고 자기를 합리화하기 위해 궤변을 늘어놓는 남편의 이기적 태도와 무책임함에 환멸을 느낀다. 순재는 "좌우로 무성한 수목을 헷치고 베폭처럼 히게 버더나간 산길"을 당당하게 걸어가던 연히의 모습이 총명하고 아름다웠다고 기억하기에 이른다. 순재가 연히를 긍정적으로 떠올리는 마지막 장면은 그들이 연적이 아니라 여성적 섹슈얼리티로 연대할 수 있는 관계라는 사실을 상기시킨다는 점에서 시사하는 바가 크다. 이 소설은 연히에 대한 동정과 남편에 대한 환멸, 그럼에도 불구하고 결혼생활의 평화를 유지해야 하는 현실 앞에서 회의하는 아내 순재의 내면에 시선을 맞추면서 결혼생활을 이끌어가는 실제적인 원리가 무엇인지를 질문한다.

「결별」, 「가을」, 「산길」은 '모델소설'(백철)로 성격이 규정된 바 있고, 남편 임화에 대한 지하련의 언급 및 임화의 염문설 등이 뒷받침되어 실제 인물들과 소설 속 인물을 오버랩시켜 해석하려는 시도들이 있었다. 세 작품은 아내-남편-아내의 친구라는 인물들 간의 삼각 구도를 공통으로 설정하고, 이들 사이의 미묘한 긴장관계를 암시적으로 혹은 명시적으로 드러내고 있어 이들이 동일한 사건에 대해 시점을 달리해 접근한 연작 소설이라는 주장에 힘을 실어주기도 한다.

그러나 이들 소설에서 우리가 눈 여겨 보아야 할 것은 남편의 연애 '사건'이 아니라 그 사건을 경험하고 해석하는 인물의 시각, 더 정확하게는 인물 뒤에 숨어 있는 작가의 '시선'이다. 사실상 모든 소설에서 연애 사건 자체는 서사의 프레임 밖에 밀려나 있고 인간의 이중성과 허위의식, 그리고 결혼제도의 불합리성을 역설하는 여성 젠더의 내면이 부각되어 있기 때문이다. 이 같은 성찰적 시선과 자기 배려의 원리에 의해 지하련의 여성 인물들은 쉽게 자기연민에 빠지지 않는다. 지하련 소설이 서사적 품격을 유지할 수 있는 이유는 이 때문일 것이다.

3. 계급적 정체성, 지식인의 도정

> "나는 나의 방식으로 나의 '小市民'과 싸호자! 싸훔이 끝나는 날 나는
> 죽고, 나는 다시 탄생할 것이다…. 나는 지금 영등포로 간다. 그러타!
> 나의 묘지가 이곳이라면 나의 고향도 이곳이 될 것이다…." ―「도정」

「체향초」, 「종매」 「양」 그리고 「도정」은 이념적 패배 혹은 전향 이
후 지식인들의 내면을 담아내고 있는 작품들이다. 카프 해산 이후 좌절
과 무력감에 시달리던 사회주의자들은 파시즘이 극으로 치닫던 상황에
직면해 스스로를 현실로부터 추방시키고 내면의 감옥에 유폐시켰다. 그
들은 자신의 의지를 포기하고 그 어떤 선택도 하지 않음으로써 스스로를
고립시켰던 것이다. 이와 같은 무력하고 패배적인 지식인의 모습은 소설
「양」에서 범에게 물리고도 저항하지 않고 피만 흘리고 있는 '양(羊)'의
모습으로 표상되기도 한다.

「체향초」는 건강상 요양을 위해 귀향한 삼히가 친정 오빠 집에 머물
다 돌아가는 약 3개월간의 생활을 그린 소설로, 극적인 사건 없이 삼히
의 눈에 비친 오빠의 일상과 주변 인물들의 모습이 계절을 따라 펼쳐져
있다. 그러나 이런 정물화 같은 장면들 속에서도 작가의 촉수는 암담한
현실을 무력하게 살아낼 수밖에 없는 지식인의 고통스런 내면을 예리하
게 포착하고 있다.

한때 불행을 겪고 고향에 돌아온 ―정황상 전향 사회주의자로 짐작되
는― 삼히의 오라버니는 '하이칼라' 태를 벗지 못하는 자신을 자조하며

나무와 풀, 동물을 키우는 육체노동에 몰두한다. 냉소적이고 방관자적인 태도로 살아가는 오라버니와 달리 태일이란 청년은 건강한 생명력으로 현실을 적극적으로 살아가는 인물이다. 석희는 자의식을 버리지 못해 스스로를 유폐시켜버린 오라버니에 대해 연민과 불만을 동시에 느끼고, 야심만만하고 의지적인 '남성의 세계'를 지향하는 태일에게도 호감과 반감이라는 양가적 감정을 느낀다.

대조적인 두 인물과 이들에 대해 공감과 반감 사이를 오가는 석희의 모습에는 당시 지식인이 처한 심정적 딜레마가 반영되어 있다. 그러나 작가는 초라하고 대단할 것 없는 오빠를 존경하는 석희를 통해 지식인의 본질이 고뇌와 방황, 그리고 모색에 있다는 사실을 재확인시킨다. 그래서 묵묵히 흐르는 강물을 묘사하는 마지막 장면은 상처를 받아들이고 감내하는 강물의 포용력과 인내를 닮는 것만이 피폐한 시대를 살아내는 길이라는 작가의 전언으로 읽힌다.

「도정」은 해방 후 이념적 혼란 속에서 민족의 도정(道程)과 역사의 진로를 모색해가는 지식인의 계급적 성찰과 각성을 그리고 있는 소설이다. 청년 시절에 사회주의 운동으로 6년간 감옥살이를 하고 시골에서 자책과 회한에 젖어 살던 석재는 서울 근교에서 도자기 공장을 운영하는 옛 동지 김을 만나러 가던 중 해방의 순간을 맞게 된다. 조선의 해방과 공산당의 재건 소식에 혼란을 느끼던 석재는 "돈이 제일일 때 돈을 모으려 정열을 쏟고 권력이 제일일 땐 권력을 잡으려 수단을 가리지 않"던 기회주의자 기철이 광산 브로커에서 공산당 최고 간부가 되었다는 말을 듣고 충격에 휩싸인다. 그러다 석재는 공산당사에서 목격한 사이비 공산주의자 기철의 모습에 당원이 되기로 결심하고, 입사원서에 자신의 계급을 '小뿌르조아'라고 적음으로써 투사도 혁명가도 공산주의자도 되지 못한 자신을 비판, 반성하기에 이른다. 서사의 주된 흐름은 전향 행적에 대한 고뇌와 부끄러움으로 해방의 기쁨을 누리지도 당의 행로에 뜻을 같이 하지도 못한 채 방황만 거듭하는 석재의 내면을 따르고 있다. 그러나 작가는 석재가 노동운동을 하기 위해 공장들이 밀집해 있는 영등포로 향하면서 자신만의 투쟁을 시작하겠다고 결심하는 장면을 엔딩으로 제시함으로써 새 시대가 요구하는 삶의 방향이 무엇인지를 드러내고자 하였다. 그것은 내부의 적, 내 안의 소시민성을 극복하는 것이다. 이전 작품이 관념 속에 자기를 유폐시키는 인물들을 통해 비관적 현실을 역설했다면, 「도정」은 궁극적으로 삶의 방향을 선택하고 결단하는 인물을 통해 추상적 수준에서나마 역사에 대한 비전을 제시하려 했다고 볼 수 있다.

「도정」은 알려져 있다시피 조선문학가동맹이 제정한 제1회 조선문학상 소설부문 추천작으로, 좌우 논단을 막론하고 다양한 관심을 불러일으켰던 작품이다. 「도정」은 해방을 맞아 방향성을 상실하고 회한과 맞닥뜨려야 했던 젊은 지식인들의 내면에 초점을 맞춤으로써, 경합을 벌인 이태준의 「해방전후」와는 다른 방면에서 '해방'이라는 역사적 사건에 접근하고 있다. '소시민(小市民)'이라는 부제를 달고 있는 이 소설은 결과적으로 사실성과 예술적 박력이 부족하다는 이유로 수상작에서 밀려나긴 했지만 해방을 맞아 선택의 기로에 서 있는 소시민적 지식인의 "양심의 문제를 취급한 거의 유일한 작품"(「도정」 심사평 『문학』 3호, 1947. 4.)으로 평가받았다.

지하련은 냉소와 방관, 그리고 환멸로 쌓아올린 과잉된 자의식 속에서 사는 것, 이것이 질식할 것 같은 시대를 견디는 방법이며 방황과 탐색이 지식인의 정체성임을 부정하지 않았다. 그러나 그는 마지막 작품 「도정」에 이르러 방황과 모색을 멈추고 '선택'함으로써 새로운 길을 만들어가는 것 또한 지식인의 의무임을 상기시키고 있다.

4. 잊힌 이름과 지워진 서사의 복원

"타인의 추방을 허하지 않는" 빛나는 재기로 "빈약한 여류문단에 큰 기여"(백철, 「지하련씨의 「결별」을 추천함」, 『문장』, 1940. 12.)를 할 것이란 기대 속에 문학의 도정에 오른 작가 지하련, 그러나 그는 소설 「도정」을 끝으로 짧은 작가적 이력을 마감한다. 월북문인이라는 전력은 남한의 공식적인 문학사에서 지하련의 이름을 지워냈고, 남편 임화의 비극적 운명에 함께 좌초된 탓에 그는 북한 문학사에도 이름을 올리지 못했다.

"한 사람의 여자로서 그저 충실히, 혹은 적고 조용하게 살아가고 싶었던" 그의 바람은 이루어질 수 없었는지 모르지만, "찌그러진 한껏 구속받은 애꾸눈이 흐리지 말았으면"(『문장』, 1941. 4.) 하던 작가적 소망만은 그의 문학세계를 관통해 살아 있다. 부끄럽지 않고 투명한 작가의 눈을 갖고 싶어 했던 지하련의 문학은 그래서 자기 확인 욕망과 자기에 대한 윤리적 성찰을 지향하고 있다. 소설에서 타인의 허위의식을 폭로하거나 이중적이고 위선적인 인간에 대한 환멸을 드러내는 순간에도 그의 시선은 자기의 내부를 향하고 있었고, 그 예민한 촉수는 결벽증적으로 자기를 더듬고 있었던 것이다. 그리하여 그의 소설 속 인물들은 자조적이되 자폐적이지 않고, 냉소적이되 비관적이지 않을 수 있었다.

이 땅의 여성으로, 지식인으로, 그리고 작가로 정체성을 탐색하고 자문하며 시대의 우울을 견디면서 역사의 도정을 걷고자 했던 지하련, 이것이 지하련 소설이 우리 역사에서 길어 올린 빛나는 순간이며 우리의 1940년대 문학사가 깊은 공동(空洞)에 잠기지 않을 수 있었던 이유이다.

시대적 공통 감각의 문학화와 '다시' 쓰기
박완서

1. '다시' 쓰는 자전 소설

박완서(1931~2011)는 한국 현대문학사의 중심에 있는 여성 작가이다. 1970년 『여성동아』에 『나목』을 발표하며 등단한 이후, 2011년 80세로 타계하기까지 40년 동안 박완서는 한국의 근현대사를 관통하는 시대를 소설화하고 한국인에게 내재된 특유의 정서를 짚어냄으로써 독자들의 공감과 감동을 이끌어냈다. 때문에 작고(作故) 이후에도 그의 문학에 대한 학계와 대중의 관심은 계속되고 있다. 이미 상당한 연구로 축적되었듯이 박완서의 문학은 전쟁 체험, 물질만능주의 비판, 여성주의적 각성, 노년의 삶과 정서 등 다양한 주제로써 드러났다. 그리고 이러한 주제적 구분은 통시적 흐름으로도 나타난다. 70년대에는 주로 도시적 생리와 근대적 소비주의에 대한 문제의식을 보여주었다면, 80년대에는 규범화된 젠더로부터 탈주하는 여성인물들을 그렸다. 90년대 이후에는 작가의 생물학적 연령이 노년기에 접어듦에 따라 노년의 삶과 정서에 대한 관심이 집중되었다.

이러한 시기 별 주제의식의 변화에도 불구하고, 공통적으로 또 반복

3부   시대를 나아가다   197

적으로 나타나는 주제는 바로 한국 전쟁 체험과 관련한 작품이다. 박완서 소설의 기원은 6·25전쟁 체험에 있다. 대표적으로 70년대 『나목』, 『목마른 계절』과 80년대 『엄마의 말뚝』 연작, 그리고 90년대 『그 많던 싱아는 누가 다 먹었을까』와 『그 산이 정말 거기에 있었을까』는 유사한 시기와 경험이 중첩된 작품들이다. 물론 이외에도 수많은 단편소설, 수필 등에서 작가의 자전적 체험은 잇따라 서사화 되었다. 한국전쟁의 발발로 인해 "짐승의 시간"을 견뎌내야 했던 작가의 기억이 소설쓰기의 소명(召命)의식으로 발산되어 그의 문학의 중심축을 이루고 있는 것이다. 그동안 박완서 글쓰기에 대해서 여러 논자들은 '복수의 글쓰기', '증언으로서의 글쓰기', '치유의 글쓰기', '통곡의 글쓰기'라는 수식어로 규정해 왔는데, 이러한 표현은 모두 작가의 글쓰기가 전쟁 체험에서 비롯되고 있으며, 글쓰기를 통해 전쟁으로 인한 자신의 상처를 치유하고, 민족 보편의 고통을 위무하고자 한다는 사실을 보여준다.

　"체험하지 않은 것은 이야기로 쓸 수가 없다"[81]는 작가의 말에 따른다면, 실상 박완서의 모든 작품은 자전소설이다. 박완서의 전작품은 전쟁의 기억, 근대적 경제 성장의 이면, '여성'의 삶, 노화라는 생물학적 변화를 모두 경험하고 절감(切感)한 작가의 기록물인 것이다. 개인적 기록의 반복에도 불구하고 대중의 꾸준한 관심을 받을 수 있었던 것은 개인적 체험이 보편적 감수성으로 확장되어 형상화되었기 때문이다. 작가의 '조그만 체험기'[82]는 당대 사회의 가장 적확한 반영이고 시대적 가치의 재현이다. 그리고 자신의 체험을 보편적 윤리로 확대할 수 있는 것은 바로 시대적 가치에 대한 '재고(再考)'에 있다 반복적인 재고는 사건의 본질을 꿰뚫고, 문제의 심연을 헤아리게 하며, 해석의 여지를 마련하다. 이 과정을 통해서 누설의 공포에서 벗어나 발설의 쾌감을 경험하고, 역사의 배면(背面)으로 사라졌던 인물들을 복원하며, 시대적 가치로부터 배제되었던 진실을 규명한다. 또한 작가의 계속되는 '각성(覺醒)'은 '기존'을 무너뜨리고 경계를 흐트러뜨리며 왜곡된 권위를 떨어뜨린다.

이렇게 볼 때, 박완서의 문학은 급변하는 사회에 대응하는 한 방식으로서 존재했다고 할 수 있다. 박완서의 소설은 작가 자신에게는 물론 독자들에게도 당면한 사회를 읽고 해석하며 대안을 모색할 수 있는 기회를 마련한 것이다. 이 글에서는 박완서의 '재고'의 힘을 되새겨보고자 한다. 한국문학사의 거장(巨匠)이며, 현대여성문학사의 수장(首長)인 박완서의 문학적 성과를 짚어보고 작가의 체험을 반영한 작품의 이해를 통해서 박완서 문학에 내재된 보편적 가치와 작가가 지향하는 공동체적 윤리의식을 고찰하고자 한다.

2. 공적 기억에 대한 재해석

2010년 2월에 발표된 「석양에 등을 지고 그림자를 밟다」(이하 「석양」)[83]는 박완서 작가의 생전 마지막 작품이다. 고령의 작가 박완서는 이 작품에서 다시 한번 자전적 기억을 소재로 삼았다. 이미 『엄마의 말뚝 1』과 『그 많던 싱아는 누가 다 먹었을까』를 통해서 상당부분 알려진 일화들이었지만, 이 작품의 고유성은 분명하다. 이전의 자전소설들이 자신의 삶을 증언하기 위해 서사화 되었다면, 이 작품은 참혹한 전쟁에 대한 기억을 재해석하는 데에 집중하고 있기 때문이다.

박완서 소설에 등장하는 한국전쟁의 비극은 전장(戰場)에서만 있었던 것은 아니다. 일상 공간에서도 무고한 죽음이 발생했다. 마찬가지로 이념의 대립으로 빚어진 갈등의 상처는 이념과 무관한 삶에 영향을 미쳤다. 박완서의 유작은 바로 동족상잔의 비극적 전쟁 주체도 되지 못했던,

그래서 애도의 대상도 되지 못했던 죽음들에 대한 아픈 기억을 보여주고 있다. 「석양」은 통곡할 수도 없었던 허망한 죽음들이 결코 치유될 수 없는 상처이며 그리움이라는 것을 강조하고 있는 것이다.

앞서 밝혔듯이, 지금까지 박완서 문학의 특징은 사적(私的) '기억'에 의존한 공적(公的) 역사의 '복원'이라는 소명(김命)의 글쓰기 또는 상처와 고통에 대한 '치유'와 '통곡'의 글쓰기라는 여성적 서사로 규명되어 왔다. 그러나 이러한 특징은 이 작품에는 해당되지 않는다. 「석양」은 공적 역사를 복원(復原)하고자 하는 것이 아니라 재구(再構)하고자 한다. 예컨대 이 작품은 그동안 배제되거나 생략되었던 인물들, 드러내지 않았던 사건에 대해 새롭게 조명한다. 바로 아버지와 할아버지, 오빠와 삼촌, 남편과 아들의 죽음에 집중하고자 한다.

이 작품은 작가의 아버지에 대한 기억을 언급하는 것으로 시작한다. '나'가 젖먹이일 때 돌아가셨기에 기억이 전혀 없는데도 기억에 의한 자전 소설 첫머리에 아버지를 언급하게 된 것은 화자의 무의식적 정체성과 관련이 있다. 많은 소설 작품을 통해서 드러났듯이, 작가의 정체성을 구성하는 데 결정적인 영향을 미친 인물은 줄곧 어머니였다. 또 작가의 많은 소설이 '엄마와 딸'의 관계를 중심으로 펼쳐지고 있었기 때문에, 아버지에 대한 기억을 언급하는 것은 생소한 도입이라고 할 수 있다.

그러나 이 작품에서 '나'는 사진 속 아버지의 모습을 의식적으로 거부했던 어린 시절의 기억을 자신의 "최초의 자의식"이었다고 밝히고 있다. 다른 사람들이 자신을 불쌍하게 생각하는 것이 싫었다는 것이다. 때문에 일부러 사진 속의 아버지의 얼굴을 주입시키려 했던 고모의 의지를 배반한 채 "고개를 획 90도로 돌려서 그 사진을 주목하기를 거부 했"고 나이가 들어서도 일부러 '아버지'의 사진을 쳐다보지 않았다. 고개를 돌려 거부했다는 점에서 상실감의 거부를 읽을 수 있다. 자신이 아버지가 없는 아이라고 주변으로부터 불쌍하게 여겨지는 것이 싫었다는 내용으로 볼 때, 아버지에 대한 상실감을 거부함으로써 가족들의 위로로부터도 자유롭고 싶었던 것이다. 그런데 이러한 자의식과 달리 '나'는 숙모의 등에 업혀서 "별안간 하늘을 가리키면서 무섭다고 몹시 울었다"고 쓰고 있다. '나'로부터 거부된 상실감은 '나'의 무의식 속에 각인되어 나의 정체성으로 구성된 것이다.

> 아이에게 그렇게 크게 겁을 준 것의 정체는 무엇이었을까. 그 후 나이를 많이 먹은 오늘날에도 유난히 곱고 낭자한 저녁노을을 볼 때면 내 의식이 기억 이전의 슬픔이나 무서움증에 가닿을 듯 안타까움에 헛되이 긴긴 시간의 심연 속으로 자맥질할 때가 있다.
>
> ─「석양을 등에 지고 그림자를 밟다」

화자에 의해 언급되는 "기억 이전의 슬픔"이란 화자가 의식적으로 거부하고자 했던 아버지에 대한 무의식적 기억이다. 우울증은 무의식에서의 상실이기 때문에 애도가 불가능하다. 애도가 불가능하기 때문에 자아는 상실의 감각을 자각하지 못한다. 결국 이 작품은 우울증적으로 수행된 정체성의 서사화라 할 수 있다. 자신의 과거를 우울증적으로 인식하게 된 화자의 기억하기 방식은 이전의 기억과는 다르게 기억하는 것으로 나타난다.

오빠와 삼촌에 대한 언급은 화자에게 아버지 같았던 존재들의 죽음으로 서술된다. '나'와 십 년이나 차이나고 집안의 장자(長子)로서 가부장(家父長) 역할을 하고 어른 대접을 받았던 오빠는 물론이거니와 자손이 없어서 '나'와 오빠에게 더욱 애착을 보여주었던 삼촌은 '나'에게 대리 부성(父性)의 존재들이다. 따라서 그들의 죽음은 6·25전쟁을 기억하고

증언해야 할 의무감으로 '나'에게 각인되었다. 그러나 두 죽음을 토해내지 못하고 즉 애도하지 못하고 '삼켜버리는'데, 이는 아버지의 상실감을 거부했던 것과 다른 방식으로 오빠와 삼촌의 죽음을 무의식적으로 자신의 내부에 합체하는 것이다. 이들의 죽음과 관련된 애도의 불가능성과 무의식적 합체의 원인은 반공 이데올로기이다.

이처럼 '나'는 그동안 변변한 애도를 하지 못한 채 자신의 내부에 담아두었던 죽음들을 돌이켜보며 전쟁의 참혹함이 여전히 지속되고 있음을 확인하게 된다. 그리고 치유되지 못한 상처와 벗어날 수 없는 그리움이 결국 '나'라는 정체성을 구성하고 있었음을 깨닫는다. 버틀러가 보기에 정체성은 부인된 애착을 전제로 하기 때문에 완전한 애도를 거부하는 우울증의 이중거부는 자아, 특히 젠더화된 육체 자아를 형성하는 주요 기제가 된다.[84]

이를테면 우울증적 젠더 정체성의 자각은 이전의 기억을 다르게 해석하도록 만들었고, 그것은 자신의 '구성적 외부'로서 합체된 남성 인물들을 재고(再考)하는 것으로 나타난 것이다. 그러므로 다시 쓰는 자전소설로서 이 작품의 고유성은 더욱 강화된다. 박완서는 소설 쓰기를 통해서 자신의 우울증적 젠더 정체성을 수행해 온 것이기 때문이다. 박완서는 자신이 애도하지 못한 그 죽음들이 자신의 정체성의 구성요소였음을 이 작품을 통해 밝히고 있다.

그리고 이때 작가의 구성적 외부는 비단 남성 인물에만 한정되지 않는다. 작가는 지금까지 자신이 소설로써 구현해 낸 남성성, 이를테면 전쟁과 이념, 국가와 역사에 대한 강한 거부감과 비판적 인식을 전혀 다른 방식으로 인식하고 수용하고 있는 것이다. "스무 살에 성장을 멈춘 영혼"[85]이라는 작가의 고백에서 추측할 수 있듯이, 한국전쟁의 상흔과 국가 이데올로기의 억압 등 한국의 근현대사는 그러한 역사를 여성의 몸으로 경험하고 여성적 시각에서 기록하고 증언해 온 작가의 젠더 정체성을 구성하는 또 다른 구심점, 구성적 외부로서 기능하고 있었다. 따라서 이 작품은 자신이 끝내 외면하거나 배제할 수 없는 타자로서 전쟁과 이념, 국가와 역사라는 근대성과 남성성을 인정하고, 그에 따른 상처와 고통을 또 다른 자아의 일부로서 수용하고 있음을 인식한, 작가의 변화된 서사적 정체성을 증명하는 작품이라고 하겠다.

이와 같은 애도의 대상도 되지 못했던 죽음들의 서사화는 박완서의 문학적 생애에서 반복적으로 나타났다. 예를 들어, 단편소설 「겨울 나들이」(1975)와 「돌아온 땅」(1977)은 한국전쟁 당시의 허망한 죽음에 대한 작가적 고찰이다. 한국 문학에 재현된 전쟁의 참혹함은 생사를 오가는 전장에서의 혈투를 긴장감 있게 그려낸 데에 있다. 그것이 이데올로기의 싸움일 수도 있고 강대국의 만행과 부패한 국가 기관의 폭력일 수도 있다. 그런데 박완서가 그려낸 한국전쟁의 참상은 허망함에 있다. 좌익 활동의 대가로, 혹은 반동분자 색출 과정에서 등의 뚜렷한 명분도 없이 겪게 되는 갑작스러운 죽음을 이야기 하고 있기 때문이다.

「겨울 나들이」의 화자인 '나'는 중년의 부인이다. 난리통에 첫 번째 아내와 생이별하고 어린 딸 하나만 업고 내려온 실향민이자 무명의 화가인 남편을 만나 정성껏 보살피고 사랑하며 가정을 이끌어왔다. 그런 어느 날, 개인전을 앞두고 작품 준비를 하는 남편을 만나러 간 자리에서 딸의 모습을 그리고 있는 남편을 보니 이제껏 살아온 자신의 헌신과 노력이 모두 헛일처럼 느껴졌다. 남편의 빛나는 눈은 딸이 아닌, 북에 두고 온 첫 번째 아내를 기억하고 있는 것처럼 보였기 때문이다. 그렇게 서러움이 북받쳐 갑작스럽게 여행을 떠나기로 결심하게 된다. 그리고 한 겨울, 계획 없이 도착한 낯선 고장에서의 뜻밖의 만남은 전쟁이 남긴 상처와 고통을 헤아리게 되는 계기가 된다.

오래된 여인숙의 주인은 오십이 넘은 여인으로 시어머니를 홀로 모시며 가계를 책임지고 있다. 여행을 온 손님들에게 방과 음식을 내주며 아들을 대학에 보낸 그녀는 선한 웃음과 따뜻한 정으로 '나'의 여독을 씻겨주고 얽힌 마음의 매듭도 풀어준다. 주인의 말에 따르면, 그녀는 한국전쟁 중에 남편을 잃고 젊은 과부가 되었다. 남편은 피난을 가지 못한 채 인민군의 눈을 피해 숨어 지내다가 인민군이 퇴진하던 시기 어느 날 아침, 패잔병인 듯싶은 남루한 인민군 서너 명으로부터 총을 맞고 손쓸 겨를도 없이 사망하였다.

아침이슬을 헤치며 뒤란으로 애호박을 따러 나갔던 시어머니가 별안간 찢어지는 소리를 냈다.
"몰라요, 몰라요. 정말 난 모른단 말예요."
소름이 쪽 끼치고 간담이 서늘해지는 처참한 비명이었다.
(…) 시어머니는 그 자리에 꼼짝도 못 하고 못 박힌 채 고개만 미친 듯이 저으며 "몰라요, 난 몰라요"를 딴사람같이 드높고 새된 소리로 되풀이했다. 패잔병 중 한 사람의 눈에 살기가 번뜩이는가 하는 순간 총이 그녀의 남편을 향해 난사됐다. 그녀의 남편은 처참한 모습으로 나동그라지고 그들도 어디론지 도망쳤다. 이런 일은 일순에 일어났다.　　－「겨울나들이」

그 후 실성하다시피 한 시어머니는 지금도 허구한 날 도리질을 한다. 며느리는 시어머니의 도리질을 "대사업"이라고 부른다. 대사업이란 바로 애도를 의미한다. 통곡하지 못한 슬픔, 아들의 비통한 죽음에 대해서 발설하지도 못하는 고통은 침묵의 도리질로 표현되고 있는 것이며, 곡(哭)을 하며 애도조차 할 수 없는 허망한 죽음들에 대한 위무(慰撫)의 '대사업'인 것이다.

단편소설 「돌아온 땅」(1977)은 한국전쟁 중, 인민재판에 회부되어 무참한 죽음을 당한 남편과, 형의 죽음에 반발한 시동생이 월북하여 비운(悲運)의 가족사를 안고 살아 온 여성의 이야기이다. 남편의 비참한 죽음을 뒤로하고 남매를 키워야 했던 화자는 아이들의 아버지에 대해서 "지방에서 덕망 있고 용기 있는 반공지도자였고 그래서 비참한 최후를 마쳐야 했다"고 날조했다. 그렇지 않고서는 남편의 허망한 죽음을 감당할 수가 없었기 때문이다. 그런데 문제는 시동생이었다. 월북한 삼촌의 존재로 인해 국가기관 연구원직에 낙방한 아들에 이어 과년(瓜年)한 딸의 혼사까지 가로막히게 된 것이다. 억울함이 북받친 딸의 요구로, 화자는 딸과 함께 남편의 고향을 찾아가게 된다. 그리고 그곳에서 자신이 날조하고 또 말살하고자 했던, 누구도 온전히 기억할 수 없는 죽음에 관한 이야기를 상기(想起)하게 된다.

그런데 나는 왜 오랜 세월 쉬쉬 굳이 삼촌을 말살하고자 했을까. 내가 그렇게 철저하게 삼촌을 말살하지만 않았던들 아들과 딸이 오늘날 받는 충격이 다소 덜할 수도 있었을 것을.
미루나무도 나에게 그 회답을 주지는 않았다. 미루나무는 다만 인간이 하는 그 미친 짓을 목격했을 뿐이지 이해하지는 못했으리라.

－「돌아온 땅」

화자가 행한 은폐와 왜곡은 국가 이데올로기의 위협에 기인한다. 공포가 확산될수록, 권력의 힘이 막강할수록 개인의 정체성은 권력과 담론 속에 포섭될 수밖에 없다. 그것은 자발적으로 일어나기 마련인데, 바로 삶의 지속과 생존의 문제에 직결되기 때문이다. 남편의 죽음을 목도(目睹)하는 것은 주체의 현전이 상징적 자기 바깥에 노출되는 경험이다. 상징적 그물망이 걷어진 상태, 즉 실재계에 놓인 작품의 화자는 살아남기 위해서 다시, 스스로 견고한 상징계가 절실했다. 인간의 죽음이라는 것이 그렇게 허망할 수 있다면 남겨진 가족들의 삶을 위해서 허울뿐인 껍데기라도 필요했기 때문이다. 이는 다시 말하면, 개인의 정체성이라는 것이 당대의 권력과 담론이 원하는 대로 뒤바뀔 수 있다는 것을 의미한다. 요컨대 이 작품에서 여성 인물의 고백은 공포와 불안의 시대를 살아가는 개인이 생존과 연결된 문제에 대해서는 얼마든지 자신의 정체성을 왜곡, 변조, 날조할 수 있는지를 보여주는 것이다.[86]

다른 한편으로, 남편에 대한 서사의 과장과 삼촌에 대한 서사의 생략은 한국의 격동기를 지나온 당대인들의 공통 감각이다. 집으로 돌아가는 버스 안에서 취한(醉漢)을 상대로 모두 숨죽일 수밖에 없었던 것은 한국 전쟁을 경험한 상징적 공동체의 구성원들에게 만연한 공포의 힘 때문이다. 예컨대, "야, 이 빨갱이놈의 새끼야."라는 취한의 충격적인 고함에도 분노에 앞서 겁부터 나는 것은 전쟁 후 한국 사회에 남아 여전히 위세를 뻗치는 "빨갱이 바이러스"[87] 때문인 것이다. 화자는 악질적인 공산당도 아니었던, 그저 철없는 소년이었던 삼촌이 월북했다는 사실만으로도 대한민국 내부의 적(敵)이며 또는 공포의 대상이 된다는 것을 알았다. 남편의 허망한 죽음과 삼촌에 대한 무참한 인멸은 모두 일상의 공간에서 아무렇지도 않게 벌어진 전쟁의 비극상이다.

2009년에 발표된 「빨갱이 바이러스」는 「돌아온 땅」의 공포와 불안이 수십 년이 지나도 여전히 지속되고 있다는 사실을 보여준다. 노년의 여성 화자인 '나'는 부모님으로부터 상속받은 시골집을 관리하고 있다. 큰 수해가 나서 고향을 찾은 '나'는 버스를 놓친 세 명의 여자들을 고향집에 하룻밤 머물게 하는데, 세 명의 여자들은 각자가 지닌 삶의 비밀을 털어놓는다. 여자들은 '나'에게도 비밀을 털어놓기를 기대하지만, 남편에게도 말하지 못하고 감춘 비밀은 결코 입 밖으로 나오지 못한다. 박완서 소설에서 반복적으로 사용되었던 발설의 공포 때문이다. 유년 시절에 '꿀떡 삼킨' 가족의 비밀은 화자와 한 몸이 되어버려서 여전히 극심한 불안과 공포를 자극하고 있으며 그렇기 때문에 절대 털어놓을 수가 없는 것이다.

> "그걸 어떻게 몰라요. 양동이로 쏟아붓는 것처럼 몇 시간을 내리퍼붓는 거 TV로 다 봤어요. 사람도 많이 떠내려가고, 그렇지만 그게 언젯적인데……"
>
> (중략)
>
> 나는 그 무서운 일을 잊어버려도 좋을 만큼 오래전 일처럼 말하는 '소아마비'에게 말도 섞고 싶지 않은 혐오감을 느꼈다.
>
> ─「빨갱이 바이러스」

여기서 "그 무서운 일"이란 표면적으로는 며칠 사이에 있었던 사상 최대의 수해(水害)를 의미하지만, 화자는 중의적 표현으로 사용하고 있다. 수해이며 동시에 전쟁인 것이다. 작가는 화자의 말을 통해서 전쟁의 참상이 "잊어버려도 좋을 만큼 오래전 일"이 될 수 없다는, 즉 여전히 전쟁의 상처가 각인되어 있다는 중의적 의미를 드러내고 있는 것이다. '나'는 유년기에 경험한 전쟁의 공포를 노년기인 지금까지도 느끼고 있으며 작가는 이 작품의 도입부에 이와 같은 화자의 감정을 다양한 서술을 통해 에둘러서 표현하고 있다. 이를테면, 대관령만 넘으면 안전해질 것 같은 느낌, 고향 마을이 정체 모를 떠돌이들의 차지가 되어도 싸다는 생각에 이어진 "설명이 안 되면 생략하고……", "그래 싼 까닭도 생략하고……"88라는 서술은 전쟁으로 인한 비참한 가족사로부터 벗어나고 싶었던 화자의 심리와 그것을 세세하게 설명할 수 없는, 그때의 기억이나 공포를 다른 이와 공유할 수 없다는, 그래서 매번 관련 서사는 "생략하고" 말았던 화자의 일상화된 고통을 보여준다. 앞서 「돌아온 땅」의 화자와 동일한 심정인 것이다.

이 작품에서 노년의 화자가 생략했던 말들은 삼촌을 때려죽인 아버지에 관한 이야기이다. 해방 후, 고향에서 야학 선생을 하던 삼촌은 한국전쟁 발발 후 인민군이 되었고, 월북한 삼촌의 존재는 남은 가족들에게 모두 생존의 공포를 야기하는 원인이 되었다. 고향 마을은 인민군의 세상이 되었다가 국군 세상이 되었다가를 반복하는 격전지였고, "도대체 누가 일러바쳤을까 서로 의심하고 넘겨짚어 다투기도 하면서 마을의 인심은 점차 예전 같지 않아졌다."[89] 그러던 어느 날 깊은 밤에 '나'는 고향 집을 찾아온 삼촌을 아버지가 삽으로 내리쳐 죽게 만든 사건을 목도(目睹)한다. 아버지는 삼촌을 마당에 파묻었다. 지금 화자가 "돌아온 땅"은 바로 그 마당이다.

> 만약 땅 속에서 아무것도 나오지 않는다면? 실은 내가 더 무서워하는 건 삼촌이 그날 살해되지 않고 북쪽 어딘가에 살아 있을지도 모른다는 가능성이었다. 삼촌의 성품이나 행적으로 봐서 그럴 개연성은 충분했다. 남편이 법조계에 몸담고 승진도 순조로울 때는 세상이 요새보다 훨씬 경직돼 있을 때여서, 처가라도 이북과 연관이 있는 가족이 있으면 승진이나 출세는 물론 해외여행에도 지장을 받을 때였다. 남편은 나에게 그런 삼촌이 있는 것도 몰랐다. 나는 그 살해 현장을 단지 목격만 한 게 아니라 공범자였던 것이다.
> ─「빨갱이 바이러스」

기억으로서의 소설이라는 장르적 특질을 가장 잘 체현하고 있다고 평가되는 박완서 소설은 일제시기에서 지금 이곳에 이르는 우리의 역사적 시간들을 항상 현재형으로 이 자리에 불러낸다. 따라서 박완서 소설에서 과거의 기억은 단지 체험의 반복과 기록에의 소명에 의해 추동된다기보다 현재의 우리 삶에 대한 끝없는 성찰의 동력으로 작용한다.[90] 동족상잔의 비극으로 설명되어 온 한국전쟁이지만, "아무에게도 발설하지 못한 골육상잔의 기억은 돌파구를 찾지 못해"[91] 여전히 화자와 한 몸이 되어있다. 앞서 세 명의 여자들이 고백이 '나'에게 부담스러울 만큼 솔직한 반면, '나'는 그들과 '나'의 기억을 공유하지 못한다. "한자리에 뿌리박고 누대를 살아온 이 고가의 주인"이자 "상속녀"라는 '나'의 존재성은 "그날 밤"의 이야기를 삼킬 수밖에 없게 했기 때문이다. 즉 이 소설은 세 여자의 상처 '고백하기', 즉 토해내기의 서사와 '나'의 기억 '삼키기'로 대비 구성된다. '나'가 삼킨 것은 전쟁의 참혹한 기억이며, 가족을 죽이는 데 공모했다는 죄의식이다.

3. '다시' 읽는 박완서

'다시' 박완서를 읽는다는 것은, 지금 이 시대를 읽는다는 것이다. 박완서의 문학은 지금 현재의 시점에서도 유효한 의미를 새롭게 드러내고 있다. 짧지 않은 문학적 생애동안 줄곧 사회적 가치와 시대적 윤리를 고찰하고 비판적 시각에서 재구성하기를 반복했던 작가의 노력은 오늘날에도 강력한 생명력의 문학으로 존재하며 독자들로 하여금 활발한 소통을 유도하고 있다. 그것은 바로 인간의 보편적 감수성을 관통하는 박완서 문학의 힘이다. 박완서의 개인사는 그대로 박완서 세대사로 확대되었다. '증언 욕망'과 '복수심'에서 시작된 글쓰기는 어느 순간 한 개인,

한 세대의 특수한 경험의 양상에서 벗어나 인류 보편의 문제에 대한 성찰로 자리바꿈한 것이다.[92]

앞서 살펴보았듯이, 박완서 문학의 시작과 끝은 한국전쟁이다. 그 사이에도 수많은 전쟁 이야기가 있었다. 박완서는 늘 그랬다. '울궈 먹는다'라고 표현할 정도로 유사한 소재가 반복되었다. 물론 그렇다고 다 '그저 그런' 작품은 없다. 동일한 기억에 기반 하더라도 작가에 의해 재현된 기억은 매번 환기되는 지점이 달랐고, 박완서는 시각의 변주로써 독자들의 공감을 이끌어냈다. 그것이 가능했던 것은, 작가 박완서는 시대를 읽는 법을 알고 있었기 때문이다. 박완서는 동시대의 문제의식을 날카롭게 인지하고, 당대인들의 감정을 예리하게 포착해내는 감각이 뛰어났다. 권명아[93]의 말처럼, 박완서의 작품에서 기억이란 과거에 대한 낭만적 반추가 아닌, 현재 속에서 재구성되고 재해석되는 과거로서, 극복되지 않는 현대사의 모순을 현실 속에서 끝없이 환기하는 기제가 되고 있다.

「석양을 등에 지고 그림자를 밟다」와 「겨울 나들이」, 「돌아온 땅」, 「빨갱이 바이러스」는 모두 한국전쟁의 참상을 전하고 있다. 보다 구체적으로는 평범한 인물들의 허망한 죽음에 대한 이야기이다. 박완서는 일상에서 벌어지는 참혹한 사건들이 아무렇지도 않게 발생하고, 누구도 모르게 잊히는 것에 대해서 비통해 한다. 이는 우리 민족 공통의 슬픔이며 고통이다. 작가는 털어놓을 수 없는 기억과 애도 불가능한 죽음에 대해서 문학으로써나마 대리 발설하고 공개적으로 애도를 시도하는 것이다. 따라서 박완서의 '다시' 쓰는 자전적 글쓰기는 바로 공적 기억을 재해석 하는 과정이라 하겠다.

한국 근현대사의 급격한 사회 변화와 가치관의 변화를 배경으로 한 박완서의 작품세계는 당대 사회에 대한 비판적 시각과 윤리적 고찰을 거듭하면서 한국의 문학사를 이끌어왔다. 작가가 경험한 유년 시절의 추억과 한국전쟁의 기억, 가족 제도의 변화와 공동체의식의 해체, 노년기의 삶과 정서 변화로 인한 갈등과 회복, 죽음에 대한 성찰과 이해는 인간의 보편적 감성을 자극하고 공통적 문제의식을 공유하는 것이었다. 당대인들의 삶의 방향성을 읽고 그것은 문학으로 재현하며 동시대적 가치를 말하고 있다는 것, 그것은 작가의 작품들이 시대를 달리하며 끊임없이 변주하고 있었음을 의미한다.

유사한 일화들의 반복 속에서도 동일한 사건에 대해서 다르게 보고, 다르게 사유하며 다르게 이야기함으로써 박완서의 문학은 늘 새로웠다. 또한 리얼리즘적 세태소설로서 당대성이 강한 작품에서도 보편적 가치와 윤리적 사유를 제시함으로써 그의 문학은 세대를 이어주며 공감의 영역을 확보할 수 있을 만큼 감각적이었다. 이러한 문학적 성과는 바로 작가의 끊임없는 재고(再考)의 노력이 있었기에 가능한 것이다. 오늘의 독자에게도 여전히 박완서의 전쟁, 여성, 세태, 노년의 이야기가 깊은 공감을 주고 감동을 준다는 것은 문학적 생애 동안 이어진 작가로서의 성실함과 성찰의 성과라고 하겠다.

4부

예술을
노래하다

意幽堂 宜寧南氏 의유당 의령 남씨
幽閑堂 洪原周 유한당 홍원주
高靜熙 고정희
金玆林 김자림

툭 트인 감성으로 여행을 즐기다
의유당(意幽堂) 의령(宜寧) 남씨(南氏)

조혜란

1. 하마터면 작가를 잘못 기억할 뻔한—

'조선시대의 여성 혹은 전통적 여성상'이라고 하면 인내, 순종 등의 단어가 금방 연상되고, 그녀들의 정서는 '규한(閨恨)'으로 뭉뚱그려져 설명되곤 한다. 그러나 가까이 다가가서 보면 다양한 스펙트럼이 펼쳐진다. 그중 규방의 한스러움과는 전혀 거리가 먼, 호쾌하고 호방한 정서를 그려낸 조선 여성이 있다. 그녀는 『의유당관북유람일기』로 잘 알려진 의유당 의령 남씨(1727~1823)이다.

의유당 의령 남씨는 『의유당관북유람일기』 외에도 『의유당유고』를 남겼고, 한글 수필문학으로 이미 작품성을 인정받은 작가이며, 그녀가 남긴 글 중에는 다른 이의 한문 문장을 번역한 글과 한시를 한글로 음사하고 번역한 형태로 남긴 글도 포함되어 있다. 그녀의 글들은 한시문 중심의 문예미학이 위세를 떨치던 조선시대 문학사에서 역동적이며 개성적인 한글 문체와 양반 여성 문자 생활의 특징을 갖춰 보여준다.

그녀의 작품은 일찍이 1947년 이병기에 의해 연안 김씨의 작품으로 소개되어 주목받은 바 있고, 「동명일기」가 고등학교 교과서에 수록되어

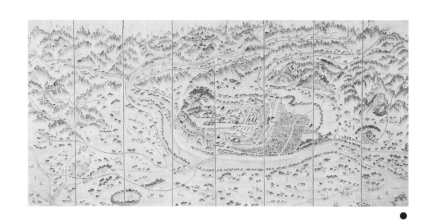

널리 알려졌다. 그런데 이병기의 언급 이후 작가가 제대로 밝혀지기까지
는 거의 30여 년이 더 걸려야 했다. 기실 본격적으로 연구가 된 것은
1974년 이연성의 이화여대 석사논문이 그 시작이라 해도 과언이 아니
다. 이 논문에서 이연성은 작가를 의령 남씨로 바로잡으며 초기 연구의
틀을 마련하였다. 이후 유탁일이 『의유당유고』를 발굴, 소개하고 이 유
고의 작가 역시 의령 남씨임과 더불어 의령 남씨의 친인척 관계를 구체
적으로 밝혔다. 후속 연구에서 의령 남씨의 문학은 주로 여성문학적 특
징 및 여성문학사적 가치를 중심으로 논의가 진행되고 있다. 의령 남씨
수필문학에 대한 자료 및 연구목록은 글 뒤에 밝혀 두었다.

2. 의유당 의령 남씨와 그 주변, 그리고 그녀의 글들

의유당 의령 남씨는 함흥판관을 지낸 신대손(申大孫)과 혼인하였고 97

● 작자 미상, 〈함흥부지도〉, 함흥부, 1872, 채색필사본, 111.6×76cm, 서울대학교 규장각한
국학연구원.

세의 수를 누린 양반 여성으로, 의유당 본인은 물론이고 그녀의 친언니 및 시댁 여성들도 일정한 식견과 한문 교양이 있었을 것으로 보인다. 시누이인 평산 신씨는 홍인한에게 시집갔는데 문식이 뛰어나 혜경궁 홍씨에게 언문을 가르친 인물로 알려져 있으며, 「역대총목」을 언문으로 번역하였다고 한다. 문식과 교양을 지녔던 의유당의 언니는 김시묵에게 시집갔는데 아들 김기대가 열 살이 되기도 전에 죽고 만다. 김시묵은 재취로 남양 홍씨를 맞는데 그 사이에서 태어난 딸이 정조의 비인 효의왕후가 된다. 언니는 비록 죽었으나 의유당은 형부인 김시묵 집안과도 지속적으로 관계를 잘 유지하였고 남편 사후 노년의 나이에 효의왕후에게 후한 대접을 받곤 한 것으로 보인다(서경희, 5–7). 『의유당유고』에 나타나는 왕실에 대한 감사는 효의황후를 향한 것이다. 의유당의 문학성은 바로 이 같은 친정과 시댁의 여성 구성원들이 향유하던 문화적 환경과 유관할 것으로 보인다.

　『의유당일기』로도 불리는 『의유당관북유람일기』의 창작 연대는 1769년(영조 45)∼1772년(영조 48년)으로 추정되며, 「의유당유고」는 의령 남씨의 사후인 1843년도에 필사되어 묶인 것으로 추정된다. 글의 내용으로 미루어 『의유당관북유람일기』가 46세 무렵 의령 남씨의 글이라면 「의유당유고」에 실린 글들은 50세 이후부터 거의 80세를 바라보는 노년의 글에 해당한다.

　『의유당관북유람일기』에는 의령 남씨의 창작과 번역문이 같이 수록되어 있다. 「낙민루」 「북산루」 「동명일기」가 창작인 한글 수필이며, 「춘일소흥」과 「영명사득월루상량문」이 번역문이다. 「춘일소흥」은 이의현의 「운양만록」 및 박량한의 「매옹한록」 중에서 선택적으로 10작품을 골라 번역한 글이며, 「영명사득월루상량문」은 그녀의 인척인 홍상한에 의해 창건된 득월루의 상량문을 번역한 글이다(류준경, 22–32). 또 「의유당유고」에 수록된 글은 3편의 한문 산문과 한시 17수 그리고 한글 산문 3편으로, 모두 그녀의 글이며 음사와 한글번역문 병기 형태까지 포함하여 한글로 표기되어 있다.

3. 의유당의 흥취, 그녀의 기행문

의유당은 여러 편의 글을 썼으나 그중 빼어난 작품을 들라고 한다면 단연코 『의유당관북유람일기』에 수록된 「북산루」와 「동명일기」를 꼽을 수 있다. 원고의 제목은 '일기'이나 이 글들은 모두 그날그날 기록된 기행문의 성격을 지닌다.

「북산루」는 크게 두 부분으로 나뉘는데 하나는 북산루에 간 것이고 다른 하나는 무검루에 간 것이다. 이 작품은 목적지에 도착하기까지의 과정은 생략된 채 북산루 자체에 대한 묘사부터 시작된다. 예사로 보는 퇴락한 누각 같지만 '반공에 솟은 듯, 구름 속에 비치는 듯' 공중에 떠 있는 것처럼 보이는 누각 안으로 들어가면 '광한전 같은 큰 마루'가 있는 넓은 공간이 나타나고 흰 벽을 단장한 단청색이 황홀한데, 이 넓은 공간에 이어 말 달리는 더 넓은 공간이 시야에 펼쳐져 시선의 이동이 부드럽게 연결된다. 그러나 이 작품의 백미는 누각이나 풍경에 대한 묘사에 있는 것이 아니라 기생에게 풍류를 잡히고 노는 화려한 한판 놀이 장면과 이 놀이를 하면서 작가의 감정이 하늘 닿을 듯이 묘사되는 부분, 그리고 동시에 그 흥이 깨졌을 때 작가가 보여주는 반응에 있다. 이 글이 작가에 대한 간략한 소개 글이기에 인용문을 싣지 못하는 안타까움이 크다.

의유당은 무덤들을 보며 눈물이 나는 것을 참기 어렵다는 말을 하다가

음악을 연주하게 하고 기생들 춤 구경을 하고 종일 놀다가 날이 어두워 집에 돌아온다. 그 길에서도 악기 연주를 시켰고 기생들은 청사초롱 수십 쌍을 들고 섰으며, 관청에서 부리는 하인들은 횃불을 들었다. 어두움 가운데 사방이 환하니 빛, 색, 소리 그리고 사람들의 움직임 등 장면의 화려함에 대한 묘사가 성하다. 작가의 기분도 그 장면에 어우러지면서 상승하는데, 한껏 흥이 고조된 작가가 상상하는 것은 '허리에 다섯 인을 차고 문무겸전한 승전 장군'의 모습이다. 조선시대에 이런 흥성한 분위기의 장대함과 호쾌함을 누릴 수 있는 사람은 여자가 아니라 남자였다. 그런데 작가는 자신도 그 흥이 오르는 것을 경험하면서 스스로 기분만은 남자인 것처럼 착각하는 것이다. 그러나 '군성(群星)이 양기(陽氣)를 맞은 듯' 초롱의 화려한 빛이 사라지자 자신의 허리에는 다섯 인 대신 치마가 둘러져 있음을 보게 된다. 해가 뜨면 별빛은 빛이 아니다. 인식이 전환되면 기분도 찬물 맞은 듯 사라진다. 유흥의 공간인 북산루로부터 돌아와 현실 공간인 관아에 들어서자, 마치 축제의 뒤끝처럼 현실 인식이 상상력을 압도하는 것이다. 탐스럽게 쪽진 머리, 치마 등 여성의 겉모습을 인지하면서는 비로소 정신이 들고, 바느질거리나 옷감 등 자신이 해야 하는 일들을 보면서는 박장하며 웃는다. 승전장군의 기분을 자기 것인 양 누렸는데, 자신의 현실은 승전장군이 아니라 규방의 아녀자라는 황당함 앞에서 웃음이 탈출구 역할을 한 것이다. 의유당의 개성이 유감없이 드러나는 장면이다.

규방가사에서도 여자로 태어나 규방에 갇혀 지내야 되는 조선 양반 여성들의 신세 한탄을 들을 수 있다. 의유당도 자신이 마치 남자인 듯 의기양양해 하다가 스스로 여성이라는 사실을 깨닫게 되는 것을 보면 자신이 속한 성(性)의 한계를 인식한다는 점에서는 이들과 공통점이 있다. 그러나 의유당의 경우는 그 감정이 탄식이 되어 안으로 맺혀 고이거나 쌓이는 것이 아니라 이를 한바탕의 웃음으로 확 풀어 버린다. 착각도 호방하게, 현실 인식도 호쾌하게 처리하는 것이 의유당의 방법이었다. 남편에게 기행 허락을 얻어 내는 장면들을 보면, 의유당은 자신이 원하는 것이 있으면 참는 것이 아니라 간청을 해서라도 얻어 내어 쌓인 감정을 풀 줄 알았던 인물이었다. 북산루나 무검루의 기행은 다 밤에 이루어진다. 남편에게 유람하고 싶다고 청을 하여 남편 없이 혼자 가마를 타고 무검루 구경을 하고는 '심신이 용약'하여 기생들을 실컷 먹이고 즐긴다. 그리고 남 노는 것도 놓치지 않고 기록하고 있다. '시정이 서로 손을 이어 잡담하여 무리지어 다니니 서울 같아서, 무뢰배의 기생의 집으로 다니며 호강을 하는 듯싶더라'는 구절은 당대 함흥 지방의 도회적 유흥의 분위기를 잘 전달하고 있다. 마지막 구절에서는 자신도 '이 날 밤이 다하도록 놀고 왔다'고 덧붙이는데, 이 구절에서도 작가의 호방함과 자유로운 기상을 확인할 수 있다.

의유당은 조선조 양반가 여성답지 않게 유람도 많이 했고, 기분도 많이 내고 즐겼다. 「동명일기」 역시 작가가 남편에게 부탁하고 부탁하여 여행을 한 기록으로, 「북산루」의 세 배가 넘는 분량의 본격 기행문학 작품이다. 동명(東溟)은 함흥 동서쪽에 있는 해변의 이름이다. 이 작품은 이 바닷가의 분위기와, 잘 알려진 일출을 기다리는 부분부터 일출 관경에 대한 묘사와 더불어 월출 부분에서의 푸른빛의 분위기가 같이 언급되어야지만 작품 전체의 완성도에 대한 이해가 더 높아진다. 「동명일기」는 여러모로 정철의 가사 「관동별곡」과 비견할 만한 작품이다. 의령 남씨는 여자이지만 그 호방한 태도에 있어서는 정철과 비슷한 측면이 있다. 또 「동명일기」에서 작가는 눈에 들어오는 사물들을 그리듯이 감각적으로 묘사하고 있다. 「관동별곡」 역시 경치에 대한 묘사와 작가의 흥취가 잘 어우러진 작품인데 곳곳에서 중국의 문학이나 전거 혹은 고사가 인용된다. 「동명일기」에서도 경치에 대한 묘사 및 작가의 흥취가 잘 나타나는데, 차이점이 있다면 「동명일기」에서는 중국 문학 작품이나 한문 교양을 인용하지 않으며 오직 대상 자체를 세세하게 그리고 사실에 가깝게 묘사하기 위해 노력한다는 점이다. 일출이나 월출 장면의 묘사가 바로 그 예가 될 것이다. 있는 그대로를 보여주겠다는 그녀의 태도는 관념성을 극복한 사실주의적 태도에 근접하고 있다. 「동명일기」에 나타나는 자연은 말 그대로 인간을 둘러싸고 있는 환경으로서의 자연일 뿐 도의 실체와는 거리가 멀다. 「동명일기」에 나타나는 자연 묘사의 특징은 있는 그대로의 자연을 변화하는 그대로 포착하여 그리고자 한 데에서 비롯된다.

의령 남씨의 기행문들은 섬세하고 감각적이면서 사실적인 묘사와, 고전여성문학으로서는 보기 드물게 호쾌함과 호방함을 보여준다는 점에서 여성적이면서도 독특한 개성을 지니고 있다. 개성을 논하기 어려운 것은 그녀의 번역문이라 하겠다. 그러나 다른 이의 글을 번역하였다고 해서 의미나 가치가 없는 것은 결코 아니며 개성 역시 가늠해 볼 수 있다. 번역에는 번역한 이의 선택과 의도, 번역할 정도의 적극성 등이 전제되어 있는 것이며 이를 통해 우리는 그녀의 지향이나 성향의 한 부분을 가늠해 볼 수 있기 때문이다. 이의현의 「운양만록」과 박량한의 「매옹한록」에는 일화와 시화, 야담 등 다양한 종류의 글들이 실려 있으나 그녀는 그중 10편만을 골라 왔다. 어떤 이는 그 선택에서 소론 집안 여성들의 당파적 선택 가능성을 점친다(류준경, 24-30). 의유당 역시 다른 조선 양반 여성들처럼 자신이 속한 집안의 당파와 같은 입장을 취했을 것이 분명하나, 작품 선택에서 당파적 폐쇄성만을 읽어내는 것이 전부는 아닐 것 같다. 그녀가 첫 번 자리에 놓은 것은 읽는 이로 하여금 웃음을 유발하는 '김득신' 같은 이야기이며, 그 10편 중에는 투기하는 '유부인' 같은 기센 부인의 이야기도 실려 있다. 또한 이 인물들의 이야기는 엄숙한 포폄을 목표로 삼지 않으며 한 번의 웃음거리가 될 만한 이야기들이다.

부덕(婦德)과 부도(婦道)를 강조하는 조선시대 여성 교육의 내용을 생각해 본다면, 특히 '유부인'에서처럼 양반가의 부인이 남편 친구 얼굴에 똥을 묻힌다든지 남편에게 말대꾸를 한다든지 아니면 첩에게 들렀다고 해서 남편의 관복을 기름에 적셔 버리든지 하는 일이 일어났다는 것이 오히려 이상하게 여겨질 정도이다. 그러나 여성이 독자였다면 고소, 통쾌한 측면이 없지 않았을 것 같다. 왜냐하면 남편 친구의 조언은 부인을 내치라는 것이었는데, 친구에게 부인을 내치라고 말하는 것은 결코 온당한 처사는 아닐 것이기 때문이다. 그런데 투기는 칠거지악의 하나였으며, 조선시대의 가부장제도 하에서 질투하는 여인이 남편에게 용납되기는 어려운 일이었다. 의령 남씨도 번역의 와중에 서술자의 목소리를 빌어 투기에 대해 한 번쯤은 자신의 견해를 밝힐 만도 한데, 작품 끝까지 이에 대한 직접적인 언급은 없다. 다만 작품 마지막은 유부인과 그의 첩 구씨의 긍정적 자질에 대한 언급으로 마무리된다. 의령 남씨가 이 작품을 번역한 속내가 무엇이었을까?

그녀의 기행 수필의 내용을 볼 때, 의유당 의령 남씨는 비록 여자이었지만 호방한 기질을 지녔던 인물이다. 그러나 작가가 아무리 호방한 기질이 있었더라도 가부장 이데올로기가 공고하던 조선시대에, 여성들에게 인내를 강요했던 당시의 규범에 대한 비판을 언표하기는 어려웠을 것이다. 같은 이야기라도 읽히는 장에 따라, 읽는 이의 성별에 따라 독자들의 반응은 사뭇 다른 양상을 띨 수도 있다. 투한(妬悍)한 성품을 지녔던 여성에 대한 한문 작품 번역은 그녀들의 장점을 부각시키는 방법으로, 웃음의 정서로, 자연스러운 기질을 억압당해야 하는 여성의 억울한 입장을 간접적으로 드러내게 되었다.

4. 우리는 그녀의 호방한 시절을 기억한다

『의유당관북유람일기』는 아직은 강건한, 남편도 건재하고 벼슬도 현직이어서 그래도 어느 정도 여의했던 40대 양반 여성의 글쓰기이며, 기행의 현재적 시점을 순간순간 포착해 내는 글쓰기이다. '지금, 여기'의 현재성을 재현하는 데 충실한 기행문들은 자신의 현재성, 그 순간의 감정과 인상, 생각을 생동감 있게 그려냈다.

이에 비해 「의유당일기」에 수록된 글들은 노년 여성의 글쓰기이자 쇠하여 사그라질 것을 전제로 한다는 점에서 아직은 오지 않은 미래적 시점, 사후적 시점을 염두에 둔 글쓰기라고 하겠다. 장소 이동이 있었음은 분명한데도 그녀는 원거리 시점에서 풍경을 조망하며 감상한다. 서울 삼청동 백련봉에서 경기도 광주 곤지암으로 낙향한 후에는 찰나적 감정의 희열이나 생생한 움직임 대신 쇠한 몸에 대한 회한, 늙음에 대한 자각, 결핍의 정서를 전제로 한 충성과 감사 등이 주를 이룬다. 자식들도 거의 다 앞세워 저 세상으로 보내고 남편도 죽어 없고 벼슬하는 식구도 없는 양반 여성의 삶에서 유일한 별뉘와 자긍심의 근거는 이종조카뻘 효의왕후가 보내주는 음식과 물건들이었기에 그녀는 이 사실을 기록하여 자손들에게 남기고자 한다. 『의유당관북유람일기』 때의 호쾌한 그녀를 생각한다면 아쉽고 안타깝지만 「의유당일기」의 늙은 그녀는 처량하고 기운 없는 목소리로 군주에 대한 충성을 다짐하며 죽음 이후의 가문을 위해 글을 남겼다.

물론 의유당의 글은 조선시대에는 집안의 당파인 소론 집안을 중심으로 유통되었을 것이며 또한 궁중에서 읽혔을 것으로 보이는 기록이 있다. 그리고 현대에 들어서는 한국문학을 대표하는 고전작품, 한글문학 작품 중 하나로 자리매김하였으며, 여전히 연구될 공간이 충분한 작품들이기도 하다. 의유당 의령 남씨는 여성들의 글쓰기가 녹녹하지 않았던 시대의, 한국고전여성문학사에 빛나는, 아니 한국문학의 중요한 작가로 비정하기에 충분한 18세기 조선의 여성 작가이다.

소녀 시인의 꿈
유한당(幽閑堂) 홍원주(洪原周)

하지영

1. 특별한 가문에서 성장하다

18세기 이후 우리 문학사에 여성 한시작가들이 연이어 등장한다. 홍원주(1791~1852)도 그중 주목할 만한 시인으로, 총 193수의 한시 작품을 남겼다. 하지만 그녀의 삶과 문학은 어머니 서영수합(徐令壽閤)의 그림자에 가려있다. 이는 두 사람의 시적 성취가 차이가 나서만은 아니다. 어머니가 사후 홍석주(洪奭周) 삼형제에 의해 기리는 작업이 대거 진행되어 왔다면, 홍원주의 삶과 문학은 그녀의 시집에 서문을 써준 사위 이대우(李大愚)를 통해 겨우 기억되었다.

홍원주는 우부승지를 지낸 홍인모(洪仁謨)와 서영수합 사이에서 3남 2녀 중 셋째로 태어나, 통덕랑(通德郞) 심의석(沈宜奭)과 혼인하였다. 할아버지는 영의정 홍낙성(洪樂性)이며, 외할아버지는 이조참판 서형수(徐逈修)이다. 첫째 오빠는 좌의정 홍석주이며, 둘째 오빠는 당대 최고의 문장가인 홍길주(洪吉周)이며, 남동생은 정조의 사위인 홍현주(洪顯周)이다. 홍원주는 그야말로 권력의 한 중심에서 위치한 가문에서 성장하였다고 하겠다. 게다가 막내 여동생을 제외하고 가족들 모두 문집이

남아 있으니 문학에 대한 관심도 남다른 집안이었다고 할 수 있다. 홍
원주는 이 같은 가정환경 속에서 특별한 시교육을 받고 자라났다. 그
녀의 조카 홍우건(洪祐健)은 「백고심공인묘지명(伯姑沈恭人墓誌銘)」에서
홍원주가 받은 가정교육을 다음과 같이 기록하고 있다.

> 공인은 부모를 정성과 사랑으로 모셨고, 형제자매들과 우애롭게 지
> 냈다. 어릴 적부터 단정하게 몸가짐을 지켜 행동거지에 법도가 있었다.
> 승지공(부친 홍인모)께서 항상 말씀하시길, "이 아이는 탁월하여 남과는
> 다르다. 正人과 莊士와 같은 것을 권면하여 배울 수 있다."라고 하고
> 마침내 經史子書를 주니 거의 다 읽었다. 이에 고금을 밝게 알고 의리
> 에 통달하여 지식이 더욱 진보하였다. 그러나 성품이 시 짓는 것을 좋
> 아하지 않았으나 때로 혹 붓을 잡으면 淸警하여 옛 뜻이 있었다. 그러
> 나 시집간 뒤로는 절대로 다시 짓지 않고 말하기를, "부인의 일이 아니
> 다."고 하였다. 그러므로 책상자에서 얻은 것이 수백 수인데, 이는 모두
> 어릴 적 부모 곁에 있을 때 형제들과 수창했던 것이다.94
>
> 　　　　　　　　　　　　　　－「백고심공인묘지명(伯姑沈恭人墓誌銘)」

　홍인모가 딸을 대하는 방식은 상당히 독특하다. 정인(正人)과 장사(莊士)
는 군자의 다른 이름으로, 홍인모의 교육은 애초에 규방여성을 대상으
로 한 교육과는 그 목표와 다르다고 할 수 있다. 연행을 통해 청대 여류
문인들의 정보를 두루 접했던 탓인지 홍인모는 여성의 문예 활동에 꽤
긍정적이었다.95 이러한 아버지 덕분에 홍원주는 두루 옛 서적을 보고,
시를 학습할 수 있었다. 하지만 홍우건은 이것은 어디까지나 그녀의
의지와는 상관없는 일이었으며, 출가한 뒤에는 전혀 시를 짓지 않아,
사후 그녀의 상자에서 발견된 작품들은 모두 시집가기 전 작품이라고

하였다. 이대우 역시 홍원주가 문자와 관련된 언급을 전혀 하지 않았다고 기술하였다.[96]

2. 나는 수염 없는 남자

『유한집』은 정묘년(1807년, 홍원주 나이 17세) 작인 「둘째 오빠 시에 차운하며〔次仲氏韻〕」로 시작하여 임인년(1842년, 52세) 작인 「아우 영명이 보내온 시에 화운하며〔和永明寄示韻〕」로 끝을 맺는다. 두 작품을 제외하면 연대가 기재되어 있지는 않지만 정황상 모두 출가 전인 17세에서 20세의 작품을 시기순으로 정리했던 것으로 추정한다.[97] 이에 시집은 이제 막 한시를 배워서 짓기 시작하다가 점차 시에 익숙해져 가면서 원숙한 시인으로 커나가는 홍원주의 성장을 보여준다. 먼저 「둘째 오빠 시에 차운하며」를 보자.

처음 왔을 때 나뭇잎 날리더니	初來葉正飛
어느덧 날씨가 추워졌구나.	忽然天氣嚴
추운 바람 깊은 당에 들어오고	寒風入深堂
밝은 달은 높은 주렴을 비추네.	明月照高簾
붉은 루에 설광은 하얗고	丹樓雪光白
묵은 밭 나무 그림자는 뾰족하구나.	老圃樹影尖
산골의 삶은 궁박하여	峽村生涯薄
가난한 백성 소금을 먹지 못하고	貧民不食鹽
물색이 그야말로 쓸쓸하여	物色正蕭瑟
고향 생각이 일 배 더 하는구나.	鄕思一陪添

시구 찾는 마음이 조마조마	覓句心耿耿
붓을 잡는 손은 가느디 가느네.	秉筆手纖纖
채묵으로 금빛 기린 그리는데	彩墨畵金麟
보연에는 옥두꺼비 새겨져 있네.	寶硯刻玉蟾
산은 높아 호랑이 표범은 숨어있고	山高虎豹隱
바다는 깊어 魚龍이 숨어있지.	海深魚龍潛
스스로 능운의 뜻을 기약하니	自期凌雲志
하필 수염 없는 것을 탄식하리오.	何必歎無髥
아침마다 색동옷 입고 춤추고	朝朝彩衣舞
밤마다 시서로 겸하네.	夜夜詩書兼

－「둘째 오빠 시에 차운하며〔次仲氏韻〕」

이 시에서 나열하고 있는 시상은 일관된 구조 안에서 움직이는 것이 아니라 들쑥날쑥하며 돌연한 인상을 준다. 척박하고 빈곤한 고을의 광경을 묘사하다가 고향에 대한 그리움, 시를 쓰는 자신의 일상, 그리고 자신의 각오로 시상이 이어나가는 과정이 자연스럽지 않다. 인용문 외에도 시집 초반부에 수록된 작품들은 아직 시인의 솜씨가 채 영글지 않았다는 것을 말해 준다. 특히 차운시의 경우 원작의 시상을 그대로 재현해 낼 뿐 독자적인 경험이나 시상을 녹여내지는 못하고 있다.[98]

당시 홍인모는 수원, 연안, 평양, 서흥 등을 떠돌며 수령을 지냈다. 그는 주위에 시를 수창할 사람이 없자 무료함을 이기지 못해 부인 서영수합에게 수응할 것을 강요했다고 한다.[99] 홍원주 역시 이 자리에 함께 하였다. 인용문의 "시구 찾는 마음이 조마조마하다."에서처럼, 그녀는 아버지 요구에 맞춰 시를 지어내어야 한다는 부담감을 드러내었다. 이러한 괴로움은 "예로부터 시낭에 눈을 읊은 것이 많아 괴롭게 읊조리노라니 몇 번이나 붓끝이 무뎌졌네〔自古奚囊多咏雪 苦吟幾禿筆峰尖「次東坡咏雪」〕.”라고 토로되기도 하였다. 인용문의 결구에서 “밤마다 시서를 읽는다.”고 말했듯, 그녀는 매일 독서를 하고 시작(詩作)을 수행했던 것으로 보인다. 시를 쓰는 것을 일과(日課)로 표현하기도 하였는데(“新詩日成課”「又得臥字」), 실제로 그녀의 시집에는 역대 시인의 시에 차운하고 고시를 모의한 시, 각종 시체를 실험하거나, 나누어준 운자에 맞추어 지은 시가 많은 비중을 차지하여, 학습의 흔적을 보여준다.

그런데 「둘째 오빠 시에 차운하며」에서 눈길을 끄는 것은 미숙함보다도 그녀가 품고 있는 남다른 각오일 것이다. “수염 없는 남자”라는 신세에 제약받지 않고 능운의 꿈을 이루겠다는 발언이 당돌하다. 물론 이러한 꿈은, 가문을 빛내 줄 여성 예술가를 탄생시키려는 아버지와 형제의 요구에 적극적으로 응하는 것이기도 하다. 이 시에 따르면 “성품이 시 짓는 것을 좋아하지 않았으나 때로 혹 붓을 잡으면 청경(清警)하여 옛 뜻이 있었다.”라는 홍우건의 발언을 꼭 믿을 수는 없겠다.

홍원주는 아버지가 부여한 과제를 수행하면서 독서가이자 시인으로 자신의 정체성을 부여해 나갔다. “옛 책이 상에 가득하여 반딧불을 빌려 밝히고〔古卷盈床螢借照「敬次」〕), “책상 위 서적은 다섯 수레를 족히 채우네〔床書足五車「次王晚春」〕”, “마음속에 만권의 책을 갖추고 앉아서 천 년 전의 세계에 노니네〔胸藏萬券書 坐作千古遊「人生不滿百」〕”라는 표현처럼 그녀는 책으로 가득한 공간에서 원하는 책을 실컷 볼 수 있는 행운을 마음껏 누렸다.100

어머니 서영수합과 마찬가지로 여성 한시작가로서 홍원주가 가지고 있는 성격은 독특하다. 이전 시기 허난설헌이나 이옥봉처럼 천부적인 시재를 지니고 태어나 직관적인 창작을 하는 시인과는 다르다. 대신 홍원주는 가문을 빛낼 줄 여성예술가의 상(象)에 부합하기 위해 끊임없이 공부하고 노력하였다. 위에서 살펴보았듯 그녀는 시작에 대한 부담감을 드러내었고 자신의 시재주가 부족하다는 것도 충분히 인식하고 있었다.[101] 또 남성 시인들의 시를 반복적으로 학습한 탓에 그녀의 한시는 여성 시인으로서의 시상과 정조가 크게 드러나지 않는다. 두보와 왕유 등의 시에 차운하며 남성 시인의 목소리와 시상을 그대로 이어받았기 때문이다.

그럼에도 홍원주는 시작을 거듭 수행하면서 점차 자신만의 시세계를 어느 정도 구축해 나갔다. 「가을 북산에 노닐며〔北麓秋遊〕」와 「즉사(卽事)」는 그녀가 이제 자신의 상황에 맞는 시상을 표현하고, 물상들을 유기적으로 배치해나가는 데 익숙해져가는 것을 보여준다.

<blockquote>

···(전략)···

황금 들판 누런 연기 속에서 아득하고	野黃烟裏遠
눈썹 같은 봉우리 구름 속에 떠있네.	峰黛雲中浮
짧은 기슭 초승달 떠올라	短麓月初生
읊조리며 돌아와 다시 누각에 기대네.	咏歸更倚樓

－「가을 북산에 노닐며〔北麓秋遊〕」

동루에 초승달 뜨니	東樓初月上
촛불 잡고 좋은 밤 앉았도다.	屛燭坐良宵
하얗게 가는 구름 걷히고	皎潔微雲霽
맑게 담박한 안개 멀어지네.	澄淸淡靄遙
빛이 수풀에 더하여 고요하고	光添林木靜
그림자 못에 떨어져 흔들리네.	影落池塘搖

</blockquote>

흐르는 빛 옛 정원 비출 테니	流照故園處
짙은 그림자 사라지지 않겠지.	層陰應不消

－「즉사(即事)」

홍원주만의 섬세한 관찰과 절묘한 묘사가 돋보이는 시다. 연기 속에서 흐릿한 황금 들판의 모습을 멀어지는 것처럼, 구름 속에서 삐져나온 봉우리를 떠오르는 것처럼 표현한 것이 참신하다. 고정된 물상과 움직이는 물상을 바꾸어 표현함으로써 생경하면서도 감각적인 느낌을 전달하고 있다. 「즉사」는 빛을 제재로 하여, 그것이 미치는 물상들을 엮어나간 시이다. 초승달이 비치는 밤에, 구름과 안개가 걷히며 미세한 빛이 수풀을 비추고 그 그림자가 못에 비치는 모습을 세세하게 포착해내고, 그 빛이 서울의 옛 들에도 비칠 것이라는 생각을 이어나갔다. 빛이라는 제재를 통해 현재 시인이 위치하는 공간과 그리워하는 공간을 자연스레 연결시키고 있다.

산만하게 시상을 이어나가던 초기작에 비할 때, 이 두 시는 그녀가 이제 원숙한 시인에 도달하였음을 보여준다. 비록 홍원주가 다른 여성 시인들처럼 여성적인 정조가 강하게 드러나는 시인은 아니지만, 섬세한 관찰과 절묘한 묘사는 여성 시인으로서의 감각을 보여준다고 할 수 있다.

3. 깃이 잘린 학

홍원주 한시의 가장 큰 키워드는 바로 가족이다. 그녀의 시는 대부분 가족 시회에서 지어졌다. 활동 영역이 제한된 그녀에게 형제는 유일한 학우이자 시우였다. 그녀는 "손을 잡고 동고에 올라 상을 대하여 시서를 논하고〔攜手登東皐 對床論詩書 「和陶讀山海經韻」〕", "마음과 가슴을 터놓고 말했고 책상을 같이 하고 한 방에서 책을 읽었지〔論襟開心豁 讀書共床惟 「送舍季詩」〕"라며 그들과 독서를 함께 하는 장면을 묘사하고, 또 밤을 새며 시를 짓는 자리를 "여관에서 새벽을 보내며 형제끼리 서로 화운하네〔旅館奉晨昏 塤篪迭相和 「又得臥字」〕"라고 표현하였다. 당대 뛰어난 문장가였던 형제들과 함께 문예를 향유한 경험과 그에 대한 자부심이 시에 강하게 드러나 있다.

하지만 이때 큰 오빠 홍석주는 이미 중앙관료로 활약하고, 동생 홍현주는 숙선옹주(淑善翁主)와 혼인하여 서울에 있을 때였다. 홍원주는 당시 서흥도호부사인 아버지를 따라 서흥 지역(시에서는 농서(隴西)로 표현되는 곳)에 거주하고 있었다. 다섯 남매가 자리를 함께 하는 것은 실제로는 드문 일이었다. 따라서 그녀의 시에는 형제가 함께 모였을 때의 기쁨과, 형제를 보낼 때의 상실감이 공존한다.

……(전략)……

동생은 한가히 거처하며 잠은 잘 자는가?	少弟閑居眠自熟
형은 조정에 나와 밥 먹는 게 늦지 않는가?	阿兄朝退食無遲
연꽃의 향초는 꿈속에서 보았으니	池塘香草夢中見
가을 국화 필 때 좋은 만남 이루길.	秋菊開時有好期

－「여름날 낙양의 형제를 생각하다〔夏日憶洛陽兄弟〕」

고향에서 온 편지에 평안하다고 하니	鄕書報平安
그런대로 적막함을 위로해주네.	聊以慰寂寞
쓸쓸하게 남쪽으로 돌아가는 기러기	蕭蕭南歸雁

지지배배 가지 위에 참새	啾啾枝上雀
형과 아우 오는 것이 어쩌면 이리도 늦는고.	伯季來何遲
시회를 오래토록 열지 못 했네	團會久不作
저번 중양절엔	疇昔重陽日
산에 올라가 많이 노닐었지	登高多戲謔
담소하다가도 막내 그립고	歡笑思秦樓
독서하다가도 첫째 오빠가 생각나네	讀書憶閨閣
묻노니 벼슬살이의 영화로움이	借問簪珪榮
형제의 즐거움보다 좋으신가.	何如塤篪樂
오늘 밤 꿈 한 자락	今夜一片夢
베개머리 기대어 날아가고자	飛去枕上托

－「사령운의 독서시에 차운하며〔次謝靈運讀書〕」

「여름날 낙양의 형제를 생각하다〔夏日憶洛陽兄弟〕」에서는 소박하면서도 살뜰한 정이 담겨져 있다. 밥은 잘 먹고 있는지, 잠은 잘 자고 있는지, 여름에는 꿈속에서 만났으니 가을에는 꼭 만나자라는 발언이 애틋하다. 때로 그리움은 날이 선 어조로 표현되기도 하였다. 「사령운의 독서시에 차운하며〔次謝靈運讀書〕」에서 그려진 서흥의 풍경은, 큰오빠와 아우가 부재하기에 외롭고 쓸쓸한 공간이다. 여기에서 기러기로 고향으로 돌아가고자 하는 마음을, 참새로 서로 모여 화목하게 어울리는 형제에 대한 그리움을 표현하였다. 형제가 돌아와 함께 담소를 나누고 독서할 때를 기다리는 홍원주의 마음이 절실하다. 형제의 정을 미루고 영화를 좇아 서울로 가서 좋으냐는 그녀의 발언에는 어느 정도의 원망까지 느껴진다.

주목할 만한 것은, 이러한 강렬한 그리움의 이면에 다소의 단절감, 좌절감이 감지된다는 점이다. 「연구시에 차운하다〔次聯句韻〕」를 보자.

……(전략)……

형의 뜻은 거대하고	阿兄志氣大
아우는 귀밑머리와 눈썹이 아름다워라.	少弟鬢眉纖
돌아가는 기러기 산 넘기 어려워	歸雁山難越
이 몸 노닌 지 세월 이미 오래되었네.	遊人歲已淹
소나무 정원 달그림자 가득하여	松庭桂影滿
우두커니 서 달을 바라보네.	佇立望銀蟾

―「연구시에 차운하다〔次聯句韻〕」

「연구(聯句)」는 딸들을 제외한 모든 가족들이 참석해서 지은 시로 홍인모의 문집에 남아있다. 홍원주는 원래 「연구(聯句)」시를 함께 짓는 자리에 참석하지 못하였다가 추후에 이 시를 보고 차운한 것으로 판단된다. 원대한 뜻을 가진 큰 오빠와 어린 나이로 부마가 된 남동생을 그리워하고, 그 시선을 거두어 지금 자신의 모습을 읊고 있다. 함께 공부하고 시를 지으면서 성장하였던 형제의 성공과 영화는 축하하면서도, 스스로에 대해서는 날아가지 못하고 정원을 서성이는 모습으로 묘사하고 있다. 여기서 달은 그리움과 함께 부러움이 투영된 대상으로 이해된다. 이 시에서 단절감, 좌절감이 감지되는 것은, 그녀의 모습이 바로 「학을 기르다〔養鶴〕」에서 읊고 있는 학의 모습과 겹쳐지기 때문이다.

함께 노래하며 바람 속에서 춤추고	和鳴風裏舞
마음껏 수풀 사이를 거닐다가	隨意步林皐
여섯 깃털 칼로 자르니	六翮曾經剪

두 날개로 날아도 높이 못가네.　　　　　　雙飛竟未高

큰 기러기 보며 공연히 그림자 시샘하고　　雲鴻漫猜影

달 토끼 보며 제 털인가 의심하네.　　　　月兎自疑毛

창강의 꿈꾸지 마라.　　　　　　　　　　莫作滄江夢

서리가 흰옷에 내릴 뿐이네.　　　　　　　霜添皓袂豪

－「학을 기르다〔養鶴〕」

　부친 홍인모에게도 「정원의 학〔庭鶴〕」과, 「양주목사 서유망이 사람
을 보내 학을 구해서 학을 보내고 절구 한시를 주다〔楊牧送人求鶴, 送
鶴兼寄一絕〕」라는 시가 남아있어, 실제로 서흥에 거주하였을 때 집안
에서 학을 길렀던 것을 알 수 있다. 홍인모는 「정원의 학」에서 학이
먹이를 노리다 스스로 불행을 자초하였다고 하면서 신선이라는 명칭이
허황된 것임을 짚었다. 그의 시가 관찰자적 시점으로 학의 우둔함을
조롱했다면, 홍원주는 깃털이 잘려서 자유로이 날아가지 못하는 학의
좌절에 주목하였다. 재능을 가졌음에도 제한된 공간에서 갇혀 다른 이
의 비상을 부러워하는 자신의 모습과 학이 닮아 있기 때문이다. 헛된
꿈조차 꾸지 말라고 하는 마지막 발언은, 수염 없는 남자로서 능운을
이루겠다고 하였던 당돌했던 그녀의 꿈이 점차 현실 안에서 좌절되는
장면을 보여준다.

4. 다시는 서낭 잡지 않으리

　꿈과 현실 사이에서 방황하던 홍원주의 고민은 출가와 함께 종결된다.
52세 작품인 「아우 영명이 보내온 시에 화운하며〔和永明寄示韻〕」를 제

외하면, 그녀는 출가 이후 더 이상 시를 짓지 않는다. 묘지명에 의하면 홍원주가 시집간 심의석 집안은 청송 심씨 집안의 대종(大宗)으로, 그녀는 누대의 제사를 성실히 모시고, 시조모와 시부, 남편의 임종을 차례로 지키며 검소하고도 인내하는 삶을 살다가 중풍으로 62세 나이에 세상을 떠났다고 한다. 시를 더 이상 쓰지 않았던 것은 본인의 의지이기도 하였겠지만, 그녀의 시집은 전형적인 사대부 집안이자 문학과는 거리가 있었던 집안이었기 때문이다. 심의석 집안은 특기할 만한 문인도 없으며, 친정처럼 서로 시를 수용하고 시회를 여는 분위기가 없었다. 홍인모의 요구로 한시를 배우고 그의 죽음 이후에는 더 이상 시를 짓지 않았던 서영수합의 사례에서 보듯, 사대부가 여성의 한시는 그것을 인정하고 수용해 주는 남성, 특히 남편의 존재가 있어야 활발히 창작될 수 있었다.

사위 이대우의 기록에 의하면 홍원주는 이러한 상황을 스스로 수용하고 적응해나간 것으로 보인다. 그녀는 여성으로서 재주가 있고 잘한다는 말이 생기면 방자해지고 자만해지게 된다고 하며, 여성이 재능을 발휘하는 것에 대해 경계하였다.[102] 이러한 발언은 이전에 그녀가 품었던 포부를 생각하면 괴리감이 든다. 그렇다면 포부를 접으면서 그녀는 일말의 아쉬움을 느끼지 못했던 것일까.

돌아갈 기약 점점 가까워지니	歸期知漸近
내 마음 엉킨 실처럼 아득하다.	我想亂絲迷
나그네 바람 맞으며 이별하니	征客臨風別
깊은 숲 새는 해 뜨기 기다리며 잠든다.	幽禽待日棲
산을 돌아가니 관청 나무 멀어지고	山回官樹遠
날이 저물자 연못 속 구름 나직해지네.	日暮潭雲低

앞으로 속세 근심 많아질 테니　　　　　　從此多塵慮

서낭 다시 잡지 않으리.　　　　　　　　書囊更不携

―「두보에 차운하다〔次杜〕」

　「두보에 차운하다〔次杜〕」는 그녀가 52세 지었던 「아우 영명이 보내
온 시에 화운하며〔和永明寄示韻〕」의 앞에 수록된 시이다. 1810년 경
지어진 작품으로 추정한다. 홍인모가 여전히 서흥도호부사로 있을 때이
기에, 홍원주 혼자 서울로 돌아가는 상황, 즉 서울로 시집가는 상황을
앞두고 읊은 것으로 보인다.

　그토록 그리워하던 고향이었는데, 마음은 엉킨 실처럼 복잡하기만 하
다. 가족들과 문예를 함께 하던 '서흥'의 공간을 떠나, 이제 그녀는 규방
의 법도를 준행해야 하는 서울, 시집으로 떠난다. 그녀는 그곳은 '속세'
라고 일컫는다. 책을 마음껏 읽고 시를 즐겨 짓던 지금까지와는 상황이
다르리라는 것을 그녀는 직감했고, 다시는 서낭을 잡지 않겠다는 비장한
결심을 한다. 그리고 이 결심은 이후 홍원주의 삶에서 실현되었다. 당대
경화문화의 최첨단에 있는 가문에서 성장하며 가문을 빛낼 줄 수 있는
여성의 가치를 내면화하던 그녀가, 출가와 동시에 유교 가부장제의 전형
적인 가치체계로 회귀하는 과정은 거북스럽긴 하지만 갑작스러운 일은
아닐 것이다. 이는 이미 정원을 서성이는 그녀의 모습을 통해 예견된
바이기 때문이다.

　우리는 『유한집』의 시들을 차례로 읽어가면서 시인으로 성장하는 과
정을 함께 목도하게 된다. 당대 최고 권력과 문예를 누렸던 가문에서
성장하여, 한시를 능숙하게 창작하였던 홍원주의 모습은 우리한문학사
에서 낯설지만, 19세기 변모하는 여성 작가상을 대변하고 있다. 그녀의

시들은 어린 시인으로서 가졌던 원대한 포부, 형제에 대한 그리움, 그러면서도 여성 시인으로서 느꼈을 소외감과 단절감, 그리고 단념 등 다채로운 목소리가 뒤섞여 있다. 아버지에게 여성 시인으로서의 꿈을 부여받아 그것을 성실히 준행했던 그녀가 그 꿈과의 거리감을 인식하고 단념하는 과정은, 결국 여성 한시 작가의 존재가 남성이라는 기반에 의해서만 증명될 수 있었던 것을 보여준다.

여성해방출사표를 던지다
고정희

이은정

1. 비행(非行)과 비행(飛行)의 시적 궤적

고정희의 시적 궤적은 비행(非行)이자 비행(飛行)이다. 거칠고 비장한 탄식에서부터 높고 유장한 사자후(獅子吼)에 이르기까지, 고정희는 당대 시의 금기와 규범에 저항하면서 한국시가 중요하게 꼽는 키워드들 위에서 거침없는 행보를 보인다. 서정시와 민중시와 여성주의시, 연시(戀詩)와 장시와 마당굿시, 정치현실의 비판과 여성억압의 고발과 종교적 태도의 염결, 그리고 새로운 시의 탐구와 강행과 성취에 이르기까지, 시가 열어보일 수 있는 모든 길 위에서 고정희는 무람없이 활주한 드문 여성 시인이다.

그럼에도 고정희는 지적이고 학문적인 사제(司祭) 같은 시인이다. 변함없이 당당하고 정직하지만 예외 없이 섬세하고 순정적이다. 그의 시는 심장과 이성이 동시에 뛰는 곳으로 결연하게 나아가는 벅찬 활보이기에, 시인의 박동이 그대로 전해지듯 숨 가쁘게 다가오기도 하고 깊은 자상(刺傷)을 남기듯 고통스럽게 읽히기도 한다. 시가 열어젖힐 수 있는 모든 문을, 그러나 열어젖히는 순간 범람해올 격랑마저 각오해야 하는 그 불가항력적인 문을, 고정희는 뜨겁고 의연하게 열어 보인다. 그리고 그곳에서 품 넓은 기독교적 세계관과 굳고 정한 역사의식, 탁월하고 유연한 서정성과 치열하고 단호한 페미니즘을 더불어 견인하는 시사를 성취한다.

고정희는 1975년 등단 이후 1991년 타계하기까지 약 16년 동안 11권의 시집들을 펴낸다. 이 시집들은 '민중' '현실' '여성'이라는 묵직한 키워드를 품고 관통하며 나아간다. 고정희가 본격적으로 시쓰기에 매진한 1980년대는 정치경제적으로는 군부독재와 자본이 장악한 시간들이고 사회문화적으로는 실천적 태도를 암묵적 혹은 자발적으로 절실하게 요구하던 시기이다. 이같이 암울한 시대를 이겨내려는 가열찬 동력은 당시 민족민중문학의 열기라는 강력한 문학사를 구성하게 되는데, 고정희의 시 역시 이러한 문학사 위에서 시작된다.

이후 고정희가 서게 되는 지점은 한결 예민해진다. 당시 주류적인 시대인식과 문학적 태도는 무의식적으로 혹은 무감각하게 여성을 소외하고 억압했기 때문이다. 시대에 대한 치열한 시적 응전이 가부장적 무의식에 잠재된 불합리와 차별적 인식을 성찰하지 못하고 여성을 다시 열외로 밀어내버리는 형국이었다. 고정희의 시는 이 첨예한 모순과 딜레마 위에 서게 된다.

이런 난제 위에 서 있었지만 고정희는 현실인식과 여성문제 사이의 간극은 물론 낙차까지 드물게 통찰한 시인이다. 그는 인식과 성찰들이 혼효된 가운데 시적 실천과 실천적 시를 더불어 견지한다. 시인은 이 엄청난 시간들을 이렇게 요약한다. "광주에서 시대의식을 얻었고, 수유리의 한국신학대학 시절에 민중과 민족을 얻었고, 〈또하나의문화〉를 만나 민중에 대한 구체성과 페미니스트적 구체성을 얻었다. 이들은 분리된 것이 아니라 상호보완적인 것이며, 이는 나의 한계이자 장점이다."

한국현대사의 가파른 능선 위에서 고정희는 거칠면서도 결곡하게, 낭

창거리면서도 정확하게 과녁의 중심을 향해가는 언어들을 토로한다. 이 시들은 살아남은 자의 슬픔에서부터 준열한 지사적 신념까지, 애틋한 연정에서부터 결연한 고함까지, 제 목소리에 겨운 무당에서부터 지적이고 명민한 여성인물들에 이르기까지 치열하게 이어진다.

2. 깊고 질긴 시대의식, 타자의 윤리학

고정희(1948~1991) 시인의 본명은 고성애, 1948년 전남 해남 송정리에서 5남3녀 중 장녀로 태어난다. 이십대에는 전남 지역지의 기자, 목포 지역의 문학 동인, 광주 YWCA 간사로 활동한다. 1975년 늦은 나이에 대학에 진학하여 같은 해 박남수 시인의 추천으로 『현대시학』을 통해 등단하고, 이후 '목요시' '민족문학작가회의' '크리스찬아카데미' 등에서 활동한다.

고정희는 다소 뒤늦게 대학에 다녔는데(1975~1979), 이때 수유리에 있던 한국신학대학에서 해방신학과 민중신학의 학풍 및 시대적 격변을 겪으며 민중에 대한 시선과 문학의 뿌리를 얻는다. 이른바 '수유리 시대'이다. 첫 시집 『누가 홀로 술틀을 밟고 있는가』(1979)를 출간한 이후 1~2년마다 빠짐없이 시집을 출간하며 적극적으로 활동한다. 첫 시집에 실린 첫 시의 "새벽에 깨어있는 자, 그 누군가는 / 듣고 있다"라는 첫 구절은 고정희의 시적 인식의 출항을 잘 드러낸다. 고정희 시의 웅혼한 율동 및 자기 몫의 삶과 노동과 '한 줄의 시(詩)'를 얻기 위해 고투하는 시인의 이력은 여실히 이 시집에서 시작된다. 제 2시집 『실락원 기행』(1981)은 수유리 시대의 민중의식을 드러내는 시집이다. 이때부터 시인은 민중의식을 드러내는 고유한 목소리로 진양조, 휘모리 등의 장단을 탐구하는 새로운 시도를 본격화한다.

1980년대 이후 고정희는 깊고 질긴 시대의식을 체득하며 민중과 시대 속으로 더 깊숙이 발을 내딛는 '광주의 시대'로 들어선다. 같은 해에 출간한 제 3시집『초혼제』과 제 4시집『이 시대의 아벨』(1983)은 역사의 항쟁에서 억울하게 죽어간 민중들의 넋을 기린다. 장시집『초혼제』는 여러 의미에서 기념비적인 시집이다. 시인의 염원인 "우리의 전통적 가락을 여하이 오늘에 새롭게 접목(『초혼제』 후기)"한 시집이며, 당대 현실의 환부를 향해 가장 긴 호흡의 시적 투쟁을 벌인 시집이기 때문이다. 추도문과 별사의 제의 언어, 남도가락과 민요의 생래적인 율동, 씻김굿과 마당굿시의 언어를 통해 고정희는 민중이 주체가 될 수 있는 고유한 언어를 찾아 판을 벌인다. 이 시집에서 시인은 식민지와 파시즘과 항쟁 속에 비통하게 사라져간 민중들의 넋을 애도하면서 초혼제의 언어를 통해 민중들의 말을 간절하게 다시 불러오는 영매의 역할을 하는 한편, 비명에 죽어간 그들의 입을 열어 현재와 다시 소통하게 하는 무당에 빙의한다.

당시 시인은 이런 시를 쓰고 읽는 창작의 고통과 독자의 윤리를 "시간이 다할 때까지 함께 어울려야 하는 합석(『초혼제』 후기)"이라고 표현한다. 초혼제는 비극적으로 사라진 이들을 슬퍼하고 곡진하게 위무하면서 고통의 연대를 통해 타자의 윤리학을 지향해나가는 정치적인 정서이다. 시인은 정연하고 함축된 언어가 아니라 굿과 주술의 언어로 진실을 밝혀가는 투쟁을 지속하고 이 죽음들에 관련된 기성 권력들을 전복한다.

연이어 나온 제 4시집『이 시대의 아벨』(1983)과 제 5시집『눈물꽃』(1986)에서도 고정희는 통곡과 신열 오른 언어로 이 시대의 무감각과 불감증과 무자비를 뒤흔든다. 무고하게 죽어간 '아벨'을 빌어 비통하게 숨진 민중의 혼을 기리고, "오매, 미친년 오네 / 넋 나간 오월 미친년 오네 / (…) / 오오 오월 미친년 오네 / 히, 히, 하느님께 삿대질하며 / 하늘의 동맥에다 칼을 꽂는 미친년 / 내일을 믿지 않는 미친년 오네 (「프라하의 봄8」 중에서)"라고 넋두리하며 결코 아물 수 없는 상처를 헤집어 파헤친다.

이 시기에 고정희가 불러오는 '아벨' '히브리전서' '골고다 언덕' '예수' '하나님' 등 기독교적인 배음(背音)은 그가 쓰는 굿시와 서간체와 제문과 배리되지 않는다. 고정희의 민중정서와 역사인식과 여성주의가 자각과 성찰로 형성되었다면, 기독교는 생래적이었기에 어떤 시에서도 모순되지 않는다. 그에게 있어 기독교도로서의 굿시는 살아남은 자들의 슬픔을 다한 최선의 애도이자, 고통의 연대를 통해 역사가 새롭게 거듭나기를 염원하는 신념이다. 강인하면서도 부드러운 이 힘은 "고통과 설움의 땅 훨훨 지나서 / 뿌리 깊은 벌판에 서자 / 두 팔로 막아도 바람은 불 듯 / 영원한 눈물이란 없느니라 / 영원한 비탄이란 없느니라 / 캄캄한 밤이라도 하늘 아래선 / 마주잡을 손 하나 오고 있거니(「상한 영혼을 위하여」 중에서)"라는 깊은 서정의 의연한 울림으로 이어지고, "그대 향한 내 기대 높으면 높을수록 그 기대보다 더 큰 돌덩이를 매달아 놓습니다(「사랑법 첫째」 중에서)"라고 표표히 말하는 사랑에 관한 연작시들로 이어진다.

3. 새로운 여성사 쓰기, 탈식민주의의 영토

고정희의 '페미니트스적 구체성의 시대'는 1980년대 중반 이후 「또하나의문화」의 창립 동인(1984)이 된 이후 더욱 본격화된다. 제 6시집 『지리산의 봄』(1987)을 펴낸 후 1988년 『여성신문』의 초대주간을 지내고 한국가정법률상담소에서 『가족법 개정운동사』를 편집 제작하는 등 시인은 여성주의적 신념을 실천하는 일에 매진한다. 이 시기에 고정희는 민중이라는 이름으로는 다 끌어안기 어려웠던 여성문제에 몰두하는데, 여성에 대한 의식과 페미니스트적 구체성이 결코 민중에 대한 그 어떤 인식과 다를 수 없음도 각인한다. 시인은 1987년 「또하나의문화」에서 펴낸 동인지 『여성해방의 문학』에 「우리 봇물을 트자」를 권두시로 실으면서 여성문화운동의 핵심적인 역할에 들어서게 된다.

제 6시집 『지리산의 봄』(1987)은 손꼽히는 가편(佳篇)들로 가득하다. 이 시집에는 "거친 바람 속에서 밤이 깊었고 / 겨울 숲에는 눈이 내리고 있다 / 모닥불이 어둠을 둥글게 자른 뒤 / 원으로 깍지 낀 사람들의 등 뒤에서 / 무수한 설화가 / 살아남은 자의 슬픔으로 서걱거린다(「땅의 사람들1」 중에서)"라는 통렬한 현실인식, 「여성사 연구」의 연작시를 통해 조선, 구한말, 현대의 여성들을 모두 불러들여 "치맛자락 휘날리며 휘날리며 / 우리 서로 봇물을 트자 / 옷고름과 옷고름을 이어주며 / 우리 봇물을 트자(「우리 봇물을 트자」 중에서)"고 깃발 치켜 올리는 여성해방의식, 그리고 "너에게로 가는 그리움의 전깃줄에 나는 감전되었다(「고백 – 편지6」)"라고 순정하게 고백해오는 절절한 연정까지, 극진한 시들이 공명하고 있다.

튼실한 밧줄처럼 든든히 엮어오던 고정희의 시는 제 7시집 『저 무덤 위에 푸른 잔디』(1989)와 제 8시집 『광주의 눈물비』(1990)에 이르러 다시 오열하게 된다. 장시집 『저 무덤 위에 푸른 잔디』는 시대의 위압과 폭력 속에 사라져간 아들딸을 향해 애끓는 어머니의 목소리를 "에미 가슴속에 묻어둔 시체 / 육탈도 안 되고 씻김도 안 된 시체 / 살아 있는 등짝에 썩은 살로 엉겨 붙어 / 어머니 혼 풀어주세요, / 호령을 했다가 / 육천 마디 모세혈관에 검은 피로 얼어붙어 / 어머니 우리 진실 밝혀주세요, / 구곡간장 찢는 소리에 세월 이웁니다"의 피울음으로 토로한다. 시인은 '광주'라는 불의와 폭력의 현대사에 비감하게 맞서면서 "광주항쟁 이후에도 행복주의는 가능한가(『광주의 눈물비』 서문)"라고 비통하게 물으면서 굿과 주술의 신들린 언어로 슬픔과 정념을 쏟아낸다.

제 9시집 『여성해방출사표』(1990)는 그동안 시인에게 장전되어있던 여성주의 언어를 도도하게 거침없이 방류한다. 제목부터 강렬한 이 시집의 서문에서 시인은 "사회운동의 모순은 민중의 억압구조에는 민감하면서 그 민중의 핵인 여성 민중의 억압구조는 보지 않으려 한다든지, 민중의 해방이 강조되는 곳에 몰여성주의가 잠재되어 있다든지, 여성해방이 강조되는 곳에 몰역사와 탈정치성이 은폐되어 있다"고 밝히면서 여성의 삶과 억압구조를 "해방의 우선순위"로 보겠다고 선언한다. 여성해방출사표를 선언한 이 시들의 단호하고 깊은 울림은 한국 여성주의시의 영토를 깊고 넓게 확장하고, 시인은 여성해방주의의 장력 안에서 가장 뚜렷한 여성주의 시인으로서 정체성과 입지를 공고히 하게 된다.

황진이와 이옥봉, 사임당과 허난설헌이 주고받는 서간으로 이어지는 「이야기 여성사」 연작에서 고정희는 여성예술가들의 삶을 성억압 구조의 시각으로 재해석하면서 여성의 삶을 생생하게 재구한다. 민중의 억압 상황과 식민성을 고스란히 안고 있는 여성 삶의 수난사를 다시 불러와 남성중심의 여성 신화를 부수면서 다성적인 목소리로 등장하는 새로운 여성사를 쓴다. "무릎을 칠 만한 여남해방세상 시가 / 조선에는 아직 없는 듯 싶사외다 / 천지의 정리를 얻은 것이 해방된 여자요 / 해방된 몸을 다스리는 것이 해방의 마음이며 / 해방된 마음이 밖으로 퍼져 나오는 것이 해방의 말이요 / 해방된 말이 가장 알차고 맑게 영근 것 / 그것이 바로 시이거늘 / 그런 해방의 시가 조선에는 아직 없습니다(「황진이가 이옥봉에게」 중에서)", 이 시는 시인이 이르고자 했던 여성시의 경지를 보여준 것이라 할 수 있을 것이다.

『여성해방출사표』는 고정희의 시집 가운데 가장 높은 목소리로 팽팽하다. 시인은 여성해방의 기치를 드높이며 가부장제, 서구 중심, 남근주의를 비판하고 이를 아시아 여성들의 수난에 대한 인식으로 확장해 자본주의와 제국주의의 야합을 탈식민주의적 여성주의 시각으로 분석하고 비판한다. 그는 여성해방을 문학뿐 아니라 정치한 이론과 적극적인 행동으로 실천하면서 근현대사의 폭력성과 아시아의 식민성을 관통하는 여성문제를 현장의 언어로 불러 세운다. 높은 어조로 일관하고 있는 이 시들이 생경하다는 일부 시선에 대해 시인은 그런 느낌을 갖는 것조차 실은 오랜 동안 지배적 이데올로기에 순응한 결과일 뿐이라고 서늘한 통찰을 던진다.

시인이 생전에 남긴 마지막 시집인 제 10시집은 『아름다운 사람 하나』(1991)이다. 연시집이라 불리는 이 시집은 자유롭고 웅숭깊은 서정으로 가득하다. 이 시들은 인간과 세계를 향해 품은 시인의 홧홧한 마음과 정의감이 결코 추상적인 관념이 아니라 절실한 실체임을 보여준다. "같은 길을 가는 사람과 통방을 하고 나서 황홀했습니다 이제 막 문을 연 어둠 속으로 불을 켠 별들이 쌩쌩쌩 사라진 후 송악에 걸린 보름달처럼 두 우주가 둥그렇게 팔을 오무렸습니다 두 가슴이 둥그렇게 하늘을 감싸 안았습니다 아아 두 목숨이 서로 넋을 길게 뽑아 위에서 아래까지 두 마음 하나로 포개 불을 붙였습니다(「두 우주가 둥그렇게」)"에서처럼 시인은 두 목숨과 두 가슴과 두 마음이 하나로 포개지는 사랑이야말로 마치 두 우주가 포개지는 것처럼 황홀하고 굉장한 일이라고 믿는다.

1991년 6월 9일, 다시 지리산에 오른 고정희는 산행 중 뱀사골에서 불의의 사고로 타계한다. 지리산 뱀사골은 시인이 거듭 새로 태어난 바로 그곳이다. 출간을 위해 시인이 정리했으나 그만 유고 시집이 된 제11시집은 『모든 사라지는 것들은 뒤에 여백을 남긴다』(1992)이다. 이 시집에 실린 「밥과 자본주의」와 「외경 읽기」의 연작시는 여전히 열렬하고 직정적이다. "여자가 되는 것은 사자와 사는 일인가(「외경 읽기 - 여자가 되는 것은 사자와 사는 일인가」 중에서)"라고 가파르게 물으면서도, "사랑하지 않으면 나는 너의 종기를 모른다 사 / 랑하지 않으면 나는 너의 뇌졸중을 모른다 사랑 / 하지 않으면 나는 너의 자궁암을 모른다 사랑하 / 지 않으면 나는 너의 섬을 모른다 사랑하지 / 않으면 나는 너의 풀잎을 모른다 사랑하지 않 / 으면 나는 너의 북풍한설을 모른다 사랑하지 않으 / 면 나는 너의 수중고혼을 모른다 사랑하지 않으면 / 나는 너의 적막강산을 모른다 사랑하지 않으면 나 / 는 너의 흉곽진동을 모른다 모른다 모른다(「외경 읽기 - 눈물샘에 관한 몇 가지 고백」)"라고, 사랑하지 않으면 우린 결국 아무 것도 알 수 없다고 가쁜 숨을 몰아 고백한다. 어둠과 절망을 몰아내려는 사제의 강골, 변함없이 절절한 사랑을 고백하는 품 깊은 언어로 쓴 마지막 시집은 고정희의 시가 궁극적으로 무엇을 향해 늘 분주했는지 환하게 보여준다.

4. 의연한 고투, 결연한 자매애

고정희는 한 순간도 한 곳에 머물러 있지 않았으며 어느 순간에도 현장에 서있던 시인이다. 길지 않은 삶 속에서 필력강정을 다해 11권의 시집을 펴냈는데, 이렇게 거의 매년 펴낸 시집들을 시인은 '생리작용' 같은 것이라고 표현한다. 시인의 벗 조혜정이 말한 "한편에서는 여성의 고통을 가볍게 아는 '머스마'들에 치이고, 다른 한편에서는 민족의 고통을 가볍게 아는 '기집아'들에 치이면서, 누구보다 무거운 십자가를 지고 살던 너(조혜정, 『너의 침묵에 메마른 나의 입술』, 또하나의문화, 1993, 229면.)"라는 문장은 시인이 쏟아낼 수밖에 없었던 이 시들의 지향점을 일견 이해하게 한다.

민중시와 여성주의시, 마당굿시와 연시, 현실비판과 여성해방주의 등 고정희가 끊임없이 모색한 시들은 삶의 체험을 새기고 몸으로 쓰는 언어를 찾아가는 고투의 과정이었다. 시인은 자본과 권력과 가부장을 비판하며 민중에 대한 시선을 얻고 그 프리즘으로 여성해방주의에 이르렀고, 이를 다시 현실비판과 탈식민성의 주제로 확장해나갔다. 그의 시에서 기독교와 마당굿과 무속은 불협화음 없이 공명했으며, 여성의 일상과 거대담론은 함몰 없이 상생하였고, 세계에 대한 엄정한 인식과 치열한 사랑은 하나인 듯 공존했다. 마지막 산행이 되어버린 지리산으로 떠나기 전에 시인이 마지막으로 발표했던 주제가 '여성주의 리얼리즘과 문체혁명'이라는 사실을 떠올리면 그가 살아서 이루었을 모든 성취가 더 안타깝게 느껴진다.

고정희는 신념과 문학 사이에서 중심을 잡으려 부단히 노력하며 갱신을 거듭했다. 시에 대한 통설을 넘어 끊임없이 새로운 시 형식을 실험하고, 불의에 부단히 저항하며 결곡한 애도를 바치고, 평등한 세상이 이루어질 것을 일절 패색 없이 염원했다. 민중과 서정과 여성이 격렬하고 화해롭게 만나는 그 지점에 서있던 고정희 시인, 그가 뚜렷이 남긴 족적은 현재에도 활기 넘치는 여성주의 문화운동으로 지속되면서 결연한 자매애의 혁명적인 자취를 기록하고 있다.

여성 극작가의 길을 열다
김자림

백소연

1. 여성 극작가로서의 삶

연극이 사회적으로 천시되던 분위기와 남성 중심적이었던 공연 제작의 환경은 여성 극작가의 출현을 지연시키는 데에 일조하였다. 한국 연극사에서 여성 극작가의 등장은 1960년대 초에 이르러서야 비로소 가능해졌다. 1959년 조선일보 신춘문예로 등단한 김자림에 이어 1962년에 등단한 박현숙을 필두로 1960~1970년대 활약한 전옥주, 오혜령, 강성희, 김숙현 등은 이른바 '여성 극작가 1세대'로 명명되어 왔다. 그러나 여성이 배제된 공연 제작 현장에서, 여성 극작가의 작품이 공연된다는 것은 여전히 그 기회에서부터 제한적일 수밖에 없었다. '여류'로서의 외부적 규정은 그녀들을 연극계의 주변부에 존재하도록 만들었던 것이다. 그 때문에 당시의 많은 여성 극작가들은 공연으로서 그 가치를 증명받기보다, 개인적 글쓰기 행위 자체에 몰두하면서 다수의 희곡집을 발간하는 길을 걷게 되었다.[103]

이 시기 여성 희곡 작가들은 대체로 가정 내 여성 문제들을 주로 극화한 것으로 평가되어 왔으나 그렇다고 당대 정치 현실과 지배 담론의 문제로부터 완벽히 거리를 둔 것만은 아니었다. 특히 김자림의 경우, 여성과 사회 문제에 대한 진지한 접근을 통해, '여류' 혹은 '감상주의'로 분류되어 온 여성 작가 일반에 대한 폄훼를 넘어 평단과 학계의 주목을 끌며 긍정적 평가를 받아왔다.[104] 물론 이러한 평가의 규준들 자체가 이미 특정의 성적 편견에 기반을 두고 있음은 분명하다.

김자림은 1959년 조선일보 신춘문예에 「돌개바람」으로 등단한 이후 다수의 희곡 작품을 남겼으며 1966년 공연된 「이민선」(1965)은 국립극단 최초로 여성 극작가의 작품이 공연된 사례가 되기도 하였다. 경제적 이유 등으로 라디오 및 텔레비전드라마 작품을 비롯하여 다양한 극 장르에서 활동하였음에도 불구하고 그녀는 희곡 작가로서의 자신의 정체성과 애정을 분명히 해 왔다.

> 내가 아무리 바쁜 딴 일에 從事하고 있어도 戲曲은 늘 나의 마음의 故鄕이며 渴望이며 情熱이었던 거다. 時間을 쪼개어 그 일에 비집고 파고들어 앉았을 때의 그 熱氣, 그것은 곧 내 生存을 實感케 하는 일이었으며 가장 활발히 뛰는 맥박이기도 했다.
>
> ―「이민선」 후기

그녀의 30여 년의 작품 활동은 두 권의 작품집, 『이민선』(민중서관, 1971)과 『하늘의 포도밭』(혜진서관, 1988)으로 정리된 바 있는데 이 두 작품집은 그 작품 세계를 연구하는 데에 있어 전기와 후기로 구분되는 중요한 기준점이 되어 왔다. 이은경은 전기 희곡의 작품 세계를 "은폐된 진실, 왜곡되는 삶", "여성의 주체적 삶 제시", "현대 문명에 대한 비판"으로, 후기 희곡의 작품 세계를 "이기심에 의한 인간소외", "자아인식에 의한 존엄성 회복", "신앙에 의한 사랑의 구현"으로 나누어 분석한 바 있다. 특히 후기 희곡들 가운데 1980년대 이후 발표된 작품들은 기독교적 관점을 견지하고 있다는 점에서 전기 작품들과 뚜렷이 변별된다고 보는데 이는 다른 연구자들에게 있어서도 대체로 동의되어 온 부분이다.[105] 결과적으로 종교적 색채가 짙은 후기 작품 보다는 "현실의 부조리에 대한 반항과 비판의식"을 보인, 이른바 전기작들이 김자림의 작품 세계를 규명하는 주요 자료가 되었다고 할 수 있다.[106]

2. 억압적 현실과 여성의 욕망

김자림의 작품 중 「돌개바람」(1959), 「화돈」(1970) 등은 금기시 되어 온 여성의 욕망을 다룸으로써 새로운 여성 주체의 문제를 보여주었다는 점에서 연구자들의 주목을 받은 작품들이다. 등단작이기도 한 「돌개바람」은 인습에 의해 정절을 강요당해 온 여성의 삶을 비판적 시선으로 바라보고 있다. 결혼 전 남편 될 사람이 돌림병으로 죽고 난 후 시가에서 3년 상을 치르고 조카를 양자 삼아 살아온 할머니 강씨, 외도한 남편의 임종을 끝까지 지키면서 결국 과부가 된 며느리 박씨, 그리고 북한에서 실종된 남편 때문에 과부처럼 지내고 있는 손녀 기숙까지 3대에 걸친 여인들의 사연이 이 극의 중심을 이루고 있다. 그런데 이 집에 홀아비 의사인 현묵이 입주한 후 기숙과의 관계에 변화가 생기며 본격적인 갈등이 시작된다. 기숙과 현묵은 강씨의 경계와 주변의 방해에도 불구하고 우여곡절 끝에 마침내 사랑을 확인하고 서로의 결합을 약속한다. "돌개바람"같이 인습에 반발하던 기숙은 내면의 "자연스러운 갈구"에 따라 진정한 삶을 살아가기로 결심하게 된 것이다.

    기 숙   뭐가 그런 소린가요? 사낼 그리워한다는 게 뭐가 못써요?
            저절로 솟구쳐 오르는 자연스런 갈구죠. 왜 사내 소리만 나

오면 그리 법석들이세요. 마치 색광이라도 든 것처럼 안타
까와들 하시냐 말이에요.

기 숙   (그의 손을 되려 잡으며) 오 선생님! 이 짭짤하고 맵고 달콤
       한 세월들을 훌훌 그저 날려버릴 수는 없었어요. 무슨 약처
       럼 쓰게 마셔 버릴 순 없잖아요. 핥아도 보고, 깨물어도 보
       고, 짓씹어도 보고 싶었으니까.   ―「돌개바람」

  인습에 얽매이기를 거부하고 자신의 욕망을 기꺼이 긍정하며 주체적
으로 자신의 삶을 선택했던 기숙처럼, 「화돈」(1970) 역시 여성에 대한
전통적, 보수적 편견에 도전하는 인물이 극의 중심이 된다. 모노드라마
형식의 이 작품은 여성의 성욕을 전면화 하고 있다. 극 중 "女人"은 사
법고시 출제위원인 남편이 출장 간 사이 언니와의 통화를 이어가며 위선
과 허위의식에서 벗어나 자신의 내면을 솔직하게 표현한다. 그녀는 모든
기성관념을 극복하고 성을 구속하지 말아야 한다고 주장하면서 자신의
의견에 반발하는 언니를 위선자로 몰아붙이며 충고하기도 한다.

여 인   …… 이 세상 한 남성을 알게 됐지. 사랑은 윤리나 도덕이나
       수치심 같은 것만이 아니라는 것을 말야. 아이, 언니두 화는
       왜 내우? 갑옷 속에 가둬 둔 性이 그래 마냥 향기롭단 말이유?
                                                    ―「화돈」

  그러던 중 극의 말미, 전화가 혼선되는 과정에서 여인의 이야기를 듣게
된 남편이 편지로 이혼을 통보해 오게 되자 여인은 전화 속 이야기는
사실 일인칭 소설을 쓰는 중에 꾸며낸 이야기에 불과하다며 급히 변명을

늘어놓는다. 그러나 실제로 전화 통화에서 늘어놓았던 그녀의 혼외정사 경험이 거짓이었다는 사실은 분명히 밝혀지지 않은 채 극은 마무리 된다.

김자림은 인터뷰를 통해 "극의 중심 문제는 성적 자유의 문제이지만, 이 극이 전체적으로 나타내고자 하는 것은 인간 개인으로서 여성의 억압된 자유가 결과"라고 밝힌 바 있다. 또한 "여주인공은 사회적 현실이 주는 속박을 벗어날 수 없기 때문에 단지 상상력만을 발휘할 뿐이다. 그래서 극의 결말은 그녀가 고백한 모든 것은 '소설의 플롯'일 뿐이라고 말함으로써 끝난다"라고 말한다.[107] 이는 여성의 부정을 쉽사리 용인하지 않는 사회 속에서의 여성의 위치, 그리고 여성에 억압적인 사회 구조에 문제의식을 지니고 있음에도 그 속박으로부터 쉽사리 자유로워질 수 없었던 여성의 모순된 상황을 역설적으로 보여준 결말이었던 것이다.

3. 당대 사회에의 저항 혹은 순응

김자림은 「돌개바람」과 「화돈」을 통해 억압된 여성의 성적 욕망과 사회적 조건을 과감하게 다루었지만 이러한 문제의식을 다른 작품에서도 일관되게 드러낸 것은 아니었다. 소위 말하는, "여류답지 않"은 작품으로 평가되는 「이민선」(1965)이나 「동거인」(1969) 등은 1960년대 근대화 담론과 반공주의의 문제를 전면화 하고 있다. 김옥란은 「돌개바람」 공연이 '평범한 사랑 이야기'라고 혹평을 받은 이후에 김자림이 직접적으로 여성 문제를 다루기보다는 주로 남녀의 구분을 무화시키는 방식으로 당대 사회 문제에 대해 발화하는 길을 선택했다고 보고 있다. 즉 당시 여성에게 매우 폐쇄적이었던 문단과 연극계에서 여성 작가로서 살아남기 위한 작가 나름의 현실적 선택이었다는 것이다. 그러나 당대의 요구에 순응한 듯 보이는 일부 작품들에서도 "한국식 근대가 작동되는 방식과 그것에 거부감을 느끼고 일정한 거리감을 두려는 여성적 대응방식"이 함께 나타나고 있는 것 또한 사실이다.[108]

「이민선」(1965)에서 고창수는 오로지 '사탕왕'으로 성공하겠다는 일념 하나로 브라질에서의 성공을 꿈꾸며 가족들과 함께 이민선에 승선하기만을 기다리고 있다.[109] 그는 조각가를 꿈꾸는 아들이나 병약한 딸의 문제, 가족 내부에 흐르는 회의와 불안감을 묵살하며 이 땅에서 이루지 못한 경제적 성취를 브라질에서 보상 받고자 하는 원대한 욕망만을 표출할 뿐이다. 이민선에 승선하기 위해 대기하고 있던 피양댁 역시 브라질 이민을 위해 물개를 가족으로 급조하였으나 결국 물개의 범죄 행각이 드러나면서 이민의 꿈이 좌절되는 수순을 밟는다.

이 작품에서 눈여겨 볼 것은 근대화의 적극적 주체로 재탄생하기 위해 자본주의적 시간관과 경제관을 내면화 한 고창수와 다른 태도를 보이고 있는 여성 인물들이다. 고창수에게 경제적, 정치적 가치로 환원될 수 없는 과거의 시간들은 무조건적으로 폐기되어야 할 무가치 한 것이며 그가 그렇게 은폐하고 망각하려는 과거의 시간은 '구질구질한' 패배의 기억들에 불과하다. 반면, 그의 처인 창수댁은 가부장적 질서에서 자유롭지 못한 온건한 여성 인물로 형상화 되지만 그녀는 침묵으로, 혹은 소극적인 부정과 회의로 자신의 의사를 표시한다. 특히 그녀는 남편이 부정하는 과거의 사건을 언어로써 환기해 내거나, 과거의 한 시점을 상징하는 물건들을 끄집어낸다. 딸 소라 역시 유아기적 퇴행 상태에 머물러 있으면서 미래의 시간은커녕 도무지 현재의 시간을 살아가려는 의지조차 내비치지 않는다.

창 수 바다 저 깊이 때 묻은 과거를 수장해 버리란 말요, 새로운 옷을 입으려거든 낡은 것을 미련 없이 벗어 버려야 하는 거야.

창수댁 (트렁크를 뺏으며) 안돼요. 하나두 버릴 수 없어요. 이것들
은 지난 세월을 말해 주는 웃음과 울음과 한숨이 섞여 부서
진 감정의 파편들이에요.

창 수 (끌어 올리며) 지지라 못난 여편네야. (점점 흥분된 어조로)
우리는 내일 새벽 떠나는 거야. 우리의 이민선 쨍카호를 타
고 신천지를 향해 저 푸른 바다를 뚫고 나가는 거야. 예수가
죽음에서 부활하듯이 우리도 다시 사는 거야. (돌아보며) 그
러니 그 구질구질한 과거는 바다에 처넣으란 말이야.

－「이민선」

딸 소라는 결국 물개에게 겁탈당한 후 자살을 선택하며 그의 처 역시
이 사건 이후 정신이 온전하지 못한 채로 이민선에 승선하게 된다. 우여
곡절 끝에 마침내 출발하는 배 안에 있게 된 창수 일가의 모습은 그 자체
로 이민을 향한 꿈의 불완전성을 여실히 보여주고 있다. 또한 해방 당시
실패했던 고창수 일가의 승선 이후의 삶이 현재의 이러한 상황 위로 겹
쳐지면서 황금의 나라, 유토피아로 나아간다는 믿음 역시 허위에 불과함
을 다시 한 번 재확인 시켜 주고 있다.

한편, 「동거인」(1969)의 주인공인 한백호는 남파되었다가 생포된 간
첩으로 월남한 가족들과 상봉하지만 가족관계를 부정하며 좀처럼 마음
을 열려 들지 않는 인물로 그려진다. 6·25전쟁의 피난길에서 가족들과
헤어졌던 그는 북한에 남아 가족의 생사도 모른 채 비정한 양아버지 밑
에 성장하며 간첩교육을 받았던 것이다. 그렇기에 남한에서 다시 재회한
가족은 그에게 혈연을 나눈 존재이지만 동시에 적으로 인식될 수밖에
없다. 민부인은 가족을 거부하는 백호의 마음을 돌리기 위해 헌신적으로

노력하지만 아버지인 한사장과 주변인들은 그를 "사나운 짐승"으로 인식하고 경계할 뿐이다. 결국 병약했던 민부인은 백호의 변화를 보지 못한 채 안타까운 죽음을 맞이한다. 그러나 남쪽의 고아원에서 자란 향아의 적극적 도움으로 한백호는 참회하게 된다. 민부인이 보여준 헌신적 모성성이 향아에게로 전이되면서 한백호는 이를 통해 구원 받게 된 것이다.

> 향 아 (기뻐하며 더욱 자신 있게) 맑고 새벽 종같이 때 묻지 않은
>   저 소리! 증오가 어떤 그리움으로, 그 어떤 그리움은 설렘
>   이 되어 차츰차츰 다가오고 있어요. 아련한 시절을 떠올리
>   는 저 소리! 추억의 실마리가 하늘거리는 저 소리! 어쩌면
>   저 소리는 어렸을 때 당신의 어머니의 목소리인지도 몰라
>   요. (울음 삼키며) 그 목소리는 당신 어머니의 목소리인지
>   도……
>
>   (중략)
>
> 백 호 (절규) 어마이!
>
>   백호, 욱 울음 터뜨리며 꿇어앉아 들먹거린다. 향아, 뒤로 가서 그의
> 어깨를 가만히 싸안아 준다.   ―「동거인」

한백호를 구원한 모성성은 일견 긍정적으로 구현된 듯하다. 그러나 어머니의 모성이 제한된 공간 내에서 특정의 목적 하에 대체되어 가는 도구적 형태로 활용되었다는 점에서 한계를 지닌다. 반공의식이 모성의 영역을 통해 재강화 되고 있다는 점 역시 문제적이다. 그리하여 「이민선」에서 보여주었던, 여성적 비전에 입각한 새로운 현실 인식의 가능성, 남

성중심주의적인 지배담론에 대한 저항의 요소가 이후 김자림의 작품에서 일정 정도 사라졌다는 비판은 설득력을 지니게 된다.[110]

4. 여성 극작가로서의 현실적 한계와 가능성의 그 사이

여성 희곡 작가의 존재 자체가 희소했던 시대에 김자림은 "최초"의 여성 극작가로서 당대의 삶의 문제들을 담아내면서도 여성 문제에 대한 입장을 직, 간접적으로 표명해 왔다. 물론 "시대의 요구와 필요에 발빠르게 대응한 현실적인 작가"라는 평가[111]처럼 그녀가 남성 중심적 권력 체계나 지배 담론에 전면적으로 저항한 것은 아니었다. 그렇다고 소통되지 않는 억압적 현실에 전적으로 순응하려 든 것만도 아니었다. 당대의 강력한 규범 안에 놓였던 현실 조건과 무관하지 않게, 결과적으로 저항의 목소리와 움직임은 침묵되거나 저지당하는 양상을 보이고 있기 때문이다. 「이민선」의 창수댁이 딸을 잃고 정신을 놓았음에도 결국 이민선에 승선하듯이, 「화돈」의 여인이 자신의 고백이 사실 소설에 불과한 것이라고 인정한 것처럼, 「동거인」의 모성성이 반공주의의 강화를 위한 도구로 활용된 것처럼 말이다. 그리하여 이러한 결말은 결국 체제에 대한 좌절과 현실 질서에 대한 일방적 포섭, 나아가 체념적 순응으로만 해석될 수도 있을 것이다. 그럼에도 남성 중심의 주류 질서 안에서, 이질적 목소리로 지배 담론에 균열을 시도하며 일정의 흔적을 남기고 있다는 점에서 그 시도는 분명 의미를 지닌다. 또한 이러한 그녀의 존재가 있었기에 훗날 새로이 등장한 여성 극작가들이 실제 연극 현장에서 활발히 활동해 나갈 수 있게 되었다. 여성 극작가로서의 현실적 한계와 가능성의 사이, 김자림은 바로 그 본격적 출발점에 서 있었다 할 것이다.

주

1 신익철 외 역, 돌베개, 2006. ―이하 인용은 같은 책이다.

2 잘 알려졌듯이 「북천가」는 1849년 함경도 명천으로 유배된 김진형이 자신의 유배체
   험을 다룬 유배가사로, 작품 속에는 기녀 군산월과 정분을 나눈 이야기가 삽입되어
   있다.

3 「군산월애원가」는 가사집 『벌교사』에 실려서 유일본으로 전하고 있을 뿐, 영남 내
   방가사에서 유통되지 않고 있다. 고순희, 「「군산월애원가」의 작품세계와 19세기 여
   성현실」, 『이화어문논집』 14집, 이화여대 이화어문학회, 1996, 92쪽.

4 이정진, 「군산월이원가고」, 『향토문화연구』 3집, 원광대학교 향토문화연구소, 1986,
   77쪽; 고순희, 위의 논문, 94쪽; 박혜숙, 「기생의 자기서사―〈기생 명선 자술가〉와
   〈내 사랑 백석〉」, 『민족문학사연구』 25집, 민족문학사학회, 2004, 238쪽.

5 김진형의 유배기간은 실제로 석 달이 못되는데 본문 내용 중 유배 온 지 일 년 만에
   고향을 향해 섰다고 말하는 내용이 있는 점 등에서 제 삼자가 군산월을 의탁해서
   작품을 창작했을 가능성이 있다. 정병설, 『나는 기생이다』, 『문학동네』, 2007, 84~
   85쪽; 김윤희, 「이별에 대한 사대부와 기녀의 상대적 시선」, 『한국학연구』 42집, 고
   려대학교 한국학연구소, 2012, 150쪽.

6 김윤희, 앞의 논문, 2012, 137쪽.

7 이정진, 앞의 논문, 1986, 76쪽; 고순희, 앞의 논문, 1996, 94쪽.

8 존칭이 쓰여 있는 진술상의 모순으로 보아 향유자의 부연구 내지 개작구라는 입장이
   다. 고순희, 앞의 논문, 1996, 94~95쪽.

9 이정진, 앞의 논문, 1986, 77쪽; 고순희, 앞의 논문, 1996, 96쪽.

10 박혜숙, 앞의 논문, 2004; 박수진, 「〈군순월이원가〉의 작품 분석과 시 공간 구조 연구」,
   『한국언어문화』 52집, 한국언어문화학회, 2013.

11 이정진, 앞의 논문, 1986, 78~79쪽.

12 고순희, 앞의 논문, 1996, 99쪽~106쪽.

13 김윤희, 앞의 논문, 2012, 133~134쪽.

14 고순희, 앞의 논문, 1996, 106쪽.

15 박혜숙, 앞의 논문, 2004, 238~239쪽.

16 성기옥, 「기녀시조의 감성 특성과 시조사」, 『한국고전여성문학연구』 창간호, 한국
   고전여성문학회, 2000, 33~34쪽.

17 고순희, 앞의 논문, 1996, 94쪽.

18 백순철, 「규방가사의 작품세계와 사회적 성격」, 고려대학교 박사학위논문, 2001, 86 ~89쪽; 박애경, 앞의 논문, 2008, 113쪽.

19 박수진, 「〈군순월이원가〉의 작품 분석과 시 공간 구조 연구」, 『한국언어문화』 52, 한국언어문화학회, 2013, 158쪽.

20 이정진, 앞의 논문, 1986, 77쪽 참조.

21 이러한 극단적인 탄식은 아주 미미하고 자학적이나마 일종의 공격성을 지닌다. 박무영, 「기녀한시의 '비틀림'과 '비틀기'」, 『한국한시연구』 10집, 한국한시학회, 2002, 387쪽 참조.

22 정병설, 앞의 책, 2007, 44~51쪽.

23 성기옥, 앞의 논문, 2000, 33쪽.

24 박혜숙, 앞의 논문, 2004, 238쪽.

25 고순희, 앞의 논문, 1996, 98~100쪽.

26 박애경, 앞의 논문, 2006, 197쪽.

27 정인숙, 「남성작 애정가사에 나타난 기녀의 형상화방식」, 『한국고전여성문학연구』 16집, 한국고전여성문학회, 2008, 312쪽.

28 정인숙, 위의 논문, 2008, 311쪽.

29 김윤희, 앞의 논문, 2012, 133쪽.

30 박혜숙, 앞의 논문, 2004, 224쪽.

31 박애경, 「'소수자 문학'으로서의 기녀문학」, 『고전문학연구』 29집, 한국고전문학회, 2006, 199쪽.

32 金基鎭, 「金明淳氏에 對한 公開狀」, 『新女性』 10호, 1924. 11.

33 신혜수, 「김명순 문학 연구: 작가의식의 변모 양상을 중심으로」, 이화여자대학교 석사학위논문, 2009, 18쪽.

34 목성, 「사회풍자 銀파리」, 『개벽』 제9호, 1921. 3.

35 박경혜, 「어조의 분열: 유폐와 탈주의 욕망 사이-김명순론」, 『여성문학연구』 제2호, 한국여성문학회, 1999, 82~88쪽.

36 김미현, 『한국여성소설과 페미니즘』, 신구문화사, 1996, 169쪽.

37 김명순의 작품 중 상당수가 미완결의 상태로 마무리되지 못한 것도 이러한 맥락에서 이해될 수 있다.

38 조연현, 「강신재 단상」, 『현대문학』, 1960. 2., 94쪽.

39 고은, 「실내작가론-강신재」, 『월간문학』, 1969. 11., 158쪽.

40 정태용, 「강신재론」, 『현대문학』, 1972. 11., 22쪽.

41 윤병로, 「강신재·박경리의 문학-강신재론」, 『신한국문학전집 27』(해설), 어문각, 1976, 542쪽.

42 강신재, 「나의 대표작」, 『문학사상』, 1994. 1., 326쪽 참조.

43 김현, 「감정의 점묘화가」, 『강신재대표작전집』(해설), 삼익출판사, 1974, 406쪽.

44 김현, 위의 글, 412쪽.

45 고은, 앞의 글, 163쪽.

46 강신재, 「젊은 느티나무와 비누냄새」(작가의 말), 『한국전후문제작품집』, 신구문화사, 1963, 437쪽 참조.

47 고은, 앞의 글, 153쪽.

48 강신재, 「이 찬란한 슬픔을」(후기), 신태양사, 1966.

49 조연현, 앞의 글, 96쪽.

50 1979년 〈문학과 지성〉으로 데뷔한 최승자는 1981년 『이 시대의 사랑』, 1984년 『즐거운 일기』, 1989년 『기억의 집』을 출간한 바 있다. 위 글은 필자의 저서 『천국에 가다』에 실린 원고를 재수록한다는 것을 밝혀둔다.

51 최승자 시에 대하여 김치수는 '시인의 반어적인 사랑법'에 대하여 말하고 있고 정과리는 시인의 고통이 '방법적 비극'으로 노래되고 있음을 이야기한 바 있다. 진형준은 '긍정에 감싸인 방법적 부정'이라고 연구한 바 있다.

52 김경수 외, 『페미니즘과 문학비평』, 고려원, 1994, 56쪽. 여성적 발화가 가지는 부정적 절규는 여성 히스테리 연구와 함께 논의될 수 있는 정신분석적 창조성과 연관된다.

53 여성의 신체 및 그것의 묘사를 둘러싼 제반 이데올로기의 문제는 여성성의 정체성과 매우 긴밀한 연관을 맺고 있다. 이에 대한 참고문헌은 다음과 같다. 헬레나 미키, 김경수 역, 『페미니스트 시학』, 고려원, 1992.

54 김현자 외, 『한국 여성 시학』, 깊은 샘, 1998, 56쪽. 여성의 강박증적 증세는 기존관념에 대한 부정으로서의 실천적 의미를 지닌다.

55 김정란, 『한국현대 여성시인』, 나남출판, 2001, 34쪽.

56 박혜경, 『상처와 응시』, 문학과 지성사, 1995, 78쪽.

57 '이렇듯 가족 질서를 위협하는 부도덕하고 음란한 침입자라는 시선을 받아왔던 첩은 근대전환기에 이르면 전근대적 가족제도의 미개함을 표상하는 존재라는 낙인이 추가되기에 이른다.' 박애경, 「야만의 표상으로서의 여성 소수자들－〈제국신문〉에 나타난 첩, 무녀, 기생 담론을 중심으로」, 『여성문학연구』 19, 한국여성문학학회, 2008, 118쪽.

58 박용옥, 『한국 여성 근대화의 역사적 맥락』, 지식산업사, 2001; 정경숙, 3장 3절 「진명부인회 회장 신소당의 출신과 가계」, 『대한제국말기 여성운동의 성격 연구』, 이화여대 사학과 박사논문, 1988; 이경하, 「애국계몽운동가 申蕭堂의 생애와 신문독자 투고」, 『국문학연구』 11집, 국문학회, 2004. 6.

59 '독립협회 연셜 소문 졀졀이 츙군이오 스스이 이국이라. 우미흔 녀즈들도 연셜을 들어보니 츙이지심 격발흔나 녀즈 몸이 되엿스니 보국안민 흘 수 잇소 녀학교 셜시 흔야 긔명규칙 빈온 후에 남즈와 동등되여 츙군이국 목적숨아 황실을 보호흔고 민싱을 구졔흔면 그 아니 죠흘잇가. 녀학교 회원들은 깁히 싱각흔여 보오.' 『제국신문』

1898. 11. 5.

60 디져 국치로 ᄒᆞ야금 나라히 디평치 못ᄒᆞ옵실 바에야 여자도 국가우로지턱을 입사화 인국셩심이 업사오면 신민의 도리가 아니오니 여자등도 다쇼간 참녜코져 동심합녁 이로쇼이다. 본회에 의금 너시는 부인은 본회 회원으로 셩칙에 올니고 씨명과 금익 은 시눈에 공포ᄒᆞ깃사오니 전국 동포부인은 죠량ᄒᆞ시옵.『황셩』, 1907. 3. 16.

61 디안동 국채보샹부인회 ᄉᆞ무셔의셔는 미일 의년금 봉슈ᄒᆞ는 디로 즉시 신용쳐로 보 너여 두는 ᄉᆞ건은 집의 두는 거시 즁ᄒᆞ타 ᄒᆞ야 다만 긔원 긔십젼이라도 그시로 유치 케 ᄒᆞ다 ᄒᆞ니 미우 분명ᄒᆞ고 견고케 ᄒᆞ다더라.『대매』, 1907. 3. 19.

62 평싱 한되는 바는 이 몸이 여자되야 나라일을 못ᄒᆞ야 보고 쵸목갓치 셕을 신셰롤 싱각한즉 오내일텀이쵼쟝에 사못치더니 …… 동포부인게셔 열심ᄒᆞ오시니 동동쵹쵹 ᄒᆞ온 마음이 일야간 싱각ᄒᆞ기를 애국셩심은 남녀가 일반이오 경향이 업스온되 향곡 에셔 엇더ᄒᆞ신 부인게셔 ᄉᆞ업을 셩립ᄒᆞ오셔 일톄합심ᄒᆞ랴는지 희소식 드르랴고 각 신문 덤검터니 쳔만의외예 진쥬군 부용형이 애국부인회를 고동ᄒᆞ시오니 …… 량익 에 날기업셔 곳 가셔 치하ᄒᆞ지 못ᄒᆞ오느 남순에는 지남셕이 잇고 북순에는 쇠가 잇다 ᄒᆞ는 말이 량인 두고 이름인듯 형의 츙의롤 우리나라 신민으로 어느 뉘가 굼동 치 아니릿가.『만셰보』, 1907. 4. 2.

63 學校 一座라도 設立擴張홈은 慶幸의 事어니와 勿論 何等學校ᄒᆞ고 前設今廢가 大 段이 遺憾이 되는 것인즉 觀鎭坊會에셔 學校를 旣是設立ᄒᆞ엿슨즉 此校를 引繼維持 케 홈을 希望ᄒᆞ노라 ᄒᆞ얏더라.『황셩』, 1908. 11. 24.

64 本人은 一女子라 深處閨中ᄒᆞ야 豈可曰 學界上 閱歷이 有ᄒᆞ며 愛國思想이 有ᄒᆞ다 ᄒᆞ리요만은 國民一分子之義務는 男女가 一般이라. 故로 刱設一學校ᄒᆞ니 其名曰 光東이라. 本人이 猥居校長ᄒᆞ고 募集靑年子弟ᄒᆞ야 敎之育之가 殆至四載에 如干財 産을 蕩敗無餘ᄒᆞ와 至於昨冬ᄒᆞ야는 學校維持홀 方針이 極難沒策ᄒᆞ야 社會에 公布 哀乞ᄒᆞ고 學校維持를 請求홀 際에 自安東金氏宗中으로 爲公益의事業ᄒᆞ야 鳩聚巨 大財政ᄒᆞ고 諸宗約長 金聲樓氏가 本校를 維持키로 擔負ᄒᆞ고 引繼를 請할 時에 讓 受委員 金容鎭 金榮鎭 金宜東 三氏를 派送 故로 學校維持ᄒᆞ기로 第一條에 契約調 印矣러니 不過八九朔에 公益思想이 蔑如ᄒᆞ얏는지 巨大財政을 消耗何處 ᄒᆞ얏는지 本人에게는 都無一言半辭 샏더러 社會에 周旋도 無ᄒᆞ고 學生은 他校로 越送ᄒᆞ고 校長 金圭東氏가 遽然一朝에 廢校文字를 公布하오니 豈可曰 學校維持에 對하야 引繼홀 本意가 有ᄒᆞ리오. 至於學校ᄒᆞ야는 一人이 設立하고 衆人이 引繼라도 此非 個人私分的事業이라. 卽一正大公益則 廢校된 以上에는 此豈非全國公益上 一代缺 點也리오. 況且 自己가 該校를 創立設備하고 學生을 募集敎授하던 學校라도 如此 無理한 道理가 無커던 公益上 維持責任을 擔負하고 如此悖行이 有ᄒᆞ즉 公益上 一 大罪人이 可乎아 不乎아.

65 柳子厚,『李儁先生傳』, 東邦文化社, 1947. 이 책에서 신안 주씨와 장녀에 대해서는 결혼과 출생 당시의 짧은 언급을 빼고는 그 존재가 다시 거론되지 않는다. 이일정의

행적이 자주 비중 있게 다뤄진다는 점, 이일정의 소생인 차녀를 이준이 사랑했다는 일화가 자주 등장하는 점, 주씨의 소생이었지만 하나뿐이었던 아들에 대한 언급은 종종 발견되는 점과 비교해볼 때 작가가 신안 주씨와 그 장녀에 대한 서술을 의도적으로 배제했을 가능성이 있다. 유자후의 전기 자료는 기존 연구사에서도 신중하게 검토하여 받아들여야 한다는 의견이 나와 있다. 최기영은 『이준선생전』에 대해 '많은 자료와 증언이 포함되어 유용한 점도 많으나 부정확한 부분이 적지 않다는 지적이 있어왔다'고 하면서, 이준의 유고라는 「한국혼의 부활론」이라는 자료가 1947년의 『李儁先生傳』에는 언급되지 않다가 1948년 유자후의 또 다른 저서인 『海牙密使』에서는 강조되어 소개되고 있는 점 등을 들어 '보다 깊은 검토'가 필요하다고 말했다. 최기영, 「한말 李儁의 정치·계몽활동과 민족운동」, 『헤이그 한국특사 100주년 기념 헤이그 특사와 한국 독립운동』, 독립기념관 한국독립운동사연구소, 2007.

66 이준의 가문인 전주 이씨 족보에서 이일정의 존재를 일관성 없이 다루는 혼란상이 엿보이는 점도 그의 혼인 상태의 불안정성을 엿볼 수 있게 해준다. 1981년도 간행본에는 이일정이 재취부인으로 기록되어 있지만, 그보다 앞선 1926년도 본에는 초취인 신안 주씨만 기재되어 있을 뿐 이일정의 존재는 누락되어 있기 때문이다. 이준이라는 이름은 후에 개명한 것으로 두 곳 모두 '璿在'라는 이름으로 찾을 수 있었다. '子 璿在 改名儁 字舜七 號海玉 哲宗己未十一月十八日生 檢事 丁未六月六日成仁 于海牙 配新安朱氏萬福女 甲寅十二月十七日生', 『全州李氏完豊君派譜』, 연활자 본, 18권 8책 중 권7. 1926. 국립중앙도서관 소장. : '子 璿在 一作儁 字舜七 號海玉 或一醒 哲宗十年己未十二月十八日生 西紀一八五八年十二月十八日未時 郡絆道 薦純陵參奉 漢城平理院裁判所檢事 丁未四月高宗皇帝密詔使于海牙 見義乖六月 六日奮忠殉節 墓海牙 西紀一九六三年十月四日 서울特別市城北區水踰洞(牛耳洞) 移葬 有齋室床石碑石銅像略歷史績 又獎忠壇公園内有銅像建立 葬禮國民葬 皆國 家建立年年歲歲一醒會主催로陽七月十四日追念式擧行 又陽十月九日門孫合同時 享祭擧行 娶貞敬夫人新安朱氏萬福女羅荷坮 甲寅十二月十七日生 再娶貞敬夫人 平東李氏一貞女史', 李柱璟 發行, 『全州李氏完豊大君派世譜』 卷五, 전주이씨완풍 대군파세보 편찬위원회, 대전: 대경출판사, 1981. 부천족보도서관 소장.

67 이일정의 가문이 자료에 따라 '牛峰 李氏'로 되어 있기도 하고 '平東 李氏'로 되어 있기도 한 점 역시 가문의 한미함을 윤색하기 위한 흔적으로 볼 수 있다. 1906년 한성부 호적에는 이준이 '妻 牛峰 李氏'와 거주하는 것으로 기록되어 있으나 1981년 전주 이씨의 족보에는 이일정이 '平東 李氏'로 기재되어 있다.

68 녀ᄌ된 이니 몸도 이천만 동포 츕슈되어온 스롬으로 츕분을 못이기여 츄필을 드러 회좌에 올나나이다. 국가 죵사 보젼홈과 우리 셩민 보젼홀 질서는 우리 회가 셩실호디 잇사오니 열심으로 단쳬 되고 일심으로 문명ᄒ옵기 부디 결심ᄒ옵소셔. 만일 회원이 모다 포박되여 스무볼 스롬 읍실 지경이면 아모리 미쳔ᄒ고 연약ᄒ 녀인이라도 뒤를 ᄶᆞ츠 회즁에 나아갈 터이오니 그리 아시옵고 다시 스람 읍것다 걱정 마옵소셔. 광무

팔년 십일월 이십일일 어의궁니 공진회장 리쥰에 가인은 근셔. 『황성』, 1904. 12. 29.

69 리부인은 즉 리쥰씨의 부인이라. 일본이십일유학생에게 기함흐이 여좌흐니. 본인은 디한국 니쳔만 동포즁 일기 미쳔흔 녀즈라. 학식도 업고 집안싱에 골몰무가흐야 세 승을 불변흐오나 다만 졔국신문을 미일 보물인 흐야 일젼 본신문숭에 긔지흔 바 일본 동경에 유학흐신는 일진회 파견흔 학원 니십일인이 학비 업스무로 감독부의 와셔 의탁흐얏다 흐고 인흐야 여러분이 단지흐야 혈셔한 목젹 득달흐기를 동맹흐셧 단 말슴을 보오니 본인이 비록 녀즈나 인국흐는 마음으로 참 혈누를 금치 못흐다가 도로케 싱각흐니 여러분 흘닌 피로 우리나라 국권 회복흘 일니 확실흐게 되엿스니 엇지 감화치 아니리요. 일변 슬푸고 일변 긋분 마음으로 쟌젼 니십일환을 보느오니 여러분 쎠셔 칙 흔권식이라도 스보시고 더욱 열심흐시와 국권 회복흘 목젹을 득달흐 시압기를 쳔만복앙흐압느니다. 『대매』, 1907. 2. 19.

70 安洞 光東學校는 男子學校인디 校長은 申簫堂이오 校監은 李偶氏 夫人이라, 『大韓 每日申報』, 1907. 5. 5.

71 오늘 아참에 일즉 니러나 셔쳔을 바라보며 망부의 외로온 혼을 부르읍다가 귀 신문 을 보온즉 첫지는 지졍의 군죨흠과 둘지는 신문을 구람흐시는 동포의 열심히 부죡흐 음과 셋지는 언론의 즈유를 엇지 못흐와 닉외국의 시셰 형편을 마암디로 긔지치 못흠으로 인흐야 쟝차 폐지흘 디경에 니른지라. 이에 영결셔룰 지어 젼국 동포의게 고흐심이오니 ⋯⋯ 미망인 일졍의 셩붕지통은 고금에 짝이 업스온지라. 쟝찻 스싱 을 알 슈 업스오나 혹시 부지흐오면 몸과 뜻을 대한 데국의 의지흐야 우리 강토의 보젼흠과 인민의 즈유권을 회복흠과 즈유 독립흐는 날을 볼가흐옵고 아참져녁으로 실낫갓흔 목숨을 간신히 지팅하옵더니 이졔 데국신문의 지팅키 어려움을 싱각흐옴 이 흉격이 막히고 심신이 훗허여 일시를 보젼치 못흐겟스오니 ⋯⋯ 아모조록 데국 신문의 군죨흔 지졍을 도으샤 대한국민의 일 분즈된 일졍의 말을 져바리시지 안으시 면 국가에 다힝흠이오 인민에 다힝흠이라 흐노이다. 『졔국』, 1907. 9. 11.

72 1920년 이후『동아일보』에 나타난 이일졍의 행적에 대해서는 다음 글을 참고했다. 홍양희, '한국여성인물사전 161. 이일정－헤이그 특사 이준의 아내이자 정치적 동 지', 『이투데이』, 2017. 7. 25.

73 최기영, 앞의 논문, 169~170쪽.

74 서정자, 「최초의 여성문학평론가 임순득론－특히 그의 페미니즘 문학 비평을 중심 으로」(『청파문학』제16집, 1996), 『한국여성소설과 비평』, 푸른사상, 2001; 이상경, 「임순득의 소설 「대모」와 일제 말기의 여성문학」, 『여성문학연구』 8, 한국여성문학 학회, 2002.

75 김재용, 「북한의 여성문학」, 『한국문학연구』 19, 동국대학교 한국문학연구소, 1999; 이상경, 앞의 책; 서승희, 「국민화의 문법과 여성문학, 그 불/일치의 궤적－임순득 다시 읽기」, 『비교어문연구』 38, 비교어문학회, 2014.

76 「대모」라는 제목으로 번역되어 이상경, 『임순득, 대안적 여성 주체를 향하여』, 소명

출판, 2009에 수록되었다.

77 이상경은 이름짓기와 관련한 일본적 풍속과 천주교의 개념을 두루 설명하여 임순득 이 염두에 두었을 만한 사항을 밝히는 한편, 임순득이 일가의 창씨개명에도 불구하 고 실생활에서 일본식 이름을 쓰지 않았음을 지적한다. 또한 이 소설이 이름짓기와 관련한 여러 고민들을 보여줌으로써 이름이 지니는 상징성 및 해방의 열망을 강렬하 게 제시하고 있다고 해석한다. 이상경, 위의 책, 174~178쪽.

78 서승희, 앞의 논문, 396쪽.

79 서유리, 「『매신 사진순보』, 조선에 전쟁을 홍보하다」, 『근대서지』 10, 근대서지학 회, 2014, 372쪽.

80 머리를 상고로 깍고 나니 / 어느 詩人과도 낯이 다르다. //

꽝꽝한 니빨로 우서보니 하눌이 좋다. / 손톱이 龜甲처럼 두터워가는것이 기쁘구나. // 솟작새같은 게집의이야기는, 벗아 / 인제 죽거든 저승에나 하자. / 모가지가 가느다 란 李太白이처럼 / 우리는 어찌서 兩班이어야 했드냐. //

포올·베르레ー느의 달밤이라도 / 福童이와 가치 나는 새끼를 꼰다. / 巴蜀의 우름소 리가 그래도 들리거든 / 부끄러운 귀를 깎어버리마 // ㅡ 서정주, 「엽서ー東里에게」 전문.

81 최재봉, 작가 인터뷰 「〈이야기의 힘〉을 믿는다」, 『박완서 문학 길찾기: 박완서 문학 30년 기념비평집』, 이경호·권명아 [공]엮음, 세계사, 2000, 30쪽.

82 1976년 11월, 『창작과비평』 가을호에 발표된 작가의 단편소설 제목이다.

83 이 작품과 관련한 글의 내용은 김윤정, 『박완서 소설의 젠더의식 연구』(역락, 2013) 중 일부 내용을 수정 보완하여 작성한 것이다.

84 조현준, 「애도와 우울증」, 『페미니즘과 정신분석』, 여성문화이론연구소 정신분석세 미나팀, 여이연, 2003, 64~65쪽.

85 "더 지겨운 건 육십 년이 지나도 여전히 아물 줄 모르고 도지는 내 안의 상처이다. 노구(老軀)지만 그 안의 상처는 아직도 청춘이다."(박완서, 산문집 『못 가본 길이 더 아름답다』, 현대문학, 2010, 20쪽.)

"나는 누구인가? 잠 안 오는 밤, 문득 나를 남처럼 바라보며 물은 적이 있다. 스무 살에 성장을 멈춘 영혼이다. 80을 코앞에 둔 늙은이다. 그 두 개의 나를 합치니 스무 살에 성장을 멈춘 푸른 영혼이, 80년 된 고옥에 들어앉아 조용히 붕괴의 날만 기다리 는 형국이 된다. 다만 그 붕괴가 조용하고 완벽하기만을 빌 뿐이다."(박완서(2010), 위의 책, 26쪽.)

86 김윤정(2013), 앞의 책, 72쪽.

87 2009년에 발표된 박완서의 단편소설이다.

88 박완서, 「빨갱이 바이러스」, 『기나긴 하루』, 문학동네, 2012, 55쪽.

89 「빨갱이 바이러스」, 『기나긴 하루』, 87쪽.

90 권명아, 「박완서ー자기상실의 '근대사'와 여성들의 자기 찾기」, 『역사비평』, 1998

겨울, 390쪽.

91 「빨갱이 바이러스」, 『기나긴 하루』, 88쪽.

92 신수정, 「증언과 기록에의 소명-박완서 자전소설 읽기」, 『푸줏간에 걸린 고기』, 문학동네, 2003.

93 권명아, 「박완서 문학연구-억척 모성의 이중성과 딸의 세계의 의미를 중심으로」, 『작가세계』, 1994 겨울, 333쪽.

94 洪祐健, 「伯姑沈恭人墓誌銘」, 『原泉集』 권7 恭人事父母有愍愛, 處兄弟姊妹間融融如也, 自幼端貞自持, 言動有度 承旨公嘗曰, 此兒卓然異凡, 如正人莊士可勖以學也, 乃授經史子書殆遍, 由是明古今達義理, 識量益進. 性不喜作詩而 時或屬筆, 輒淸警有古意, 然旣笄後絶不復作, 曰非婦人事也, 故巾衍所得爲數百首, 而皆幼時在父母側, 與諸兄弟唱酬者也.

95 여성 문필 황동에 대한 홍인모 집안의 태도에 관해서는 박무영, 「조선후기 한·중 교유와 젠더담론의 변화-서영수합의 중국 반출을 중심으로」, 『고전문학연구』 45, 한국고전문학회, 2014.

96 李大愚, 「序」, 『幽閑集』 其後拜外姑洪恭人於左扉, 雅聞恭人通經史, 嫻詩禮, 蔚有女士譽. 每覿之, 不覺有異於人, 唯營米鹽, 治絲麻謹而已. 愛余甚, 語纏纏無不盡, 獨不及文字事, 余恃愛, 往往請之固, 而亦不肯答. 及恭人沒 而胤子誠澤檢箱筐故紙, 得少日所爲詩數百篇.

97 정황상 그 창작연대를 추정할 수 있는 작품을 수록된 순서대로 정리하면 다음과 같다.

작품명	추정 연대	추정 근거
次仲氏韻	1807년, 홍원주 나이 17세	『유한집』에 丁卯 작으로 표기
和陶讀山海經韻	1808~1809년 작, 홍원주 나이 18~19세	홍석주 시 「次陶讀山海經韻」, 戊辰~己巳 작.
次唐人鸚鵡洲望岳陽韻	1808~1809년 작	홍석주 시 「次劉長卿鸚鵡洲望岳陽韻」, 戊辰~己巳 작.
次梅月堂歸鴈韻	1808~1809년 작	홍석주 시 「次梅月堂歸鴈韻」, 戊辰~己巳 작.
和陶歸園田韻	1808~1809년 작	홍석수 시 「和陶歸園田居韻」, 戊辰~己巳 작.
鷗湖十六景	1808~1809년 작	홍석주 시 「次憲仲寄示鷗湖十六景韻」, 戊辰~己巳 작.
東嘉十景	1809년 작	홍현주의 시에 차운한 것, 己巳 작.
敬次	1809년 작	"隴西三看曆"라는 표현이 있어 홍인모가 농서에 부임한 지 3년 되던 해인 1809년 작임을 확인할 수 있다.
憶伯父東藩之行	1809년 작	백부 홍의모가 강원감사에 제수되었을 때가 1809년임.
疊呈舅氏	1810년 작, 홍원주 나이 20세	양주목사로 부임(1810년)하는 외삼촌 徐有望에게 주는 시

이 외에도 「隋宮懷古」, 「長安秋夜」, 「擬訪隱者不遇」 등의 작품은 홍인모에게도

동명의 작품이 있는 만큼, 홍인모 생전(1812년 사망)에 함께 지어진 작품으로 추정된다. 정리하자면 『유한집』은 홍원주 나이 17세에서 20세 때인 1807년에서 1810년까지 총 4년간 지어진 한시 192수와, 52세 때 지은 「和永明寄示韻」으로 구성되어 있다고 할 수 있다. 마지막 작품을 제외하면 출가 전 작품으로 보인다. 당시로서는 다소 늦은 나이에 출가한 것은 의아스럽다 하겠으나, 沈宜爽 집안과 이미 혼약이 있었다면 조부인 沈養之(1808년경 사망)나 시모의 죽음으로, 혼례를 미루었을 가능성이 있었던 것으로 짐작한다. 따라서 홍원주가 출가한 뒤에, 시댁에서 불우한 일상을 보내면서 친정 가족들을 그리워하는 마음을 한시로 표현했다는 기존의 해석은 재고를 요한다.

98 예컨대 「겨울날 이백을 그리네〔冬日懷李白〕」와 같은 시는 이백에 대한 두보의 그리움과 기약을 반복하는 데 그치고 있을 뿐이다.

99 洪爽周, 「貞敬夫人行狀」, 洪仁謨, 『足睡堂集』 "先考喜爲詩, 晚歲在郡邑, 無可與唱和者 乃强屬先妣."

100 남아 있는 작품을 통해 짐작컨대 그녀의 독서의 폭은 상당히 넓었던 것으로 보인다. 항우, 형가, 장량 등에 관한 영사시를 쓰며 평소 역사서에 대한 학습의 흔적을 드러냈으며, 「왕유의 관렵시에 차운하며〔次王維觀獵韻〕」에서는 쫓기는 이리를 묘사하며 명대(明代) 소설인 『중산랑전(中山狼傳)』에 나오는 고사를 시에 삽입하기도 하였다.

101 洪原周, 『幽閑集』, 「呼韻」 得詩瓊唾落, 還覺愧酬君.

102 李大愚, 「序」, 『幽閑集』 "有才則氣易肆, 有善則志易誇, 與其肆而誇也, 毋寧拙而愚之, 安其素也. 有若無, 實若虛, 男子猶然, 況夫人耶?"

103 김옥란은 소위 '제1세대 여성 극작가'들의 희곡집 발간이 지니는 의미를 다음과 같이 밝히고 있다. "특히 이들의 희곡집 발간은 여성이 공연 제작과정에 생산 주체로서 적극적으로 참여할 수 있는 여건이 아직 개척되지 않았을 때 극작가로서 자신의 작가적 정체성을 유지하는 유일한 방법으로 적극 인식되었다."(김옥란, 『한국여성극작가론』, 연극과 인간, 2004, 21쪽.)

104 유민영의 다음과 같은 평가가 대표적이라고 할 수 있다. "희곡계에 여류가 등장하면서 우리 여성들의 삶이 재검토되었고 희곡의 지평도 확대되기 시작했다. 특히 전후파 작가들에게서 거의 취급되지 않은 분단문제까지 제기됨으로써 주제의 확대가 여류작가들에 의해서 이루어진 듯한 느낌마저 주었던 것이다. 그러니까 여류작가라고 해서 여성문제에만 갇혀 있었던 것이 아니고 우리 민족의 근본문제까지 파고드는 저력을 보여주었다는 이야기다."(유민영, 『한국현대희곡사』, 홍성사, 1982, 493쪽.) 물론 이러한 억압 기제에 대한 작가의 도전 의식이 결국은 가정과 가족이라는 가부장적 사회의 기본틀을 전제로 하고 있다는 점에서 일정의 한계가 지적되기도 하였다.(심정순, 「무대에 올려진 여성 몫의 현실 — 한국희곡에 나타난 페미니즘」, 『문학사상』, 문학사상사, 1994. 4., 331쪽.)

105 이은경, 「김자림 희곡 연구」, 『한국극예술연구』 9, 한국극예술학회, 1999 참조.

106 박혜령 역시 이은경과 마찬가지로 이러한 구분에 동의하고 있다. 희곡집 『이민선』
에 수록된 작품들이 현실의 부조리에 대한 반항과 비판의식을 표출하였다면, 『하늘
의 포도밭』은 이러한 자세를 견지하면서도 현실 극복의 방법을 기독교의 사랑과
구원에서 찾는 농후한 종교적 색채를 보인다는 것이다.(박혜령, 「김자림의 희곡에
나타난 여성인식」, 『한국문학논총』 35, 한국문학회, 2003.)

107 심정순, 「女性批評: 金玆林의 페미니스트적 女人像 - 〈돌개바람〉과 〈화돈(花豚)〉
을 중심으로-」, 『한국연극학』 3, 한국연극학회, 1989, 248∼249쪽.

108 김옥란, 앞의 책, 75쪽.

109 당시 이민 정책은 정권이 내세운 경제 성장이라는 목표와 결코 무관하지 않았다.
산업증가율을 앞지르는 인구증가율은 1960－70년대 박정희 정권이 직면한 큰 문제
였으며, 정부는 산아제한정책과 더불어 해결방안의 하나로 해외로 국민을 송출하는
이민 정책을 채택하게 되었고 그 결과 1962년 이민법이 선포됨에 따라 정식으로 브
라질로의 첫 영농 이민 사업이 추진되었다. 「이민선」은 이러한 배경 속에서 탄생한
작품이다.(백소연, 「좌절된 이민과 근대화에의 회의: 김자림의 「이민선」(1965), 오
혜령의 「카이사의 것은 카이사에게로」(1973)를 중심으로」, 『여성학논집』 29, 이화
여자대학교 한국여성연구원, 2012 참조.)

110 김옥란, 앞의 책, 101∼102쪽.

111 이주희, 「김자림 희곡의 여성인물 연구」, 계명대학교 석사학위논문, 2005, 69쪽.

참고 문헌

1부 | 여성 삶을 자각하다

▌풍양 조씨의 존재 증명, 『자기록』 - 풍양(豊壤) 조씨(趙氏)

풍양 조씨, 『자기록 - 여자, 글로 말하다』, 김경미 역주, 나의시간, 2014.

김경미, 「〈자기록〉의 저자 '풍양 조씨' 연구」, 『한국고전여성문학연구』 28, 2014.

박무영 외, 「기억으로 자기의 역사를 새긴 여성, 풍양 조씨」, 『조선의 여성들』, 돌베개, 2004.

박옥주, 「豊壤趙氏夫人의 『ᄌᆞ긔록』 硏究」, 『한국고전여성문학연구』 3, 2001.

박혜숙, 「여성적 정체성과 자기서사 - 『ᄌᆞ긔록』과 『규한록』의 경우」, 『고전문학연구』 20, 2001.

홍인숙, 「『ᄌᆞ긔록』에 나타난 일상적 생애 서술의 특징과 효과」, 『한국고전여성문학연구』 25, 2012.

▌우뚝 선 어머니의 자긍심 - 연안(延安) 이씨(李氏)

『규방가사 1』, 한국정신문화연구원, 1979.

유시원·유시성 편, 『풍산유씨문충서애종족보』, 안동: 풍산유씨문충공서애종파보소, 1978.

권영철, 「쌍벽가 연구」, 『상산 이재수 박사 환력기념 논문집』, 형설출판사, 1972.

권영철, 『규방가사연구』, 이우출판사, 1980.

김수경, 「창작과 전승 양상으로 살펴본 「쌍벽가」」, 『규방가사의 작품세계와 미학』, 역락, 2001.

김수경, 「부여노정기: 최초의 기행소재 규방가사」, 『규방가사의 작품세계와 미학』, 역락, 2001.

박연호, 「조선후기 교훈가사 연구」, 고려대학교 박사학위논문, 1996.

백순철, 「규방가사의 작품세계와 사회적 성격」, 고려대학교 박사학위논문, 2000.

성기옥 외, 『고전여성작가연구』, 태학사, 1999.

유정선, 「18, 19세기 기행가사의 작품세계와 시대적 변모양상」, 이화여자대학교 박사
　　　학위논문, 1999.

최강현, 「경신신유노정기 소고」, 『홍익어문』 1, 홍익대학교 국어교육과, 1981.

▍함께 읽고 토론하고 설법하다 − 이여순(李女順)

박정현, 『웅천일록』, 한국고전종합DB.

안방준, 『혼정편록』, 한국고전종합DB.

유몽인, 『어우야담』, 신익철 역, 돌베개, 2006.

이긍익, 『연려실기술』, 한국고전종합DB.

장지연, 「진휘속고」, 『장지연전서』, 동양학총서, 단국대학교 부설 동양학연구소, 1979.

정재륜, 『공사견문록』, 세종대왕기념사업회, 동방미디어.

조경남, 『속잡록』, 한국고전종합DB.

『광해군일기』, 한국고전종합DB.

『인조실록』, 한국고전종합DB.

『청룡사지』, 청룡사, 1972.

『법보신문』 23, 법보신문사, 2013.1.23.

신익철, 「광해군 시절 여승 이예순(李禮順)의 일행」, 『문헌과 해석』 29, 문헌과해석
　　　사, 2004.

이향순, 『비구니와 한국문학』, 예문서원, 2008.

홍나래, 「17세기 이여순(李女順) 소문의 힘과 가부장 사회의 대응」, 『한국고전연구』
　　　30, 한국고전연구학회, 2014.

홍나래·박성지·정경민, 「악녀의 재구성」, 들녘, 2017.

▍삼종의 의리는 중하고 일신은 가볍다네! − 송덕봉(宋德峰)

송덕봉, 『(국역)덕봉집』, 문희순·안동교·오석환 역, 심미안, 2012.

유희춘, 『미암일기초』 1~5권, 조선총독부 한국사편수회, 1936.

김경미, 「조선 여성의 또 다른 삶: 송덕봉」, 『여성이론』 7, 여성문화이론연구소, 2002.

김세서리아, 「조선 유학의 가족 서사를 통한 관계적 자아의 정교화: 송덕봉의 서간문
　　　에 나타난 부부서사를 중심으로」, 『한국여성철학』 25, 한국여성철학회, 2016.

박무영·김경미·조혜란, 『조선의 여성들, 부자유한 시대에 너무나 비범했던』, 돌베개,
　　　2004.

박미해, 「16세기 夫權과 婦權의 존재 양식: 『眉巖日記』에 나타난 柳希春과 宋德峰의 사례를 중심으로」, 『한국여성학』 18, 한국여성학회, 2002.

송재용, 「宋德峯 文學 硏究」, 『東아시아古代學』 28, 東아시아古代學會, 2012.

이성임, 「16세기 宋德峰의 삶과 성리학적 지향」, 『歷史學硏究』 45, 湖南史學會, 2012.

이연순, 「16세기 夫婦間의 일상사 해결의 양상: 柳希春과 宋德奉의 경우를 중심으로」, 『동양고전연구』 46, 동양고전학회, 2012.

정창권, 「『미암일기』에 나타난 송덕봉의 일상생활과 창작활동」, 『어문학』 78, 한국어문학회, 2002.

▍고독과 성찰의 시 쓰기 – 김후란

김후란, 『김후란 시 전집』, 푸른사상, 2015.

김후란, 『너로 하여 우는 가슴이 있다: 다시 만나는 김후란 감성에세이』, 솔과학, 2003.

김후란, 「절대 고독 속에 빛나는 시심」, 『본질과현상』 46, 본질과현상, 2016.

구명숙, 「김후란 시에 나타난 "가족"의 의미와 현실인식 – 『따뜻한 가족』을 중심으로」, 『韓國思想과 文化』 51, 한국사상문화학회, 2010.

김현자, 「바람의 영속성과 내면적 탐구」, 『아청빛 길의 시학』, 소명출판, 2005.

홍용희, 「현존재의 진정성과 충만한 영원: 김후란 론」, 『語文硏究』 64, 어문연구학회, 2010.

2부 | 사랑을 발견하다

▍19세기 기녀의 자기표현과 자의식 – 군산월(君山月)

고순희, 「〈군산월애원가〉의 작품세계와 19세기 여성현실」, 『이화어문논집』 14, 이화어문학회, 1996.

박무영, 「기녀한시의 '비틀림'과 '비틀기'」, 『한국한시연구』 10, 한국한시학회, 2002.

박수진, 「〈군순월이원가〉의 작품 분석과 시 공간 구조 연구」, 『한국언어문화』 52, 한국언어문화학회, 2013.

박애경, 「'소수자 문학'으로서의 기녀문학」, 『고전문학연구』 29, 한국고전문학회, 2006.

박혜숙, 「기생의 자기서사 – 〈기생 명선 자술가〉와 〈내 사랑 백석〉」, 『민족문학사연구』 25, 민족문학사학회, 2004.

백순철, 「규방가사의 작품세계와 사회적 성격」, 고려대학교 박사학위논문, 2001.

박혜숙·최경희·박희병, 「한국여성의 자기서사」1, 『여성문학연구』7, 한국여성문학회, 2002.

성기옥, 「기녀시조의 감성 특성과 시조사」, 『한국고전여성문학연구』창간호, 한국고전여성문학회, 2000.

이정진, 「군순월이원가고」, 『향토문화연구』3, 원광대학교 향토문화연구소, 1986.

정병설, 『나는 기생이다』, 문학동네, 2007.

정인숙, 「남성작 애정가사에 나타난 기녀의 형상화방식」, 『한국고전여성문학연구』16, 한국고전여성문학회, 2008.

▌"나는 사랑한다" - 김명순

서정자·남은혜 공편, 『김명순 문학 전집』, 푸른사상, 2010.

김미현, 『한국여성소설과 페미니즘』, 신구문화사, 1996.

남은혜, 「김명순 문학 연구」, 서울대학교 석사학위논문, 2008.

박경혜, 「어조의 분열: 유폐와 탈주의 욕망 사이-김명순론」, 『여성문학연구』2, 한국여성문학회, 1999.

신혜수, 「김명순 문학 연구: 작가의식의 변모 양상을 중심으로」, 이화여자대학교 석사학위논문, 2009.

홍혜원, 「탄실 김명순」, 『여성이 행복한 도시, 대전』, 대전광역시, 2010.

▌비누냄새와 점액질 사이의 거리 - 강신재

강신재, 「젊은 느티나무와 비누냄새」(작가의 말), 『한국전후문제작품집』, 신구문화사, 1963.

강신재, 「이 찬란한 슬픔을」(후기), 신태양사, 1966.

강신재, 「나의 대표작」, 『문학사상』, 1994. 1.

고 은, 「실내작가론-강신재론」, 『월간문학』, 1969. 11.

김 현, 「감정의 점묘화가」, 『강신재대표작전집』2(해설), 삼익출판사, 1974.

윤병로, 「따뜻한 휴머니티」, 『신한국문학전집』(해설), 어문각, 1976.

정태용, 「강신재론」, 『현대문학』, 1972. 11.

조연현, 「강신재 단상」, 『현대문학』, 1960. 2.

▌여성시의 부정성과 현대적 반란 - 최승자

김경수 외, 『페미니즘과 문학비평』, 고려원, 1994.

김용희, 『천국에 가다』, 하늘연못, 2001.

헬레나 미키, 『페미니스트 시학』, 김경수 역, 고려원, 1992.

김현자 외, 『한국 여성 시학』, 깊은샘, 1998.

김정란, 『한국현대 여성시인』, 나남출판, 2001.

박혜경, 『상처와 응시』, 문학과 지성사, 1995.

3부 | 시대를 나아가다

▌이념과 현실 사이의 문인(文人) 그리고 여성 - 김삼의당(金三宜堂)

김지용·김미란, 『한국 여류한시의 세계』, 여강출판사, 2002.

김지용, 『한국 역대 여류한시문선 (상)』, 명문당, 2005.

김지용, 『한국 역대 여류한시문선 (하)』, 명문당, 2005.

이혜순·정하영, 『한국 고전여성문학의 세계 한시편』, 이화여자대학교출판부, 1998.

이혜순·정하영, 『한국 고전여성문학의 세계 산문편』, 이화여자대학교출판부, 2003.

허미자, 『조선조여류시문전집 2』, 태학사, 1984.

김경숙, 「여성 한시문(漢詩文)에 나타난 '딸'의 형상화 고찰」, 『한국고전여성문학연구』 24, 한국고전여성문학회, 2012.

김명희, 「김삼의당 시와 문의 고찰」, 『온지논총』 9, 2003.

맹영일, 「삼의당 김씨의 한시 연구」, 『한국고전여성문학연구』 19, 한국고전여성문학회, 2009.

박무영 외, 『조선의 여성들, 부자유한 시대에 너무나 비범했던』, 돌베개, 2004.

박현숙, 「김삼의당의 문학을 통해본 유교적 부부관계의 균열의 징후」, 『한중인문학연구』 14, 2005.

▌조선시대 고증적 박물학자 - 빙허각 이씨(憑虛閣李氏)

빙허각 이씨, 정양완 역주, 『규합총서』, 보진재, 2008.

김대중, 『풍석 서유구 산문 연구』, 돌베개, 2018.

김지현, 「규합총서의 민속 관련 구비전승의 연구」, 전남대학교 박사논문, 2016.

박영민, 「빙허각 이씨의 『청규박물지』 저술과 새로운 여성지식인의 탄생」, 『민족문화연구』 72, 2016.

이혜순, 『조선조 후기 여성지성사』, 이화여자대학교출판부, 2007.

정　민, 『18세기 조선지식인의 발견』, 휴머니스트, 2007.

정혜은, 「조선후기 여성실학자 빙허각 이씨」, 『여성과 사회』, 창작과 비평사, 1997.

조혜란, 「양반 여성의 방대하고도 체계적인 관심 빙허각 이씨의 『규합총서』」, 『한국 의 고전을 읽는다』 5, 휴머니스트, 2006.

한민섭, 「서명응 일가의 박학과 총서 – 유서 편찬에 관한 연구」, 고려대학교 박사논문, 2010.

한민섭, 「조선후기 가학의 한 국면 – 서명응 일가의 문학을 중심으로」, 『한국실학연구』 14, 2007.

▌근대계몽기 첩 출신 계몽운동가들 – 신소당과 이일정

유자후, 『이준선생전』, 동방문화사, 1947.

이화여자대학교 한국여성연구소 편, 『한국여성관계자료집 – 근대편』 상·하, 이화여대 출판부, 1984.

전주이씨완풍대군파세보 편찬위원회, 『전주이씨완풍대군파세보』, 대전: 대경출판사, 1981.

박애경, 「야만의 표상으로서의 여성 소수자들 – 〈제국신문〉에 나타난 첩, 무녀, 기생 담론을 중심으로」, 『여성문학연구』 19, 한국여성문학학회, 2008.

박용옥, 『한국 여성 근대화의 역사적 맥락』, 지식산업사, 2001.

정경숙, 「진명부인회 회장 신소당의 출신과 가계」, 『대한제국말기 여성운동의 성격 연구』, 이화여자대학교 사학과 박사논문, 1988.

이경하, 「애국계몽운동가 신소당의 생애와 신문독자투고」, 『국문학연구』 11, 국문학 회, 2004.

최기영, 「한말 이준의 정치·계몽활동과 민족운동」, 『헤이그 한국특사 100주년 기념 헤이그 특사와 한국 독립운동』, 독립기념관 한국독립운동사연구소, 2007.

홍양희, 「한국여성인물사전 161. 이일정 – 헤이그 특사 이준의 아내이자 정치적 동지」, 『이투데이』, 2017. 7. 25.

▌제국의 전쟁 속에서 여성성을 사유하다 – 임순득

김재용, 「북한의 여성문학」, 『한국문학연구』 19, 동국대학교 한국문학연구소, 1999.

서승희, 「국민화의 문법과 여성문학, 그 불/일치의 궤적 – 임순득 다시 읽기」, 『반교어문연구』 38, 비교어문학회, 2014.

서승희, 「식민지 여성 작가의 글쓰기와 여성성의 표상－임순득과 지하련의 소설을 중심으로」, 『한국문학논총』 72, 한국문학회, 2016.

서유리, 「『매신 사진순보』, 조선에 전쟁을 홍보하다」, 『근대서지』 10, 근대서지학회, 2014.

서정자, 『한국여성소설과 비평』, 푸른사상, 2001.

이상경, 「임순득의 소설 「대모」와 일제 말기의 여성문학」, 『여성문학연구』 8, 한국여성문학학회, 2002.

이상경, 『임순득, 대안적 여성 주체를 향하여』, 소명출판, 2009.

시대의 공동(空洞), 역사의 도정(道程)을 걸어 － 지하련

『문장』, 『조광』, 『춘추』, 『문학』

지하련, 『지하련 창작집』, 백양당, 1948.

박찬효, 「지하련의 작품에 나타난 신여성의 연애 양상과 여성성－「가을」, 「산길」, 「결별」을 중심으로」, 『여성학논집』 25, 2008.

서정자 편, 『지하련 전집』, 푸른사상, 2004.

선주원, 「자기체험으로서의 여성적 글쓰기와 소설교육 － 지하련의 단편 소설을 중심으로」, 『새국어교육』, 69, 2005.

안숙원, 「지하련 작품론」, 『한국문학이론과 비평』 14, 한국문학이론과 비평학회, 2002.

이 정, 「지하련의 삶과 문학」, 『여성과 사회』 6, 1995.

임정연, 「해설」, 『지하련 작품집』, 지만지, 2010.

장윤영, 「지하련: 여성적 내면의식에서 사회주의 여성해방운동으로」, 『역사비평』 38, 1997.

시대적 공통 감각의 문학화와 '다시' 쓰기－박완서

박완서, 『배반의 여름』(박완서 단편소설 전집 2), 문학동네, 2006.

박완서, 산문집 『못 가본 길이 더 아름답다』, 현대문학, 2010.

박완서, 「빨갱이 바이러스」, 『기나긴 하루』, 문학동네, 2012.

강인숙, 『박완서 소설에 나타난 도시와 모성』, 둥지, 1997.

권명아, 「박완서 문학연구-억척 모성의 이중성과 딸의 세계의 의미를 중심으로」, 『작가세계』, 1994 겨울.

권명아, 「박완서－자기상실의 '근대사'와 여성들의 자기 찾기」, 『역사비평』, 1998 겨울.

권명아, 「가족의 기원에 관한 역사 소설적 탐구」, 『박완서 문학 길 찾기』, 세계사, 2000.

김윤정, 『박완서 소설의 젠더의식 연구』, 역락, 2013.

신수정, 「증언과 기록에의 소명-박완서 자전소설 읽기」, 『푸줏간에 걸린 고기』, 문학동네, 2003.

이경호·권명아 [긔엮음, 『박완서 문학 길찾기: 박완서 문학 30년 기념비평집』, 세계사, 2000.

조현준, 「애도와 우울증」, 『페미니즘과 정신분석』, 여성문화이론연구소 정신분석세미나팀, 여이연, 2003.

4부 | 예술을 노래하다

▌툭 트인 감성으로 여행을 즐기다 – 의유당(意幽堂) 의령(宜寧) 남씨(南氏)

류준경, 『의유당관북유람일기』, 신구문화사, 2008.

김정경, 「〈동명일기〉 연구」, 『국제어문』 44, 국제어문학회, 2008.

서경희, 「〈의유당유고〉에 나타난 작가의 문학적 감성과 인식의 변화」, 『한국민족문화』 50, 부산대 한국민족문화연구소, 2014.

류탁일, 「의유당일기의 작자에 대하여」, 『한국문학논총』 1, 한국문학회, 1978.

이연성, 「의유당일기의 문체고」, 이화여자대학교 석사학위논문, 1974.

이연성, 「〈춘일소흥〉 연구」, 『이화어문논집』 2, 이화어문학회, 1978.

이우경, 「〈동명일기〉의 여행과정과 표현이미지 분석」, 『국어국문학』 96, 국어국문학회, 1986.

조혜란, 「고전 여성 산문작가의 문학세계」, 『한국고전여성작가연구』, 태학사, 1999.

▌소녀 시인의 꿈 – 유한당(幽閑堂) 홍원주(洪原周)

洪仁謨, 『足睡堂集』

洪奭周, 『淵泉集』

洪原周, 『幽閑集』

洪顯周, 『海居詩集』

洪祐健, 『原泉集』

김명희, 「徐令壽閣과 洪幽閑堂」, 『論文集』 45, 강남대학교, 2005.

김미란, 「洪幽閒堂의 漢詩 研究」, 『溫知論叢』 10, 온지학회, 2004.

박무영, 「조선후기 韓, 中 교유와 젠더담론의 변화-"徐令壽閣"의 중국 반출을 중심으로」, 『古典文學研究』 45, 한국고전문학회, 2014.

이연희, 「徐令壽閣과 洪幽閑堂 漢詩 研究」, 울산대학교 석사학위논문, 2013.

이혜순·정하영 외, 『한국고전여성작가연구』, 태학사, 1999.

▎여성해방출사표를 던지다 - 고정희

고정희, 『고정희 시전집 1, 2』, 또하나의문화, 2010.

고정희, 『고정희 시선』, 이은정(엮음), 지만지, 2012.

김승희, 「근대성의 판도라 상자를 열었던 시인 고정희」, 『고정희 시전집 2』, 또하나의문화, 2010.

또하나의문화, 『여성해방의 문학』, 또하나의문화, 1987.

양경언, 『고정희 시에 나타난 의인화 시학 연구』, 서강대학교 석사학위논문, 2010.

이은정, 「결연한 의식, 애연한 서정 - 고정희 시 해설」, 『고정희 시선』, 지만지, 2012.

이은정, 「여성민중주의 시인의 애도 혹은 사자후」, 『한국대표시집 50권』, 문학세계사, 2013.

조형 외, 『너의 침묵에 메마른 나의 입술』, 또하나의문화, 1993.

▎여성 극작가의 길을 열다 - 김자림

김자림, 『이민선』, 민중서관, 1971.

김자림, 『하늘의 포도밭』, 혜진서관, 1988.

김옥란, 『한국여성극작가론』, 연극과 인간, 2004.

박혜령, 「김자림의 희곡에 나타난 여성인식」, 『한국문학논총』 35, 한국문학회, 2003.

백소연, 「좌절된 이민과 근대화에의 회의: 김자림의 「이민선」(1965), 오혜령의 「카이사의 것은 카이사에게로」(1973)를 중심으로」, 『여성학논집』 29, 이화여대 한국여성연구원, 2012.

심정순, 「무대에 올려진 여성 몫의 현실 - 한국희곡에 나타난 페미니즘」, 『문학사상』, 문학사상사, 1994.

심정순, 「女性批評: 金玆林의 페미니스트적 女人像 - 〈돌개바람〉과 〈화돈(花豚)〉을 중심으로 -」, 『한국연극학』 3, 한국연극학회, 1989.

유민영, 『한국현대희곡사』, 홍성사, 1982.

이은경, 「김자림 희곡 연구」, 『한국극예술연구』 9, 한국극예술학회, 1999.

이주희, 「김자림 희곡의 여성인물 연구」, 계명대학교 석사학위논문, 2005.

집필진

김경미 이화여자대학교 이화인문과학원 교수
대표 논저: 『19세기 소설사의 새로운 모색: 지식, 이념, 섹슈얼리티를 중심으로』,
『家와 여성』, 『자기록 - 여자, 글로 말하다』 외

김수경 이화여자대학교 호크마교양대학 교수
대표 논저: 『고려 처용가의 미학적 전승』, 「규방가사, 공유 소통 치유의 글쓰기」,
『한국시의 미학적 패러다임과 시학적 전통』(공저), 『규방가사의 작품세계와 미학』
(공저) 외

홍나래 성공회대학교 신학연구원 학술연구교수
대표 논저: 「조선시대 귀태(鬼胎) 소재 설화의 문화사회적 의의와 한계」, 「조선후
기 가부장 살해 소재 설화의 문화사회적 의미」, 『악녀의 재구성』(공저) 외

이연순 부산대학교 점필재연구소 연구교수
대표 논저: 『미암 유희춘의 일기문학』, 「미암 유희춘의 『속몽구』 연구」, 「하서
김인후의 시에 나타난 학(鶴)의 우의적 표현 연구」 외

안상원 부산외국어대학교 만오교양대학 조교수
대표 논저: 「백석 시의 알레고리 연구」, 「외국인 유학생의 비평적 글쓰기 지도사
례 연구」, 「웹툰 연구의 현황과 전망」, 『백석 시의 '기억'과 구원의 시쓰기』 외

유정선 홍익대학교 강사
대표 논저: 『18·19세기 기행가사 연구』, 『근대기행가사 연구』 외

홍혜원 충남대학교 국어국문학과 교수
대표 논저: 『이광수 소설의 이야기와 담론』, 『경계에서 사유한 한국소설』 외

김미현 이화여자대학교 국어국문학과 교수
대표 논저: 『여성문학을 넘어서』, 『젠더 프리즘』, 『번역 트러블』 외

김용희 평택대학교 국어국문학과 교수
대표 논저: 『한국 현대시어의 탄생』, 『페넬로페의 옷감짜기 - 우리 시대 여성시인』 외

김경숙 한신대학교 강사
대표 논저: 「여성 한시문(漢詩文)에 나타난 '딸'의 형상화 고찰」, 『일본으로 간 조선
의 선비들, 조선통신사의 일상생활과 문화교류』, 『한국어문학 여성주제어 사전
1-5』 외

김수연 서울여자대학교 강사
대표 논저: 『유(遊)의 미학, 금오신화』, 『치유적 고전, 서사의 발견』, 『Religious Encounters in Transcultural Society: Collision, Alteration, and Transmission』 외

홍인숙 선문대학교 교양학부 교수
대표 논저: 「식민지 시대 열녀 재현의 정치학: 총독부 기관지 〈경학원잡지〉 '지방 보고'란의 열녀 기사를 중심으로」, 「대학 글쓰기에서 자기성찰 글쓰기의 효율적인 첨삭 지도방안 연구」, 『책읽기, 나, 그리고 세상』 외

서승희 성신여자대학교 강사
대표 논저: 「전쟁과 서사, 그리고 재조일본인(在朝日本人)의 아이덴티티」, 「제국 의 저널리즘과 일본어 번역/창작의 역학」 외

임정연 안양대학교 국어국문학과 교수
대표 논저: 「1930년대 초 소설에 나타난 연애의 모럴과 감수성」, 「한국문학의 장소 경험과 지형학적 감수성」, 「망명도시의 장소상실과 좌초하는 코즈모폴리턴의 초상」 외

김윤정 이화여자대학교 국어국문학과 조교수
대표 논저: 『박완서 소설의 젠더의식 연구』, 「박완서 소설 〈그 남자네 집〉의 젠더 수행성과 장소」, 「박완서 소설에 나타난 노년기 정체성의 위기와 문학적 대응」 외

조혜란 이화여자대학교 국어국문학과 교수
대표 논저: 「〈삼한습유〉 연구」, 「여성, 전쟁, 기억 그리고 〈박씨전〉」, 「〈구운몽〉, 17 세기 소설이 도달한 삶에 대한 통찰」 외

하지영 세종대학교 대양휴머니티칼리지 초빙교수
대표 논저: 「18세기 진한고문론의 전개와 실현 양상」, 「18세기 조선과 일본 문단 에서의 상고적 문학론의 배경과 그 추이」, 「혜담집(蕙匼集)에 나타난 19세기 사랑 과 욕망」 외

이은정 한신대학교 정조교양대학 교수
대표 논저: 『고정희 시선(편저)』, 『김수영 혹은 시적 양심』, 『현대시학의 두 구도』 외

백소연 가톨릭대학교 학부대학 조교수
대표 논저: 「OCN 수사드라마에 나타난 '환상'의 의미」, 「이현화 희곡의 역사 재현 방식 연구」, 「2000년대 이후 6·25 특별기획드라마에 나타난 한국전쟁의 재현 방 식과 그 의미」 외

한국 여성작가의 기억과 초상 1

시대, 작가, 젠더

초판 1쇄 인쇄 │ 2018년 9월 17일
초판 1쇄 발행 │ 2018년 9월 21일

엮은이 │ 이화어문학회
펴낸이 │ 지현구
펴낸곳 │ 태학사
등 록 │ 제406-2006-00008호
주 소 │ 경기도 파주시 광인사길 223
전 화 │ (031)955-7580~81(마케팅부)·(031)955-7585~89(편집부)
전 송 │ (031)955-0910
전자우편 │ thaehak4@chol.com
홈페이지 │ www.thaehaksa.com

값은 뒤표지에 있습니다.

ISBN 978-89-5966-110-7 94810
     978-89-5966-066-7 (set)